砕かれた鍵

逢坂　剛

集英社文庫

目次

砕かれた鍵

プロローグ

昭和五十×年六月十九日、午前十一時三十分。

千葉県佐倉《さくら》市でレストラン業を営む池上雅代《いけがみまさよ》は、娘友里子《ゆりこ》の勤務先金森商事の総務課から電話を受けた。友里子がその日、珍しく無断欠勤して連絡が取れないのだが、何か心当たりはないかとの問い合わせだった。

友里子は二年前に千葉市内の短大を卒業したあと、就職と同時に東京港区《みなとく》白金台《しろかねだい》のマンションを借りた。金森商事は港区三田《みた》にあり、自宅通勤がきついために母親の反対を押し切って、一人暮らしを始めたのだった。

丁重にわびを言い、すぐに調べてみますからと請け合って電話を切ったものの、雅代にも娘がどこへ行ったのか心当たりがなかった。

念のため電話を入れてみたが、確かに応答がない。不安を覚えた雅代は、とにかくマンションへ行ってみようと身じたくを整え、家を出た。

電車を乗り継いで一時間半後、雅代は娘の住む白金台の《朝日ハイツ》に着いた。ドアに鍵《かぎ》がかかっていないことに気づき、急いで中へはいった雅代が発見したのは、首を絞められて死んでいる娘の、変わり果てた姿だった。

半狂乱の雅代から訴えを聞いた管理人は、すぐに一一〇番に事件を通報した。

所轄の白金台警察署から捜査員が駆けつけ、現場検証が行なわれた。その結果、友里子の絞殺死体は頭部に損傷があるほか、乱暴されていることが判明した。どうやら暴漢に襲われ、激しく抵抗したものの頭を打たれて気を失い、暴行を受けたらしい。絞殺されたのは、そのあとのことのようであった。

母親からプレゼントされた、金のネックレスがなくなっていることが分かったが、それ以外に部屋を荒らされた形跡はない。単なる居直り強盗の犯行とは思えない状況だった。犯行時間は前夜の、午後七時から十一時の間とみられた。

近所の聞き込みが始まってほどなく、捜査員は有力な目撃者を探し当てた。前夜八時半ごろ、たまたま近くを通りかかった酒屋の店員が、マンションを駆け出て行く制服警官を見たというのである。店員はその警官を、顔見知りの朝日派出所の山口《やまぐち》巡査だ、と証言した。捜査本部はただちに、夜勤明けで自宅アパートにもどっていた山口牧男《まきお》巡査を、白金台署に呼び出した。

その時点では半信半疑だった本部も、事情聴取を受けた山口があっさり犯行を認めたことで、強いショックを受けた。山口のアパートから盗まれた金のネックレスが発見され、友里子の体から採取された残留精液の血液型が山口のそれと一致するに及んで、自白が真正のものであることは確定的になった。所轄署の制服警官が、管内に住む一人暮らしの女性を強姦《ごうかん》し、絞殺したという事実は、警視庁に前代未聞の衝撃を与えた。

自供によると山口はかねてから、毎日の通勤途上朝日派出所の前を通る友里子に目をつけ、交際を申し込んでいたという。しかし友里子がそれに応じないため、しだいに恋慕の情がつのり、仕事が手につかなくなった。犯行当夜、ついに覚悟を決めた山口は、巡回連絡を装って友里子の部屋を訪ねた。口実をもうけて上がり込み、すきを見て襲いかかったが、友里子が頑強に抵抗したため警棒で頭部を強打し、失神させて乱暴した。思いを遂げたあと、犯行が露見するのを恐れた山口は、首を絞めて友里子を殺した。それから、何食わぬ顔で派出所へもどり、勤務を続けたというのである。

制服警官が犯した凶悪な痴情犯罪に、世論は警察に対して厳しい怒りと不信の矢を放った。被害者が近所や勤務先で、気立てのいい美人ＯＬとして評判をとっていたことも、それに輪をかけた。マスコミはこぞって、警察官のモラルの低下、情操教育の不足を糾弾した。

事態を重く見た国家公安委員会と警察庁は、警視総監以下の警視庁幹部数名に懲戒処分を発令し、警視庁は警視庁で白金台署の幹部を同様の処分に付した。白金台署長は引責辞職した。いずれも事件発生から十日以内という、異例の迅速な対応だった。

問題はそれだけでは終わらなかった。裁判が始まると、弁護側は山口の心神喪失を主張し、裁判所に精神鑑定を申請した。申請は認められ、山口は鑑定に付された。

その結果、事件の半年ほど前から、山口は言動がおかしくなるなど精神に異常をきたし、犯行の前後はほとんど精神分裂病に近い症状を呈していたこと、したがって被告人は、犯行時点で心神喪失にはいたらぬまでも、心神耗弱状態にあったと認められる、という意外な鑑定書が提出された。

それを受けた裁判所は、山口に心神耗弱による責任能力の減退を認め、比較的軽い懲役七年の刑を言い渡した。思いがけない裁判の展開に、マスコミも世論も批判の声を上げたが、専門家による精神鑑定の重みは大きかった。検察庁は当然のように控訴したが、二審でも同じ判断が下ったため、その時点で上告をあきらめた。山口の刑は原審どおり、懲役七年で確定した。

遺族や友人など関係者はいずれも、あまりの刑の軽さに強い不満を隠さなかった。マスコミも山口の人権に配慮しつつ、精神鑑定の信頼性、警察や検察庁、裁判所の警察官犯罪に対する甘さに、疑問を投げかけた。

それを知ってか知らずか、山口牧男は口を閉ざしたまま服役した。

＊　　＊

女が鞭《むち》を振るった。

脇腹を打たれた裸の男が、か細い悲鳴を上げて床に這《は》いつくばる。

「なんだ、いい年をして、そのざまは。ちゃんと磨くんだよ、自分の舌で」

女は黒いハイヒールをはいた足を、男の鼻先に突きつけた。

男は息をはずませ、すすり泣きながらその足に顔をすり寄せた。さもいとおしげにハイヒールを押しいただき、丹念に舌でなめ始める。靴墨《くつずみ》が溶け、唇《くちびる》が黒く染まった。

女は鞭を床で空打ちしながら、黙って男が靴をなめるのを眺める。背中まで届く長い髪が、黒いアイマスクをした顔に振りかかった。マスクの切り込みの間から、獣のような目が残忍な光を放つ。黒い革の、ボディスーツに包まれた体はまぶしいほど白いが、一点だけ右肩のとがったあたりに、茶色い芋虫のようなやけどの痕がある。鞭を振り上げるたびに、黒ぐろとした腋毛《わきげ》がのぞいた。

男はあえぎながら、床に置かれた缶から靴墨をなめ取り、なおも自分の舌でハイヒールを磨き続けた。

舌が滑って、女の裸足の甲が少し汚れる。

女は怒り狂い、男の肩をハイヒールのかかとで蹴《け》った。男は喉《のど》を鳴らして、仰向けに床に転がった。女は罵声《ばせい》とともに、裸の胸と腹を、ハイヒールで容赦なく踏みつける。たちまち肌がまだらに染まる。

男が喉から声を絞り出す。

「ゆ、許してくれ」

女は真っ赤に塗られた唇を、毒々しく歪《ゆが》めた。蹴る足を休めずに言う。

「許してください、だよ」

「許してください——お願いです」

しばらく蹴り続けたあと、女は右足のハイヒールを蹴り捨てた。椅子《いす》にすわり、テーブルの小さなパラフィン包みを取って、爪先《つまさき》の上に傾ける。赤いペディキュアに彩られた親指の爪に、白い粉がこぼれ落ちた。

「ほら、ごほうびだよ」

女がゆっくりと足を突き出した。

男は四つん這いになり、息をはずませながらにじり寄った。女の親指に鼻をつけ、白い粉を勢いよく吸い込む。吐きもどす息で、粉がぱっと散った。目から涙がにじみ出る。男は満足そうに喉を鳴らし、ぶるぶると身を震わせた。

そのとたん、女がまた鞭を振り上げ、男の背中を打った。男は悲鳴を上げ、体を丸めて床に転がった。鞭が嵐のように男を襲い、そのたびに肌に赤い筋が刻まれていく。

やがて男は甘美なうめき声を上げ、股間を押さえて身をよじった。握り締めた指の間から、どろどろしたものが床に漏《も》れ落ちた。

書棚の間にセットされた小さなビデオカメラが、淫靡《いんび》な行為の一部始終を録画していたことに、男は気づかなかった。

＊　＊

星明かりの下に、小さな建物の輪郭が浮かび上がった。

権藤政和《ごんどうまさかず》は拳銃《けんじゅう》を握り締め、ペガサスにささやきかけた。

「ここだ。油断するなよ」

ペガサスが低く尋ねる。

「合鍵は確かだろうな」

「それはすぐ分かる。もしだめなら、ほかに方法を考えるまでだ」

木造の平屋だった。

権藤は拳銃を左手に持ち替え、ポケットから合鍵を取り出した。そこだけが頑丈な鉄のドアの鍵穴に、音を立てないようにそっと差し込む。ゆっくり右へ回すと、なんの抵抗もなく鍵があいた。

「あいたぞ」

「見張りは一人だけなんだな」

「情報が間違ってなければな。目を覚まさないうちに先手を取ろう」

「おれが明かりのスイッチを探す。あんたはそいつの面倒をみてくれ」

「分かった」

権藤は静かに取っ手を回し、ドアをそろそろと引きあけた。金属や化学塗料の臭いに、蜜の混じったような甘ったるい香りが、ぷんと鼻をつく。

中へはいると、そこはコンクリートの床だった。靴の底がこすれないように、注意しながら三歩踏み込む。

「スイッチがあったぞ」

ペガサスが背後でささやく。

権藤は拳銃を両手で構えた。

「よし、つけろ」

蛍光灯がちかちかと瞬き、屋内が明るくなった。ほとんど同時に奥の簡易ベッドがきしんで、革ジャンパーを着た若い男が跳び起きた。

権藤が押し殺した声で言う。

「動くな。防犯特捜隊だ」

男はベッドから立ち上がりかけたまま、ぽかんと口をあけた。まだ覚め切らない目に、驚愕《きょうがく》の色が浮かぶ。

しどろもどろに言う。

「なんだよ、なんだってんだよ」

権藤はすばやく部屋の様子に目を走らせた。

中央のテーブルに、銀色に光る裸の小さな缶が、二段に積み上げてある。棚にもずらりと同じような缶が並んでいる。男のほかには、だれもいないようだ。

権藤はテーブルを回り、男に拳銃を突きつけた。

「麻薬取締法違反の疑いで家宅捜索する。ベッドに両手をついて、脚を広げるんだ」

男は生唾を飲んだが、急いで言われたとおりにした。

権藤がペガサスに目配せする。

ペガサスは男に近づき、革手袋をはめた手で体を探った。ジャンパーの内側から、アーミーナイフを見つけて取り上げる。

それを見届けてから、権藤はペガサスに拳銃を渡した。

「代わってくれ。ちょっとでも動いたら、またぐらを蹴り上げるんだ」

ペガサスは眼鏡を押し上げ、権藤と見張りを交代した。

権藤はテーブルの上の缶を調べた。蓋《ふた》のついていない、空《から》の缶ばかりだった。横手の棚へ行って調べる。やはりどれも空の缶にすぎなかった。

部屋の隅に小さな洗面台があり、その脇に缶をプレスする機械が置いてあった。洗面台の下に、小型の段ボール箱が見える。

権藤はその箱を引き出し、テーブルまで運んだ。かなり重い。

蓋をあけると、中にラベルを貼《は》られた缶詰が、ぎっしりと詰まっていた。権藤はほくそ笑み、ポケットから缶切りを取り出した。

フルーツみつ豆の缶を一つ抜き、缶切りをあてがう。

蓋があいたところで、みつ豆の中へずぶりと指を突っ込んだ。何か固いものが指先に触れる。つまみ上げると、直径五センチほどの、丸いビニール袋が出て来た。中に白い粉が詰まっている。

権藤は洗面台へ行き、ビニール袋の汚れをていねいに洗い流した。輪ゴムをはずして口を開く。小指の先をなめ、中の粉をつけて舌で味わった。

ペガサスを見て言う。

「なかなかいい粉だ。コロンビア産直だろう」

ペガサスはのっぺりした横顔を見せたまま、無感動に応じた。

「白いコーヒーってとこかね」

「あんたも味をみるか」

「やめとこう。缶詰はきらいなんだ」

権藤はビニール袋に輪ゴムをはめ直した。ベッドのそばへ行き、背を向けた男に分からないように、それをペガサスのコートのポケットに落とし込んだ。

さりげない口調で言う。

「これでいいな」

ペガサスは答えず、ベッドに手をついた男の襟首《えりくび》をつかみ、引き起こした。そのまま乱暴に革ジャンパーをはぎ取る。

「何しやがるんだよ」

男は抗議したが、抵抗する気力はないようだった。

ペガサスはジャンパーで、拳銃を持った手をくるんだ。

「待て」

権藤が声をかけるより早く、くぐもった銃声が轟《とどろ》いた。

男は一声叫ぶと、勢いよくベッドに叩《たた》きつけられた。白いシーツに血しぶきが飛ぶ。

男はかすかに身を震わせたきり、すぐに動かなくなった。体の下に少しずつ、赤黒い染みが広がり始める。

権藤は自分の目が信じられず、愕然《がくぜん》としてペガサスの肩を突き飛ばした。

「ばかやろう、なんてことしやがるんだ」

ペガサスはよろめいたが、すぐに向き直った。

権藤は狼狽《ろうばい》と怒りで、頭に血がのぼった。

「いったいどういうつもりだ。丸腰のやつを後ろから撃ったりして、おれにどう申し開きさせる気だよ」

ペガサスの眼鏡がきらりと光った。

「申し開きする必要はないさ。この缶詰は全部おれがもらって行く」

「なんだと」

拳銃をくるんだ革ジャンパーが、風船のようにふくらんだように見えた。

権藤は銃声を聞いたと思った。そのときには自分が床に倒れ、必死に息を吸い込もうとしていることに気づいた。太い杭を打ち込まれたような、耐えがたい苦痛が体の中央を貫く。腹に手を当てると、ぬるぬるしたものが指を濡《ぬ》らした。

死の恐怖が胸を衝き上げ、急速に視野が暗くなった。ペガサスの眼鏡が、自分の顔をのぞき込んでいる。銃口が目の前に迫った。

頭を上げようとしたが、すでに力が残っていなかった。

権藤政和はそのまま、底なしの奈落へ落ちて行った。

第一章　挑戦

1

倉木美希《くらきみき》は十階でエレベーターを下り、総務部のフロアにある共済組合のブロックへ向かった。

事務長の児玉実《こだまみのる》が、デスクから顔を上げた。美希を見てとまどったように瞬きする。その表情を見て美希は、よい返事がもらえないことを直感した。

失望を押し隠し、努めて愛想よく挨拶《あいさつ》する。

「いつもお世話さまです」

「どうも」

児玉は落ち着かない手つきで、たばこに火をつけた。

美希はそばの折り畳み椅子《いす》にすわった。

「いかがでしょうか、例の件ですが」

児玉は目を伏せ、たまってもいない灰を灰皿に叩《たた》き落とした。

「まあ、いろいろと検討してみたんですが、結論から言うとむずかしいですな。原資に余裕がなくなってるし、そうそう例外を認めるわけにはいかんのです」

「お金を借りたい職員が、わたし一人でないことはよく分かっています。それを承知の上で、お願いしているのです」

「事情は分かります。だからこそ、限度額を超えてお貸ししている。もう二割も超過していて、これはあなただけの特例といってもいい。現時点でこれ以上は無理です。少なくともわたしの権限ではね」

児玉は横を向いて、女子事務員にお茶を言いつけた。

美希は児玉の、バーコードのような薄い髪を眺め、そっと溜《た》め息《いき》をついた。

「便宜を図っていただいたことには、感謝しています。それだけに心苦しいのですが、なんとかもう少し融通していただけないでしょうか」

児玉は親指の先で耳の上を搔《か》いた。

「そう言われてもねえ。この上規則を緩めると、ほかの職員にも影響が出るし。あなただって、返済がきつくなる一方でしょう」

美希は唇《くちびる》の裏を嚙《か》んだ。ここで強引に粘っても、いい結果は出ないと判断する。引き際をきれいにしておけば、何かのときにまた融通を利かせてくれるかもしれない。

「分かりました。無理をお願いして申し訳ありませんでした。状況が変わりましたら、お電話をいただけませんか」

児玉はほっとしたように、こわばった頰《ほお》を緩めた。

「お役に立てなくて、すみませんな。引き続きご要望の件は、検討材料として残しておきます。すぐにというわけにはいかないが、事情が好転すればまたお力になれるかもしれない。少し時間をください」

「よろしくお願いします」

事務員がお茶を運んで来たが、美希はそのまま椅子を立った。児玉もあえて引き止めようとしなかった。

総務部のフロアを出ようとしたとき、後ろで足音がした。

「明星《あけぼし》警部補」

旧姓を呼ばれて、とまどいながら振り向く。

四十半ばに見える婦警が近づいて来た。巡査部長の肩章をしている。

「総務部福利課の笠井《かさい》です。その節はどうも」

名前を聞いて思い出した。

笠井涼子《りょうこ》。以前公安部の忘年会で幹事を務めたとき、福引の賞品を集める手伝いをしてもらったことがある。

「こちらこそ。同じ建物にいるのに、めったにお顔を拝見しませんね」

「ほんとに。ちょっと休憩なさいませんか。いいお茶が手にはいりましたので」

美希は少しためらったが、落ち込んだ気分を奮い立たせる必要があった。

「ありがとうございます。ごちそうになります」

涼子はそばの会議室のドアをあけ、中をのぞいて美希にうなずきかけた。

「ここでお待ちになってください。すぐにいれてまいりますから」

殺風景な部屋だった。用度課が打ち合わせでもしたのか、黒板に調度品の型番号や数が書き残されたままになっている。

デコラのテーブルにもたれて待っていると、五分ほどして涼子がもどって来た。手にした盆に、お茶と和菓子が二つ載《の》っている。

「どうぞ。駿河台下《するがだいした》の《ささま》の和菓子です。おいしいですよ」

「すみません。ちょうど甘いものが食べたかったんです」

「明星警部補は、お酒もいける口でいらっしゃるのでしょう」

「ほんのお付き合い程度ですけど。それからわたし、結婚したので今は明星ではないんです。倉木といいます」

涼子は口に手を当てた。

「そうでしたわね。失礼しました、倉木警部補」

「警部補というのもやめて、名前で呼んでくださいませんか。女同士、肩書で呼び合うのはわずらわしいわ。わたしも笠井さんと呼ばせてもらいますから」

「分かりました。そうさせていただきます」

美希はお茶を飲み、和菓子に手をつけた。

「ほんと、おいしいわ。あまり甘くないし、いくつでも食べられそう」

「そうでしょう。お茶をなさる人の間では、よく知られたお店なんです」

優雅な手つきで菓子を口に運ぶ。涼子自身お茶を習っているのかもしれない。

涼子は美希と同じ中肉中背の体格で、短くカットした髪の横を鼈甲《べっこう》のピン留めで留めている。軽く口紅を引いただけで、ほとんど化粧気がない。鼻筋は通っているが、一重まぶたの目が小さすぎて、弱よわしい印象を与える。体つきや仕草からして、和服が似合いそうな女だった。

「笠井さんは結婚してらっしゃるんですか」

涼子はちらりと目をそらした。

「していましたけど、十年ほど前に死に別れました。主人は外勤の巡査でした。職務質問中に不意を襲われましてね。ナイフで刺されて、殉職したんです」

美希は途方に暮れた。

「お気の毒に。ごめんなさいね、よけいなことを聞いてしまって」

涼子はくったくのない笑いを浮かべた。

「いいんです。結婚したときから、そうした危険は覚悟してましたから。そういえば倉木さんのご主人も、確か警察官でいらしたでしょう」

「ええ。本庁（警察庁）の警務局に勤務しています」

涼子はうなずいた。

「思い出しました。特別監察官の倉木警視ですね」

「そうです。ご存じでしたか」

「ええ、もちろんお名前だけですけど。そう、倉木警視の奥さまでしたのね」

「特別な目で見ないでいただきたいわ。わたし自身は一介の刑事ですから」

一年半前倉木尚武《なおたけ》と結婚したとき、美希は巡査部長から警部補に昇進した。今は公安四課の内勤で、情報分析、資料整理の仕事をしている。

涼子はお茶を飲んだ。

「こう申してはなんですけど、特別監察官の奥さまが共済組合に通われるには、それなりのご事情がおありなんでしょうね」

美希はぎくりとして、和菓子を落としそうになった。

竹楊枝《たけようじ》を置いて涼子の顔を見る。

「それはどういう意味ですか」

「お気を悪くされたらおわびします。わたしが目にしただけでも、倉木さんはこの二か月ほどの間に四度、共済組合に足を運んでいらっしゃいます。いやでも気になりますわ」

美希は不快感を顔に出すまいと努めた。

「お目障りだったでしょうか」

涼子は申し訳なさそうに小首をかしげた。

「別に監視してるわけじゃないんです、そう思ってらっしゃるのなら。共済組合はわたしのいる福利課と、低いキャビネットと通路を隔てただけで、隣り合わせになっているでしょう。そのためにいやでも、訪ねてくる人が目にはいるんです」

「今度は通路を這《は》って行くことにしようかしら」

美希が冗談めかして言うと、涼子は歯を見せて笑った。

「児玉事務長はけちで有名な人ですから、あまり頼りにしない方がいいですよ。原資は十分あるのに、いつも貸し出しを渋るので評判が悪いんです」

すでに児玉が、限度額を二割も超えて貸し出してくれていることを、美希は言おうとして思いとどまった。もし児玉が涼子の言うとおりの男なら、限度額の二割増しは実のところ自分だけの特例かもしれない。それを他人に漏《も》らすのは、児玉のためにも自分のためにもならないだろう。

「彼にしても、無制限に貸し出すわけにいかないでしょう。そんなことをしていたら、警視庁は破産してしまうわ」

「でも共済組合に貸し出しを断られたために、サラ金に手を出して破滅した巡査や、暴力団に金をもらって懲戒免職処分を受けた刑事が、何人もいます。ソープランドでアルバイトをして、首になった婦警もいるんですよ、嘘《うそ》みたいな話ですけど」

美希は内心驚いたが、軽く受け流した。

「わたしの年では、もうソープランドで雇ってもらえないわ」

涼子は肩をすくめるような仕草をした。

「考えてみると、倉木警視はそうした警察内部の不祥事を取り締まる、監察のお仕事をしておられるのでしたね。奥さまの方がよほど詳しくていらっしゃるのに、とんだお話をしてしまいました」

「主人はわたしに、仕事の話をいっさいしないんです。笠井さんのお話を聞いて、主人がどんな仕事をしているのかよく分かりました」

皮肉を言ったつもりはないが、涼子はちょっと唇を引き締めた。

思い直したように、話を先へ進める。

「もしまとまったお金が必要でしたら、ご相談に乗れるかもしれませんよ」

美希は無意識に顎《あご》を引いた。警戒心が頭をもたげる。

「何をおっしゃりたいの」

「明星さんは——倉木さんは間違っても、サラ金などに手を出すかたじゃありません。それは重々承知していますが、万一ということもあります。どうしてもお金が必要なときは、一言わたしに言ってください。いくらでもご用立てします」

「福利課にも貸し出し制度があるんですか」

涼子はお茶を飲み干し、静かに首を振った。

「いいえ。わたしが個人的にご用立てするんです」

美希はぽかんとした。

「笠井さんが、個人的に。それがご趣味なんですか」

眉《まゆ》が上がる。

「まさか。ちゃんと利息はいただきます。慈善事業じゃないんですから」

美希は椅子の背にもたれた。

「つまり笠井さんは、金融業をしてらっしゃるわけ」

涼子は苦笑した。

「わたしは、若い警察官がお金のために身を誤るのを、黙って見過ごしてはいられないんです。お金ですむことでしたら、いくらでもお役に立ちたいと思います。何にお使いになるのか、聞くつもりはありません。金貸しはあくまで金貸しで、人生相談員じゃないですから」

美希はお茶を飲み干した。

「ご心配いただいて、ありがとうございます。でもわたしの場合は、笠井さんのお力にすがるまでもないことです。お気持ちだけいただいておきます」

涼子はかすかに口元を歪《ゆが》めた。

「同僚に個人的にお金を融通することが、監察の対象になるとお考えですか」

美希は立ち上がった。

「主人に言いつけるかどうか尋ねてらっしゃるのなら、どうぞご心配なく。わたしたちはお互いの仕事に、口を出さないことにしてますから」

心なしか涼子は、ほっとしたようだった。

涼子に目をつけられたことで、美希はわけもなく侮辱されたような気がしたが、一方ではいくらか感謝したい思いもあった。

涼子も椅子を立って言った。

「それじゃ、これで。くどいようですけど、いつでもご相談に乗りますから」

「ありがとう。おいしいお菓子をごちそうさま」

「どういたしまして。お話しできて楽しかったです」

会議室を出ようとして、美希はためらいがちに振り向いた。

「念のため教えてください。どれくらいまで貸していただけるの」

涼子はにっと笑った。

「そんなに多くは無理ですよ。でも一千万くらいまでなら」

会議室を出てエレベーターホールへ向かいながら、美希は自分の膝《ひざ》が震えているのに気づいた。

2

警視庁警務部の監察官平岩良司《ひらいわりようじ》は、たばこを吸いながらちらちらと、斜め横にすわった男を盗み見した。面識もあれば口をきいたこともあるが、一緒に仕事をするのはこれが初めてだった。

本庁（警察庁）警務局の特別監察官、警視、倉木尚武。頬骨《ほおぼね》のあたりにかすかな傷痕が残っている。それがどのようないきさつでつけられたものか、平岩は知らない。いつ会っても必要以上に口をきかず、ガードレールのように頑固で無表情な男だった。本庁に移る以前は、公安畑が長かったと聞いている。平岩は警務部に異動になるまで、ずっと捜査四課で暴力団相手の仕事をしており、公安の刑事とほとんど付き合いがなかった。彼らはだいたいが無口で、何を考えているか分からないという印象があり、倉木こそその典型のように思われた。四十代前半の年格好で、警部の平岩より五つ六つ若いが、一つ階級が違えば年齢に関係なく、対応に気を遣わねばならない。

平岩自身は監察の仕事が嫌いだった。同じ警察官の不品行を暴いたり、不始末を追及したりするのは、性に合わなかった。かつて自分が監察官に抱いていた反感を、今ではほかの警察官に抱かれる立場かと思うと、暗い気持ちになるのだ。

捜査四課に在籍した経験から、暴力団と癒着している刑事が意外に多いことは、よく承知している。平岩はその悪弊に染まらなかった、数少ない刑事の一人だった。それがこの春監察官に抜擢《ばってき》された、最大の理由に違いない。それだけに、かつての同僚の目が気になった。旧悪を暴かれるのではないかと、戦々恐々としている連中が何人もいる。しかし自分が監察官になる前の問題について、事新たにほじくり返すつもりは毛頭なかった。連中がそれを恐れて、姿勢を正してくれればいい。もし改まらないようなら、そのときは容赦なく糾弾するつもりだ。

倉木の評判はしばしば耳にしていた。平岩が抱えているような悩みは、どうみても倉木には無縁のように思える。不正を犯した警察官に対する倉木の追及は、ほとんど常軌を逸するほど苛烈《かれつ》を極めると聞いた。温情などという言葉は、倉木の辞書には載っていないらしい。倉木の取り調べを受けて、懲戒免職処分になった警察官はかなりの数にのぼる。警視庁警務部で下された決定が、生ぬるいとして本庁警務局で引っ繰り返され、一段重い処分に変更された例も多い。その大半が倉木の横槍によると言われている。

平岩がたばこを消したとき、ドアがあいて男がはいって来た。髪を短く刈り上げた、四十前の精悍《せいかん》な感じの男だった。

ドアを背にして、気をつけの姿勢をとる。

「防犯部防犯特捜隊、巡査部長の池野英秋《いけのひであき》です。権藤警部補射殺事件の、事情聴取のために出頭しました」

「ご苦労さん。こちらは本庁警務局の倉木警視、わたしは警務部の平岩だ。かけてくれたまえ」

池野は軽く頭を下げ、テーブルの向かいに腰を下ろした。緊張した面持ちで眼鏡に手をやる。いかつい顔に似合わない、細いメタルフレームの眼鏡だった。紺のくたびれたスーツは吊《つる》しらしく、だいぶ着崩れしている。

平岩は防犯部から上がって来た報告書を、形ばかりめくり返した。

「時間がないので、さっそく本題にはいろう。まず事件当夜の、きみの行動から聞かせてほしい。一応報告書には目を通したが、本人の口からもう一度聞いておきたいのでね」

池野はまた眼鏡に手を触れ、小さく咳払《せきばら》いをした。

「分かりました。あの日は、わたしも権藤警部補も非番でした。とくに差し迫った案件がなく、二人とも休みを取らせてもらったのです。わたしは前夜遅かったものですから、その日は昼過ぎまで寝ていました。それから友人に電話して、映画に誘いました。シュワルツェネッガーが好きなので、新宿の映画館へ二本立てを見に行ったのです」

「きみは奥さんと、子供が二人いるね。非番の日に家族で出かけることは、あまりないのかね」

「長男が来年中学受験で、学校が終わったあと塾通いをしているのです。家内も勉強を見るのに手一杯ですし、ここ一年ほど家族で出かける時間はほとんどありませんでした」

「それはたいへんだな、わたしにも経験があるよ」

相手の緊張を和らげるために、平岩はうなずきながら言った。

「たまには食事や映画に連れ出したいのですが、そういう事情もあって結局わたし一人で出かけることが多くなります」

「なるほど。それで、一緒に映画に行った友だちというのは」

池野は胸をそらした。

「高校時代の古い友人です。二人とも映画同好会のメンバーだったのです」

黙って聞いていた倉木が、思いついたように口をはさんだ。

「差し支えなければ、その友人の勤め先を教えてくれないか」

池野は倉木を見て瞬きした。

「丸増企業という会社です」

「あの日はウィークデーだったな」

池野は少し考えた。

「そうだったと思います」

「ウィークデーの昼間、映画に付き合える友だちというと、普通の会社員じゃないだろうね。あるいはその友だちも、有給休暇を取っていたのかな」

倉木の口調は、特別な意図を秘めているという感じではなかったが、平岩が素通りしようとしたところを鋭く突いていた。

池野は眼鏡に手を触れた。

「いえ、その友人は夜の仕事でして、昼間は体があいています。丸増企業というのは、つまり、風俗営業の会社なのです」

平岩は眉をひそめた。

「風俗営業か。暴力団が絡んでるんじゃないだろうね」

池野はあわてて背筋を伸ばした。

「とんでもありません。ごくまっとうな会社です」

倉木が言葉を継ぐ。

「その友人の名前を教えてくれないかね」

池野は目を伏せ、無意識のようにポケットを探った。

倉木は手を伸ばし、自分の前の灰皿を池野の方へ滑らせた。

「たばこを吸ってもかまわんよ。防犯部からの報告書には、名前が書いてなかった。場合によってはその友人とやらに、事情を聞くことになるかもしれない。あとで困らないように、正直に答えた方がいい」

池野はたばこを取り出し、神経質な手つきで火をつけた。

煙を吐き、観念したように言う。

「石原《いしはら》まゆみといいます。丸増企業が新宿で経営している、《ガラパゴス》というミニクラブのホステスです」

「女か」

平岩は思わず言い、顔をしかめた。

池野が急いで付け加える。

「高校が同窓というのは、嘘ではありません。だいぶ後輩になりますが、映画同好会のOB会で知り合ったのです。たまに一緒に映画を見るだけの仲です」

「手を握ったこともないのかね」

倉木に念を押されて、池野は赤くなった。むっとしたように言う。

「そういうプライベートなことにも、お答えしなければいかんのでしょうか」

「こうした事件に、プライベートもオフィシャルもない。しかし返事をしたくないなら、しなくてもいい。もう答えは分かったからな」

池野は口をつぐみ、灰皿に灰を叩き落とした。

平岩はぐいと唇を結んだ。不愉快な気分になる。池野が女の件を隠そうとしたのもさることながら、倉木の追及のしかたにわけもなく反発を覚えた。

もう一度整理して言う。

「この報告書には、友人と映画を見たあと夜中まで飲み歩いたとなっているが、結局その石原まゆみというホステスと、ずっと一緒だったということだな」

「そうです。黙っていたことはおわびします。事件とは直接関係ないと判断したものですから」

「判断するのはわたしたちの仕事だ。きみは事実だけをありのままに話せばいい」

倉木がにべもなく言い、池野は言葉を詰まらせた。

平岩はつい助け舟を出した。

「きみが報告書に、女友だちと一緒だったと書きたくなかった気持ちは分かる。しかしここでは全部、正直に話してもらわなければ困るよ」

池野はしぶしぶのようにうなずいた。

「分かりました」

「映画を見てからどうした。報告書にはそのあと、午前二時まで飲んだとだけしか書いてないが」

「映画館を出ると夜になっていたので、《かに谷》まで歩いて食事をしました。彼女がかにを食べたいと言うものですから」

「それから」

「それから《ガラパゴス》へ同伴出勤しました」

「同伴出勤」

おうむ返しに聞くと、池野は困ったような顔をした。

「つまりその、ホステスが客と一緒に、店へ出ることとです。ああいった店は、ホステスが客を連れて行くと、出勤が遅れても許されるシステムになっているのです」

めったにクラブなどへ出入りしない平岩だが、そういうシステムがあることは承知していた。

「そこに何時から何時までいたのだ」

池野は天井を見て考えた。

「八時半ごろから閉店までです。店がはねたのは十一時半でした」

「いつもそんなに長居をするのか」

「カラオケに夢中になりまして、つい時間がたつのを忘れました」

倉木がまた口をはさむ。

「勘定はどうした」

「ツケにしました。もちろん店にたかったことはありません。いつもボーナスで清算しています」

「ツケか。それは無銭飲食と同じだ。容疑者を別件逮捕するとき、われわれがよく口実に使う手でもある。軽率のそしりを免れないな」

池野は気色ばんで倉木を睨《にら》んだ。

「この事情聴取は、パートナーである権藤警部補射殺事件の、調査のためと承知しています。それともわたし自身の監査をするためなのですか」

「監査されるようなことをしてないなら、何も心配することはない」

「非番の日に、警察官が自費で女友だちと付き合うことが、監査の対象になるとは思えません。もしなるとすれば、監察官が何人いても足りないでしょう」

倉木は薄笑いを浮かべた。

「それがほんとうなら、実際監察官をふやす必要があるかもしれんな」

平岩は池野が言い返さないうちに、割ってはいった。

「警視。時間もないので、話を進めましょう。十一時半に《ガラパゴス》がはねて、それからどうした」

池野は不満そうに頰をふくらませたが、平岩に目をもどした。

「近くのスナックで飲み直して、それから何軒かはしごをしました」

「午前二時までか」

池野がためらう。

また倉木が口を入れた。

「高校のOB同士で、映画の研究をしたんじゃないのか」

「それはどういう意味ですか」

「近ごろラブホテルでも、ビデオでいろんな映画が見られるそうだ」

池野はテーブルの表面を睨みつけ、頰をぴくぴくさせた。

平岩は池野が倉木に飛びかかるのではないかと、はらはらしながら二人の様子をうかがった。倉木の追及のしかたには、相手の神経を逆なでしようとする意図が、露骨に感じられる。これでは事情聴取にならず、尋問になってしまう。

やがて池野の肩が落ちた。

たばこをもみ消し、ふてくされたように言う。

「おっしゃるとおりです。一杯飲んだあとホテルへ行って、彼女と性交渉を持ちました。新宿御苑《しんじゆくぎよえん》の近くの《ロイヤルズ》という連れ込みです。確かに部屋でビデオも見ました。題名は忘れましたが、ご想像どおりの内容です」

平岩は倉木が何か言う前に、先を促した。

「そのあとどうした」

「午前二時すぎにホテルを出て、彼女を中野のマンションへ送ってから、高島平の自宅へもどりました。帰ったのは三時近かったと思います。そのまま寝込んでしまって、あれは午前七時過ぎだったでしょうか、防犯特捜隊長から電話がかかり、権藤警部補がやられたと知らされました」

「あの日きみが家を空けている間に、権藤警部補から電話も何もなかったそうだが、間違いないかね」

「ありません。家内は夕方、買い物へ出た以外はずっと家にいましたし、子供たちも電話を受けた覚えはないと言っています。警部補はあの日わたしに一切連絡せず、独自に動いたとしか考えられません」

倉木が口を開く。

「きみはふだん、ポケットベルを持ち歩かないのかね」

「持ち歩きません。とんでもないとき、とんでもない場所で鳴り出すと、仕事がら非常にまずいことになりますので。それは公安の場合も同じだと思いますが」

池野はどうやら、倉木が公安出身であることを承知しているようだ。平岩はちらりと倉木を見たが、倉木の表情は毛ほども変わらなかった。

「最近は呼び出し音の代わりに、無音振動で知らせる腕時計タイプのものが開発された。公安ではすでにそれを導入している。もし防犯部でも採用していたら、権藤警部補はきみと連絡を取る努力をしたかもしれない」

池野はわずかに唇を歪め、倉木を見返した。

「連絡する気があったなら、少なくとも自宅へ電話を入れたはずです。どちらにせよ、警視のご意見は防犯部長にお伝えします」

平岩は腕時計に目をやった。時間がたつ一方だ。

「特捜隊長から連絡を受けて、きみは青梅《おうめ》市の現場へ直行したんだね」

「はい。同僚の佐藤巡査部長が車を回してくれまして、一緒に現場へ向かいました」

事件の現場は、青梅線の沢井《さわい》駅に近い山中にある、小さな缶詰工場だった。

「この缶詰工場のことは、今まで知らなかったのかね」

「知りませんでした。権藤警部補の口からも、聞いたことがありません。非番だというのに、どうして警部補があの夜わたしに連絡もせず、あんな山奥まで出向いて行ったのか、見当もつかないのです」

「現場から微量のコカインが採取された。あの工場が、コカインの貯蔵庫になっていたことは、おそらく間違いあるまい。どこかの組織がコカインを缶詰に仕込んで、取引場所へ搬出する拠点に使っていたのだろう。建物を借りていた《ヘンミ缶詰》という会社は実在しないし、警部補と一緒に殺された男の身元も、まだ判明していない。怪しいことだらけだ」

「建物の所有者は地元の旧家で、事情を知らずに貸したことが確認されています。相手の素性を確かめずに貸した責めはありますが、事件そのものには無関係です」

平岩は報告書に目を落とした。

「問題は権藤警部補が、どこからあの工場の情報を入手したかだ。報告書によると、管理人が警部補を発見したときは、まだわずかに息が残っていたそうだな」

事件を発見したのは、問題の建物を含む山林の所有者から一帯の管理を任されている、本吉伸之介《もとよししんのすけ》という男だった。

本吉はその日の明け方、鳥撃ちに行こうと工場の近くを通りかかり、建物の明かりがついていることに気づいた。そばへ行ってみると、ドアが細目にあいている。不審に思って中をのぞいたところ、男が二人銃で撃たれて倒れているのを発見したという。

若い方はとうに死んでいたが、年かさの男、つまり権藤警部補の方はまだかすかに息があった。死後の実況見分で、至近距離から腹と胸に二発食らったことが分かり、発見されるまで生き延びたのは奇跡的という判断が出た。鑑定の結果、権藤は自分の拳銃《けんじゆう》で撃たれており、その拳銃がなくなっていることも確かめられた。

池野は目をしばたたいて言った。

「そうです。もともとタフな人でしたが、あれで即死しなかったのはさすがです。ともかく警部補を失ったのは、パートナーとしてなんとも残念なことでした」

「気持ちは分かるよ。ところでその管理人は、警部補が死ぬ間際に漏らした言葉を、聞き取ったそうだな。ただ一言、《ペガサス》と言ったと」

「そのように聞いています。しかし青梅署員が現場に駆けつけたときは、警部補はすでに亡くなっていたわけですから、それが事実かどうか確認することはできません。管理人が嘘をついたとは言いませんが、聞き違いということもありますし、あまり重要視すると捜査を誤るおそれがあります」

平岩は報告書を閉じた。

「かりに管理人の証言を信じるとして、そのペガサスという言葉に何か心当たりはないかね。もしそれが犯人に関係することなら、有力な手がかりになるんだが」

「ペガサスというのは、ギリシャ神話に出て来る翼の生えた馬のことでしょう。わたしはそれくらいしか知りませんし、ほかにまったく思い当たるものがありません」

倉木が割り込む。

「そういう名前のクラブとかキャバレーに覚えはないか。あるいはそういう呼び名で知られている人間でもいい」

池野はもっともらしく腕組みした。

「いや、わたしの知る範囲では、心当たりがありません」

「きみたちが使っているおとりやタレコミ屋に、そういう名前で呼ばれる人間はいないのか」

「少なくともわたしは知りません」

「彼らの中に、その呼び名を聞いたことがある、という者がいるかもしれんぞ」

池野は自信なさそうに唇をなめた。

「そこまでは確かめていませんが、必要があるなら調べてみます。ただし、警部補がペガサスと言い残したことは捜査上の秘密で、当面は公表されないことになっています」

「大声で聞き回りさえしなければ、捜査に不都合をきたすことはないだろう」

「分かりました」

　倉木が続ける。

「もう一つ聞きたいことがある。権藤警部補はこれまで、麻薬取引の現場に踏み込んだりしたときに、証拠物を一部自分の懐に入れたことはないかね」

　池野はぎくりとしたように倉木を見た。

「それはどういう意味ですか」

「聞いたとおりの意味だ」

　池野は憤然としたように言った。

「ありません。警部補がそのような違法を行なったことはないと断言できます」

「しかし記録によると、これまで権藤はパートナーであるきみや応援部隊を同行せずに、単独で現場に踏み込んだことが何度かあるようだ」

　池野は口ごもった。

「確かにそれはあります。警部補は時間的余裕がないとき、独断専行するきらいがないではありませんでした。その意味では今度の事件も、そうしたケースだったような気がします」

「だとすれば、彼が違法に走ったことがないというのは、少なくともきみが一緒だったときには、という条件がつくことになる」

　池野はハンカチを出して、額の汗をふいた。

「おっしゃるとおりです」

「権藤は競馬狂いで、あちこちに借金を抱えていたようだ。知っていたかね」

「はい——いや、詳しくは知りません」

「彼が証拠物をくすねるのを、承知の上で目をつぶったとすれば、きみ自身も共犯ということになる。分け前をもらおうともらうまいとだ。分かっていると思うが」

平岩は二人のやり取りを、緊張しながら見守っていた。倉木の仮借ない追及に反発を覚えながらも、内心では舌を巻く思いだった。

池野は顔を伏せたまま言った。

「わたしはおとり作戦で使う以外に、証拠物を所持したり流用したりしたことは、一度もありません。権藤警部補も同じだったと信じています」

倉木はじっと池野を見つめていたが、急に平岩に目を向けて言った。

「今日はこれくらいにしておきましょう」

平岩はうなずき、池野に声をかけた。

「引き取ってくれていい。また聞きたいことが出てきたら、連絡する」

池野はほっとしたように肩を緩め、立ち上がって深ぶかと頭を下げた。出て行く後ろ姿が、はいって来たときより一回り小さくなったように見えた。

平岩はまるで自分が事情聴取を受けたように、汗をびっしょりかいていることに気づいて、憮然《ぶぜん》とした。

3

倉木美希は振り向き、今歩いて来た道を見返した。

髪を水色のスカーフで包んだ若い女が、バスケットにスーパーの袋を積み、自転車でふらふらとやって来る。中学生が二人、鞄《かばん》で互いに相手をどつきながら、遠ざかって行く。犬を引いた老人が、電柱の陰で立ち小便をしている。

ほかに人影はなかった。

この間から、だれかに尾行されているような気がしたが、どうやら思い過ごしらしい。公安の刑事として、それなりに経験を積んできたつもりだが、内勤に回されてからいくらか勘が鈍ったようだ。

美希は気を取り直し、聖パブロ病院の門をくぐった。

文京区《ぶんきょうく》千石《せんごく》にあるこの病院は、優秀な心臓病の医療スタッフと設備を擁することで、広く知られている。

一歳になる美希の息子真浩《まさひろ》は、先天的に心臓に欠陥を持って生まれた。ペルメニ奇形症候群という、日本ではこれまで前例がなく、海外でもつい最近学会に報告され、命名されたばかりという難病だった。それが判明した生後一か月から、ずっとこの病院で世話になっている。いずれ体力が許すようになったら、手術に踏み切る予定だった。

病室へ上がると、母親の明星友希子《ゆきこ》が来ていた。

友希子はもうすぐ六十四歳になる。年にしては大柄で、瘦《や》せた体を明るい花柄のワンピースに包んでいる。

美希は鏡を見るたびに、自分が若いころの母親に似てきたことを感じる。外見だけでなく、勝ち気な性格もそっくりだった。

美希を見て、友希子は露骨に眉を寄せた。

「また一人かい。尚武さんはどうしたの」

美希はハンドバッグと紙袋をベッドの裾《すそ》に置いた。天井から吊された華やかなメリーゴーラウンドが、かすかな音を立ててゆっくりと回っている。

「仕事よ。悪いことをする警察官が多くて、休む暇がないらしいわ」

自虐的な口調で言い、息子の顔をのぞき込む。真浩は鼻に管を差し込まれたまま、かすかな寝息を立てていた。顔色が悪く、体も小さい。生まれたときは二千五百グラムそこそこで、そのときからほとんど大きくなっていないように思える。美希は胸を締めつけられ、じっと真浩の顔を見つめた。涙がにじんでくる。

友希子はおおげさに溜め息をついた。

「いくら忙しいか知らないけど、せめて週に一度くらい様子を見に来ても、ばちは当たらないはずだわ。自分の息子じゃないの」

美希は小指の先で涙をぬぐった。

「やめてよ。彼だって気にはしてるんだから」

突っぱねるように言ったが、気持ちは母親と一緒だった。それだけに倉木のことで責められると、強い反発といらだちを覚える。

友希子は椅子を立ち、美希と並んで孫の顔をのぞき込んだ。

「かわいそうな子だよ、ほんとに。病気を背負って生まれた上に、父親にまで見放されてさ」

美希は体を引き、母親を睨んだ。

「やめてったら。文句があるなら、彼に直接言ってほしいわ」

友希子は目をそらし、椅子にもどった。

「言って分かるような人だったら、とっくに言ってますよ」

美希は母親に背を向け、そっと息を吐いた。

美希が倉木と結婚するとき、友希子は強硬に反対した。夫を癌《がん》で失って十数年たち、一人娘の美希に対する期待が大きかっただけに、妻と死に別れて再婚する倉木に強い不満を抱いたようだ。倉木の前妻は何年か前、過激派の幹部との間にいざこざを起こし、爆弾に吹き飛ばされて死んだ。そうした倉木の暗い過去が、友希子の気に入らなかったらしい。しかし、美希が倉木の子供を身ごもっていると知って、しぶしぶ結婚を認めたのだった。

美希は怒りを押し殺し、揺れるメリーゴーラウンドに指を触れた。

気まずさを取り繕うつもりで言う。

「ずいぶんぜいたくなメリーゴーラウンドね。高かったでしょう」

「知らないわよ。あんたが買ったんじゃないの」

ぶっきらぼうに聞き返されて、美希は振り向いた。

「わたしじゃないわ。だれが——」

言いかけたとき、ドアがあいて看護婦がはいって来た。眼鏡をかけた中年の看護婦だった。二人に愛想よく挨拶し、リンゲルの目盛りを確かめる。

美希はためらいがちに言った。

「すみません。このメリーゴーラウンド、だれが吊してくださったのかしら」

看護婦は体温計を振り、ベッドの中に腕を入れながら言った。

「今朝引き継ぎのとき、夜勤の若い看護婦が感心してましたよ。時間外でしたけど、お父さまが夜遅くそれを持って来られて、ご自分で吊して行かれたんですって。一時間もベッドのそばにすわってらしたそうです」

「あの、主人が昨夜、ここへ来たんですか」

看護婦は瞬きした。

「ご存じなかったんですか」

不審そうな口調に、美希は急いで答えた。

「ゆうべ主人は夜勤で、家にもどらなかったものだから」

嘘だ。倉木は昨夜午前一時過ぎに帰宅し、また朝早く登庁して行った。しかしろくに口をきいていないので、帰って来なかったも同様だった。それにしても、病院に寄ったことくらい、話してくれてもよさそうなものではないか。

看護婦が出て行くと、友希子はばつが悪そうに言った。

「いかにもあの人らしいわね。何もこそこそ来ることはないのに」

「昼間はなかなか時間があかないのよ。別に、人のいないときを見計らって、来てるわけじゃないと思うわ」

「それならそうと、あんたに報告すればいいんだわ。来たことを黙ってるなんて、いったいどういうつもりなんだろう」

「ゆうべは遅かったし、今朝は早かったから、ゆっくり話す時間がなかったの。もういいじゃない、来てくれたんだから」

美希は声をはずませて言った。倉木がメリーゴーラウンドを買い、病院へ持って来たことに驚きを感じ、深く心を動かされていた。

真浩が生まれたとき、倉木はあからさまに喜びを表さなかったかわりに、息子の心臓に穴があいていると分かったときも、決して取り乱したりしなかった。悲嘆に暮れる美希を辛抱強くなぐさめ、励まし、動転する友希子をひたすら不器用になだめ続けた。

兄弟もなく、両親を早く失った倉木にとって、跡継ぎの真浩が難病に冒されていると知らされたときは、美希や友希子に劣らずショックだったに違いない。それを表に出さないため、周囲からは冷たい男とみられがちだが、そうでないことは美希がいちばんよく知っていた。

友希子が思いついたように言う。

「ところで、手術の費用はめどがついたの」

美希はメリーゴーラウンドを見上げた。

「分からないわ。わたしも彼も、目一杯借りる手立てをしているけど」

「わたしもどうにかしてあげたいけど、たいして貯《たくわ》えがあるわけじゃないしねえ」

友希子は夫に先立たれたあと、保険の外交員をして生計を立てている。

美希の父親は生前、小さな自動車部品製造の会社を営んでいたが、第二次石油ショックのあおりを受けて業績が傾き、最後には倒産した。そこへ癌の発病が重なったために、死後は財産らしい財産が残らなかった。わずかな生命保険の金も、借金の清算で消えてしまった。したがって、友希子は今一人暮らしを支えるのがやっとで、あてにするほどの貯えがないことは美希にも分かっていた。

美希は自分を励ますように言った。

「大丈夫、なんとかなるわ。いざとなったら、マンションを売るつもりよ」

先天性心疾患には、数十種類にのぼる症例があり、そのほとんどに医療費の公費負担が認められている。しかしペルメニ奇形症候群は、新しい症例だけにまだ認定登録が行なわれておらず、当面は国の全額補助が受けられない状況だった。

美希は真浩の医療費を捻出するために、これまでだいぶ無理を重ねてきたし、さらに手術となればかなりまとまった金が必要になる。共済組合をあてにできないとすれば、実際今住んでいるマンションを、売らなければならないかもしれない。

友希子は溜め息をついた。

「だれか金持ちの年寄りで、わたしをもらってくれる人がいないものかねえ」

美希は苦笑した。

「無理じゃないかしら。それくらいなら、わたしが尚武さんと離婚して、金持ちと再婚する方が早いと思うわ」

友希子は真剣な顔で美希を見た。

「おまえがその気なら、心がけてあげてもいいんだよ」

美希はあきれて母親を睨んだ。

「冗談もたいがいにしてよ。それより下でお茶でも飲まない」

二人は病室を出た。

看護婦のステーションに寄る。さっき病室で会った看護婦が、ノートをつけていた。

美希は紙袋からクッキーの詰め合わせを取り出した。

「いつもお世話さまです。みなさんで召し上がっていただけませんか」

看護婦は立ち上がり、礼を言って受け取った。

そのときステーションの前を、ストレッチャーが通り過ぎた。横たわった男のはげた頭が、ちらりと見えた。その周囲を、緊張した顔つきの男たちが数人、取り囲むようにして歩いて行く。

　友希子が背伸びをして言った。

「だれだろうね。有名人でも入院したのかしら」

　看護婦が秘密めかした口調で言う。

「法務次官が入院されるんです。心臓発作を起こしたとかで、さっき待機するように連絡がはいりましてね。クリモトだかクラモトだかいう人ですけど」

　美希はストレッチャーから目をそらした。法務次官の倉本真造《くらもとしんぞう》なら、名前を聞いたことがある。

「倉本法務次官ですって」

　それを聞くと、友希子は興味を失ったように肩を落とした。

「なんだ。あたしはまた、タレントでもかつぎ込まれたのかと思った」

「相変わらずミーハーねえ。さあ、行きましょう」

　地階の喫茶室でしばらく休んだあと、二人は病院を出た。

　都営地下鉄の千石駅へ向かう途上、美希は友希子のおしゃべりに調子を合わせながら、何度か後ろを見返った。

　別に変わった様子はないが、だれかに見張られているという思いを、どうしても振り切ることができなかった。

4

インタフォンのチャイムが鳴り、大杉良太《おおすぎりようた》は受話器を取り上げた。

「大杉です」

「倉木です」

スピーカーから落ち着いた声が流れ、大杉は椅子の背にもたれ直した。

「上がってください」

受話器をかけ、そばのボタンを押して、下のホールのドアを解錠する。

たばこをもみ消して、コーヒーメーカーの電源を入れた。わずかに気分が高揚する。

倉木尚武と会うのは、明星美希との結婚式に出席して以来のことだった。

あの稜徳会《りようとくかい》事件が終わったあと、大杉は警視庁に辞表を提出し、二十数年にわたる警察生活に終止符を打った。警察官の仕事がいやになったのではない。むしろ自分に向いた職業だと思い、それなりに誇りを抱いてもいたのだ。いやけがさしたのは、警察の組織そのものに対してだった。個々の警察官を見れば、悪い人間ばかりではない。気の合う仲間もいたし、数は少ないが尊敬できる上司もいた。しかしそれを束ねる組織となると、これはまさに得体の知れぬ伏魔殿だった。

大杉は退職する直前、警察内部の浄化作用をつかさどる警察庁警務局の、特別監察官津城俊輔《つきしゆんすけ》と倉木尚武に手を貸して、公安省を創設しようとする政府民政党上層部の陰謀を阻止した。癌はひとまず切り取られたが、癌そのものの存在は国民に知らされることなく、闇《やみ》から闇へと葬り去られた。癌はいずれ再発し、また患者の体を蝕《むしば》み始めるだろう。たちの悪い癌というのは、そうしたものだ。それを悟ったとき、大杉はどうしようもない無力感に襲われた。

警察をやめたのは、ある意味では逃避かもしれない。とはいえその中に身を置き、周囲の肉が腐っていくのを見るのは、もうあきあきした。未練がないと言えば嘘になるが、正直なところ靴を磨り減らして歩き回る仕事に、少々疲れたという気持ちもある。

警察をやめて分かったのは、元刑事の経歴がいかにつぶしがきかないか、ということだった。大メーカーや銀行の保安担当責任者、あるいは警備保障会社の管理職に就任するのは、ごく恵まれた連中だけだ。中小企業の警備員、大学の保安要員、町工場の守衛の口でも、声がかかればまだよしとしなければならない。暴力団に操を売ったり、場末のキャバレーの用心棒に成り下がる者も少なくなかった。

大人の下で働くことにこりた大杉は、退職したあとここ池袋に、自分で調査事務所を開いた。たまたま同じ時期に、中学時代からの親友が池袋駅西口に賃貸マンションを建て、その一室を格安に提供してくれた。駅前広場から歩いて数分の、きちんと区画整理された便利な場所だった。通常なら月額二十万円を超える2Kの部屋を、管理する不動産会社を通じて半額の家賃で借り受けている。このマンションは、場所柄いかがわしい人物が借りに来ることも多く、それをチェックするために入居者の事前調査をするのが、大杉の仕事の一つだった。そのほか親しい警察官が回してくれる失踪人《しっそうにん》の捜査、知り合いの弁護士に頼まれる裁判の証拠集めの仕事などで、なんとか食うだけの収入は確保している。

玄関のチャイムが鳴った。

ドアをあけると、倉木が軽く頭を下げた。

「おじゃまします」

「どうも」

大杉は短く言葉を返し、倉木を中へ入れた。

倉木は紺サージのスーツに身を固め、黒いアタシェケースを下げている。しばらく会わないうちに、少し年をとったようだ。髪に二筋三筋、白いものが見える。考えてみれば大杉自身やがて五十だし、倉木もすでに四十を過ぎたはずだから、年相応にふけて当然だった。自分のことは毎日鏡を見ているので、気がつかないだけなのだ。

倉木は大杉にすすめられて、応接用のソファに腰を下ろした。そのしぐさから、だいぶ疲れが溜まっている様子がうかがわれた。

倉木は室内を見回し、お義理のように言った。

「なかなかいい事務所だ。駅からも近いし」

「友だちのマンションでね。安く借りてるわけさ」

大杉はカップにコーヒーを注ぎ、テーブルに運んだ。

気まずいというほどではないが、なんとなく重苦しい雰囲気があたりに漂う。警察時代たまたま一緒に仕事をしたが、二人の間に直接の上下関係はなかった。大杉は倉木より年長で、キャリアもはるかに長い。しかし階級は倉木の方が上だった。大杉は退職する前、一階級昇進して警部になったが、警視の倉木には及ばなかった。したがって警察をやめた今、口のきき方も含めて二人の関係は、微妙なものになっていた。

倉木はコーヒーを一口飲み、意外そうに眉を上げた。

「うまい。こんな特技があったとは知らなかった」

「一人暮らしのおかげかな。料理や洗濯もうまくなった」

「奥さんと娘さんは」

大杉は首筋を搔いた。

「退職したあと、実家からもどって来たんだが、最近また出て行った。おれがよくここへ寝泊まりするものだから、家にいる張り合いがなくなったんだろう。娘も大学受験で浪人中だし、実家にいた方が何かと気が楽なのさ。おれの稼ぎが悪いこともあるがね」

倉木は表情を変えずに、コーヒーを飲んだ。

「何もやめることはなかった。いくらでも方法はあったのに」

たばこに火をつける。

「その話はやめよう。個人的な理由で依願退職したんだから」

倉木はかすかに唇をゆがめた。

「個人的な理由ね。あなたが警察に愛想を尽かしたことは、津城警視正もわたしもよく承知してますよ」

「警察がおれに愛想を尽かしたのさ。それよりかみさんはどうしてる。元気でやってるのか」

矛先を転じると、倉木は目を伏せた。

「相変わらずです。息子のこともあって、だいぶ苦労はしているが」

「そうか」

倉木と美希の間にできた子供は、心臓に先天的な疾患を持って生まれた。そのことには触れない方が無難だろう。

話を変えた。

「ところで、津城さんの具合はどうだ。あれ以来見舞いにも行ってないが」

津城警視正は稜徳会事件で頭に銃弾を受け、半年近く意識不明の状態が続いた。その後意識を回復したと風の便りに聞いたが、ここしばらく噂《うわさ》を耳にしていない。

倉木は薄笑いを浮かべた。

「あなたが津城さんの安否を尋ねるとはね」

「年をとると、人間も丸くなるのさ。あの男のやり方を認めるつもりはないが、ともかく一緒に戦った仲だからな」

「リハビリテーションが終わって、二か月ほど前から本庁に復帰してますよ。まだ机にすわってるだけだが」

大杉は苦笑した。

「いかにもあの男らしいな。どんな目にあっても、くたばらないとこがね。まあ、あんたもそれに近いが」

倉木もあの事件で頭の皮をはがれ、頭蓋骨《ずがいこつ》にドリルで穴をあけられそうになったのだ。

「それはほめ言葉ととっておこう」

倉木は言い、コーヒーを飲み干すと、なにげない口調で続けた。

「ところで仕事の方は、順調にいってるんですか」

「順調という言葉の意味にもよるが、まあなんとか食うだけは食ってるよ」

「個人の調査事務所は、なかなかむずかしいと聞いた。コンピュータを使って、大量のデータ処理をする調査機関には、太刀打ちできないんじゃないかな」

「返す言葉がないね」

「あなたの性格からして、離婚や浮気の調査を楽しんでやっているとは思えないが」

大杉はたばこをもみ消した。

「けっこう楽しんでるよ。性格が変わったんだ。ついこの間も、亭主の浮気の現場へ女房を案内して、女同士つかみ合いをさせてやった」

「ほう。それで結果は」

「最後には女二人力を合わせて、男をめちゃめちゃに叩きのめした。中に割ってはいったおれも、顔を引っ掻かれて往生したよ」

　倉木は小さく笑った。

「その様子じゃ、あなたも長生きできそうにないな」

「長生きする気もないさ。それよりなんの用があるんだ。まさかおれの仕事ぶりを見に来たわけでもあるまい」

　大杉が水を向けると、倉木は思い出したようにアタシェケースをテーブルに載せた。

「実は相談がありましてね。あなたの力を借りたいと思って来た。こういう本を見たことがあるかな」

　蓋《ふた》をあけ、新書判の本を何冊か取り出す。

　一冊手に取って見ると、黒いカバーに太い白文字で『警察官告白シリーズ・やくざはわが友』とある。ほかの本も同じ告白シリーズで、『ばくちで稼げ』とか『ピンハネ人生』とか、刺激的なタイトルがついている。

　大杉はうなずいて言った。

「ああ、これなら本屋で立ち読みしたことがある」

　それは現職の警察官が匿名で書いたという触れ込みで、警察内部の風紀の乱れや警察官の違法行為を暴露した、一種の内部告発本だった。むろん著者名はなく、警察糾弾グループ編となっている。ここ数年、こうした反警察本がどっと市場に出回るようになったが、このシリーズは中でも過激なものとして知られていた。

「感想を聞かせてくれませんか」

大杉は本をテーブルに投げ出した。

「文章がへたくそだ。ほんとにこれを現職の警察官が書いたのなら、警察学校はもっと文章講座に力を入れなきゃいかん。この程度の文章力しかないと思われたら、警察官の権威は地に落ちるからな」

「文章力はどうでもいい。わたしが聞きたいのは、中身のことですよ」

それは大杉も承知していた。

「面白いじゃないか。内部告発をするほど、警察も開けてきたということさ」

倉木は取ってつけたように、本をぱらぱらとめくった。

「賭博《とばく》、横領、贈賄、収賄、窃盗、強盗、恐喝、暴行、強姦《ごうかん》。刑法に規定された犯罪が、ほとんど網羅されている。これではやくざや暴力団と変わりがない」

「もっと悪いだろう。なんといっても、取り締まる側だからな」

「この本は、まわりにこんなひどいやつがいる、という形で書かれているが、わたしの見るところでは、書いた当人がいちばんひどいことをしているように思える。これだけ内部事情に通じていて、自分一人潔白だなどということはありえない」

「書いた当人は、まあ実際警察官が書いたと仮定してだが、告発してるわけでも懺悔《ざんげ》してるわけでもない。自分を含む仲間うちの悪行を暴露して、小遣い稼ぎをしてるだけだ。どうせ下っ端の平巡査か、せいぜい巡査部長クラスだろう。こんなものを書きたくなるくらい、連中のモラルが低下してるってことさ」

倉木は本を置いた。

「興味本位に過ぎる部分もあるが、この本の中身がある程度事実だということは、認めざるをえない。ただあなたが指摘するとおり、こういうものを出版して金もうけをする輩がいる、というところに問題がある。これは放置しておくわけにいかない」

「それはどうかな。おれはほうっておくのがいちばんだと思うね。これで悪徳警官が、少しでも姿勢を正そうって気になりゃ、警察にとっても悪いことじゃないだろう」

「ここに書かれたようなことが実際に起こっているなら、暴露本など書く前にわたしたちに報告か相談をすべきだ。そのために監察官がいるんだから」

大杉は倉木を見た。

「あんたもだんだん津城さんに似てきたな。臭いものには蓋をしろってわけか」

倉木は苦笑した。

「そういうつもりじゃないが、これだけたがが緩んでくると、監察官が何人いても足りなくなる。そろそろ歯止めをかけないとね」

大杉は新しいたばこに火をつけた。

「あんたもあのとき、稜徳会事件の極秘レポートを書いて、マスコミに発表しようとしたじゃないか。人のことを言う資格はないだろう」

「あれは陰謀を企んでいる連中に、揺さぶりをかけるための罠《わな》だった。もともと発表するつもりはなかったし、事実発表されなかった。そのことはあなたも知っているはずだ」

「だからおれは警察をやめたのさ」

倉木はちょっとたじろいだが、本の表紙を指で叩いて続けた。

「このシリーズは、単なる内部告発本ではない。それこそ何か目的があって、警察に揺さぶりをかけているとしか思えない」

「目的って、どんな」

「それが分かれば苦労はない。どうだろう、わたしに力を貸してもらえませんか」

「力を貸すとは」

「この本を出している桜田書房は、それだけでもふざけた名前の出版社なんだが、警視庁内部に特別のルートを持っているに違いない。社長の名前は小野田輝昌《おのだてるまさ》、昭和二十年生まれ、埼玉県出身。それ以外にデータはない。実際に現職の警察官が書いているのか、あるいはしゃべったものを編集部がまとめているのか、その辺も定かでない。あなたにお願いしたいのは、小野田の前歴を洗うと同時に、彼が警視庁のどのあたりとつながっているのか、調べてほしいということです」

大杉はあきれて首を振った。

「現職の特別監察官が元警察官に、警察問題の調査を依頼するとはね」

「それを言われると、一言もない」

「桜田書房がどこにあるか知らないが、所轄の税務署に圧力をかけてデータを取れば、原稿料をだれに支払ったかすぐに分かるだろう」

倉木は頬の傷痕を指でなぞった。

「以前どこかの県警本部がその手を使って、ばれたことがある。あのときもさんざん叩かれた。わたしとしては、前車の轍《てつ》を踏みたくない。だからわざわざ、あなたにお願いするわけでね」

大杉は首を振った。

「あいにくだが、引き受ける気はないな。あんたたちが自分でやる仕事だ」

「わたしたちは人手がないし、立場上表立って動くわけにいかない。どうしても外部の協力が必要なんです。分かっていただけると思うが」

「津城さんは警察内部のあちこちに、情報ネットワークを張り巡らしていた。以前はおれもその一人だった。まだその組織が残ってるだろう。それを使えばいいじゃないか」

「津城さんが入院している間に、そのネットワークは壊滅してしまった。わたしの家内も今では内勤に回されて、津城さんとのコンタクトがなくなった」

美希もかつては、津城のスパイを務めていたのだ。

「とにかく、いくら犯人探しをしたところで、なんの解決にもならないよ。風紀を粛正するためには、根本的な改革が必要なんだ」

「どんな」

「それはあんたたちが考えることさ。おれはもう警察から給料をもらってない」

「わたしもあなたに、ただ働きをしてもらおうとは思っていない。警務局予算の中から、適正と思われる範囲で調査料を支払う用意がある」

大杉はたばこをもみ消した。

「おれは恩給以外に、警察から金をもらうつもりはないんだ。警察のことは警察で解決してくれ。力になれなくて悪いが」

倉木は黙って大杉の顔を見ていたが、やがてあきらめたようにうなずき、アタシェケースを取って立ち上がった。

「じゃまをしました。あなたが二つ返事で引き受けるとは、実はわたしも期待していなかった。つい、苦しいときの神頼みでね。その本は置いていくことにする。暇なときに読んでください」

大杉は倉木があっさり引き下がったので、少し拍子抜けしながらソファを立った。

「だいぶ疲れてるようだな。そんなに忙しいのか」

倉木はちょっと肩をすくめるようなしぐさをした。

「この間青梅市で起きた、警察官の射殺事件に関わったりしているものだから」

「ああ、あの事件ね。まだ解決の糸口が見つからないらしいが」

「今のところはね」

「あんたが関わってるとすれば、殺された警部補に何かいわくがありそうだ。あれは防犯部のデカだったな、確か」

「そう」

「すると麻薬がからんでるな。警察官告白シリーズのネタになりそうな感じだ」

「そうならないように祈るしかない」

倉木はそう言って、ドアに向かった。大杉はその背中に声をかけた。

「どうだ、その辺で軽く一杯やっていかないか」

倉木は足を止めたが、背を向けたまま首を振った。

「いや、やめておきましょう。またあなたを口説きたくなるといけないから」

「そうか。かみさんによろしくな」

倉木は軽く手を上げ、事務所を出て行った。

大杉はソファにもどり、倉木が置いていった本を取り上げた。浮かない気分で拾い読みする。
二、三ページ読んだだけで胸がむかつき、本を思い切り壁に投げつけた。

5

午前十時。

白金プラザホテルの客室清掃係、箕輪範子《みのわのりこ》は洗濯物を載せるワゴンを押して、九一八号室の前に立った。ドアのノブに《客室の清掃をお願いします》とプリントされたカードがぶら下がっている。客はすでに外出したらしい。

範子は電気掃除機を廊下の壁に立てかけ、合鍵を出してドアをあけた。カードを内側のノブにかけ直し、掃除機を引いて中へはいる。

バスとクロゼットに挟まれた通路を進もうとして、範子は足を止めた。どきりとする。ベッドの陰の床に、人の姿が見えたのだ。

次の瞬間それが、血にまみれた裸の女の上半身だと分かる。

範子は掃除機を落とし、後ずさりした。驚きのあまり体がこわばり、喉がひきつる。壁につかまるようにして、部屋を転がり出た。不測の事態が発生したときはむやみに騒ぎ立てず、すぐフロント・マネージャーに知らせるように言われている。

わずかに残った理性に鞭《むち》打ち、範子は廊下をのめるように走った。

港区白金台警察署、刑事課強行犯捜査係長の湊《みなと》勇吉《ゆうきち》警部補は、制服警官の敬礼にうなずき返し、九一八号室にはいった。比較的ゆったりしたスペースの、ダブルルームだ。

湊は床に脚を広げて横たわる、全裸の女を見下ろした。胸と腹に二か所、赤黒い刺創が口をあけている。流れ出た血は驚くほどの量で、グレイの絨毯《じゆうたん》が暗紅色に染まっていた。年は三十代の半ばくらいか、開いたままの目はもう何も見ていない。眉の薄い、平凡な顔立ちの女だった。

ベッドに目を向けると、やはり全裸の男が仰向けに横たわり、盛大にいびきをかいて眠っていた。半開きになった右手に、血まみれの短刀を握っている。死んだ女とほぼ同じ年格好で、青白い肌に濃い体毛が目立った。右の鼻孔に、わずかに鼻血がこびりついているのが見える。

先に来ていた若い江島《えじま》刑事が、気負った口調で湊に言った。

「正体不明に眠りこけてます。起こしましょうか」

「まだいい。その状態で、いろんな角度から写真を撮っておけ」

鑑識係写真班のフラッシュが飛び交う。

湊は男の寝顔を眺め、どこかで見た顔だと思った。神経質にとがった顎と、鼻の脇のほくろに見覚えがある。しかしすぐには思い出せなかった。

湊と一緒に来た部長刑事の島崎《しまざき》司郎《しろう》が、テーブルに顎をしゃくって言った。

「コークをやったようですな」

小さなビニール袋に包まれた白い粉と、短いストローが載っている。

湊はベッドで眠る男の鼻血を見直した。コカインを使うときは、通常ストローで鼻から吸引する。そのために鼻の粘膜がただれ、常用すると鼻血が出やすくなるのだ。

湊はうなずいた。

「そうらしいな。やりすぎて、頭がおかしくなったんだ」

事件の発見者は、客室清掃係の箕輪範子だった。

範子から知らせを受けたフロント・マネージャーは、廊下から部屋をのぞいただけで中にはいらず、そのままドアに鍵をかけて警察に通報した。もう一人男がベッドで眠っていたことは、警察官が中へ踏み込むまで分からなかった。

島崎がドレッサーの前に立ち、死んだ女のものらしいハンドバッグを開いた。

湊は通路の横手のクロゼットをあけた。ハンガーに吊された、男のスーツのポケットを探る。財布を取り出して中を調べると、現金が五万円ほどはいっていた。運転免許証や身分証明書のたぐいは見当たらない。そのかわり、スイミング・クラブの会員証が出て来た。女のような丸い字で、「山口牧男」と書き込んである。

その名前を見て、湊はどきりとした。山口牧男。

あわててベッドの男の顔を見直す。われ知らず体が冷たくなった。頭の中で急速に歯車が回転する。とがった顎とほくろ。思い出した。間違いない。あの山口だ。湊はその場に立ち尽くし、急いで記憶をたどった。

山口牧男はかつて、白金台署警邏《けいら》課の巡査だった。

十年と少し前、管内の朝日派出所に勤務していた山口は、ある夜巡回連絡と称して、近所の朝日ハイツというマンションへ行った。池上友里子という一人暮らしのOLの部屋を訪れ、強姦したあげく首を絞めて殺した。

翌日マンションを訪れた母親が、友里子の死体を発見して大騒ぎになった。

捜査が開始されてまもなく、犯行の夜マンションを出て行く山口巡査を見た、という目撃者が現れた。

取り調べを受けた山口は、さほど捜査員をてこずらせることなく、素直に犯行を自供した。交際を申し入れて断られたため、何がなんでも自分のものにしようと友里子を襲い、凶行に及んだという。

　制服警官の強姦殺人事件は、当時たいへんな話題になった。あれほど警察に対する風当たりが強かったことは、ほかに思い出せる例がない。警官を見たら人殺しと思え、などという無責任な冗談が巷を駆け巡り、警察官はみな肩身の狭い思いをしたものだ。幹部の処分も大量に出たと記憶している。

　しかも裁判で、山口に有利な精神鑑定結果が採用され、懲役七年という軽い量刑に落ち着いたために、なおさら世論が収まらなくなった。山口は精神分裂病の疑いがあり、犯行時は心神耗弱状態にあったというのだが、病理上、法律上の是非はともかく、世論が納得しないのは当然のことだった。それでしばらくは紛糾した。

　しかしそうした騒ぎも長くは続かず、山口が服役すると事件はなしくずしに忘れ去られた。その後警察官による不祥事がふえ、人びとの関心も相対的に薄れてしまったのだ。

　山口が三年ほど前、刑期を務め上げて出所したことは、湊も承知していた。一部それを報道したマスコミもあったが、幸か不幸か一時的な話題に終わった。何ごとも忘れやすい日本人の体質に、警察が助けられた形だった。

　その山口が今、コカインを吸引して女を刺し殺し、ベッドで高いびきをかいている。この事件がマスコミに報じられたら、いったいどうなるだろうか。またぞろ新旧の事件を巡って、論議が蒸し返されることは目に見えている。それを考えると、背筋が寒くなる思いだった。

ハンドバッグを調べていた島崎が、驚いたように声を上げ、湊の方を振り向いた。

「主任。バッグの底にこんなものがありました」

湊はわれに返り、島崎を見た。島崎は手にしたものを湊に渡した。ほとんど目を疑う。それは警察手帳だった。

島崎が暗い声で言う。

「婦警とは思わなかった。どこの署でしょう」

湊は手帳を開いた。新宿中央署、防犯課保安一係、巡査部長、成瀬久子《なるせひさこ》。

「新宿中央署だ。おそらくヤク担当だろう」

絶望的な気持ちで、もう一度死んだ女を見下ろした。ふとめまいを覚える。強姦殺人の前科を持ち、コカインを吸引する元巡査に、麻薬担当の女刑事が殺された。いったいどうなっているのだ。署へもどって、事件を報告する自分の姿を思い浮かべると、いっそ客室の窓から飛び下りたくなった。

湊は急に怒りを覚え、若い刑事を怒鳴りつけた。

「いつまで写真を撮ってるんだ。さっさとそのコカイン野郎を叩き起こせ」

6

その夜《ガラパゴス》はかなり込み合っていた。

石原まゆみはウーロン茶を飲んだ。酒は嫌いではないが、少し飲み過ぎてしまった。なにしろ相手は十両の力士で、濃い水割りをビールのように飲む。とてもまともに付き合っていられない。相撲には興味がないので、もう名前を忘れてしまった。小股すくいという手が得意らしく、しきりにその説明をしている。

あくびを噛み殺したとき、バーテンに名前を呼ばれた。

振り向くと、カウンターにすわった客が、指を曲げてまゆみに合図した。いかつい肩をした三十半ばの男で、クリーム色のスーツに黒いシャツというでたちだった。一見してやくざと分かる。バーテンの緊張した顔が、すぐに来てくれと懇願していた。いやな感じがしたが、無視するわけにもいかない。

まゆみは力士に断りを言って、席を立った。愛想笑いを浮かべながら、カウンターに向かう。

「いらっしゃいませ。まゆみです。よろしく」

男は隣のストゥールを指して、ぶっきらぼうに言った。

「一杯付き合ってくれ」

「ごちそうになります」

まゆみは腰を下ろした。

男はまゆみの意向も聞かず、勝手に水割りを頼んだ。酒ができると、目でバーテンを追い払う。バーテンはカウンターの端へ行き、グラスを磨き始めた。

まゆみは形ばかり酒に口をつけた。男は髪をチックで固め、甘い匂いを漂わせている。まゆみのアンサンブルの胸元を、品定めするようにじろじろ見た。まゆみは痩せており、乳房も大きくない。あまり見つめられると、居心地が悪くなる。

「こちらのお店、初めてですか」

気をそらすように聞くと、男は目を上げてまゆみを見た。

「ああ。おれは柏崎《かしわざき》。桃源会の若頭《わかがしら》だ。聞いたことあるか」

緊張する。やはりやくざだった。桃源会は、最近東京近郊で勢力を伸ばしつつある、新興の暴力団組織だと聞いている。とうとう新宿にまで進出して来たのだろうか。

「桃源会の名前は聞いたことがあります。柏崎さんのことは存じ上げませんけど」

正直に答えると、柏崎は酒を一口飲み、切り口上で言った。

「あんたに折り入って話がある。これで仕事をお開きにして、おれに付き合ってくれ」

まゆみは首を傾け、しなを作った。

「無理ですよ。こんな時間に早引けしたら、ママに叱られます」

「大丈夫だ。親が病気になったと言えばいい」

まゆみは眉をひそめた。

「どういうことですか。わたしになんの用があるんですか」

「池野のことで話がある」

ぎくりとする。

「池野」

「池野英秋。警視庁防犯特捜隊の巡査部長さ。あんたの情夫《いろ》だってことも分かってる」

まゆみは頬がこわばるのを感じた。なぜこの男は、池野のことを知っているのだろう。不安が頭をもたげてくる。

しかしそれをおくびにも出さず、まゆみはカウンターを指でこすった。

「池野さんがどうかしたんですか」

「それはあとで話す。ママに断って来い」

「でもわたしの両親はとうに死にましたし、そのことはママも知ってますから」

「だったら兄弟でも友だちでもいい。だれかが急病になって、おれを迎えによこしたことにするんだ」

まゆみは目を伏せた。

「そんなこと、急に言われても」

「考えてる暇はねえ。さっさと肚《はら》を決めろよ」

「どんなご用ですか。どこへ行くんですか」

「それは外へ出てから教える」

「池野さんはこのこと、知ってるんですか」

「もうすぐ知るさ。時間は取らせねえよ」

「でも」

柏崎は顔を寄せ、口調を変えて凄《すご》んだ。

「がたがた言うんじゃねえ。痛い目にあいたくなかったら、黙って言われたとおりにするんだ。その方が身のためだぞ」

まゆみは顔から血の気が引くのを覚えた。なんの用があるのか知らないが、どうやらこの男は本気のようだ。無意識にネックレスをいじる。助けを求めてカウンターの端を見たが、バーテンはグラス磨きに専念していた。

なんとか時間を稼いで、池野に相談できればいいのだが。

「お店の外で、十分ぐらい待ってくれませんか。ママを説得しますから」

「だめだ。どっかへ電話するつもりならあきらめろ。おれと一緒に出るんだ」

まゆみは唇を嚙んだ。手の内を読まれている。

柏崎が念を押すように続ける。

「逃げようとしてもむだだ。おまえの住所《やさ》は分かってるし、いつでも首根っ子を押さえられる。警視庁へ乗り込んで、おまえと池野の関係をマイクで喚《わめ》き立てることもできるんだぞ」

まゆみは拳《こぶし》を握り締めた。言われたとおりにした方がよさそうだ。おとなしくしていれば、命まで取るとは言わないだろう。

まゆみはストゥールを下り、ママがいる奥の席へ歩いて行った。後ろから柏崎がついて来るのが分かる。

脇の下に冷たい汗が流れるのを感じた。

柏崎昇《のぼる》は石原まゆみの二の腕をつかみ、《ガラパゴス》を出て裏通りに向かった。

五分ほど歩いたところに、舎弟の島原裕司《しまばらゆうじ》が車を停めて待っていた。柏崎はまゆみをバックシートに押し込み、自分もその隣に乗り込んだ。

島原に車を出すように言う。

新宿の雑踏を抜け、青梅街道を下って山手通りを右へ曲がる。柏崎はちらちらとまゆみの様子をうかがった。二十代後半の痩せた女で、口元に目立つほくろがあるが、まずまず美人の部類に属するだろう。不安そうに窓の外を眺めている。観念したのか、何も聞こうとしなかった。聞くのが怖いのかもしれない。

中仙道《なかせんどう》にはいったところで、柏崎はFMをつけるように命じた。島原が黙ってスイッチを入れる。まだ駆け出しだが、必要以上に口をきかない寡黙な島原を、柏崎は気に入っていた。車内に低くクラシック音楽が流れる。

柏崎は自動車電話の受話器を取り上げた。

「これから池野に電話をかける。やつは今日非番で、家にいるはずだ。おれが教える場所に、やつを呼び出せ」

「どうして呼び出すんですか」

「うるせえ、いちいち質問するんじゃねえ。言われたとおりにすりゃいいんだ」

まゆみがすくみ上がるのが分かる。

「でも、家にかけたことないんです。奥さんが出て来たら困るし」

「おれに任しておけ。いいか、やつが住んでる高島平団地の中に、高島高校という学校がある。その正門前で今から四十分後、十時ちょうどに会いたいと言うんだ。場所はやつが知ってるはずだ、地元だからな。分かったか」

「こんな時間に呼び出すなんて。どう言えばいいんですか」

「話があると言えばいい。渋るようなら、女房に自分たちのことをばらすと脅かせ」

柏崎は車内灯をつけ、メモした番号をプッシュした。受話器を耳に当て、もう一方の手で車内灯を消す。池野が自分で出て来たら、すぐにまゆみに代わるつもりだ。

四度目のコールサインで、相手が出た。

「もしもし、池野でございますが」

女だった。柏崎は猫なで声で言った。

「夜分申し訳ありません。警視庁防犯部の者ですが、ご主人はいらっしゃいますか。ちょっと急ぎの用がありまして」

「少しお待ちください」

十秒ほどして、男が出て来た。

「池野です」

柏崎は作り声で続けた。

「こちら、巣鴨《すがも》駅前のリリアという喫茶店の者ですが、石原まゆみさんに頼まれてお電話してるんです。今ご本人と代わりますので」

「え。ええ、どうぞ」

相手がとまどったように答える。柏崎はまゆみを睨み、受話器を渡した。

まゆみは唇をなめ、受話器を耳に当てた。

「もしもし。ごめんなさい、家に電話しちゃって。実は急いで話したいことがあるの。あなたも電話じゃ話せないでしょうし、近くまで出て来れないかしら。……そばに高島高校っていう学校があるわよね。その正門前で四十分後、十時ということでどう。……ええ。悪いわね。じゃ、そのときに」

柏崎は受話器をもぎ取り、フックにもどした。

「よし、上出来だ」

まゆみがおずおずと言う。

「用が終わったんだから、下ろしてもらえませんか。お店にもどらなくちゃ」

「まだだ。用が終わったときは、おれがそう言う」

「だって、ごたごたに巻き込まれたくないから」

柏崎は苦笑した。

「ちゃっかりした女だな、おまえも。池野にけっこう貢がせてるくせによ」

まゆみが肩を揺する。

「刑事を相手に、何を始めるつもりなんですか。いくら桃源会でも、むちゃだわ。こんなこと知ったら、池野さん怒ると思うわよ」

柏崎はせせら笑った。

「いい度胸してるじゃねえか、おれを脅すとはな」

「そんなんじゃないけど」

「やつにどうしても、聞きてえことがあるのさ。たとえば、ペガサスがだれかなんてことをな」

「ペガサス。なんのことですか、それ」

「さあな。そいつはやつがよく知ってるだろうよ」

高島高校に着いたとき、ダッシュボードの時計は十時十五分前を指していた。

柏崎は正門が見渡せる、少し離れた暗がりに車を停めさせた。エンジンはかけたままにしておく。あらかじめ下調べをしたので、とまどうことはない。たまに人通りがあるが、たいした数ではなかった。

十時少し前に、地下鉄新高島平駅の方から、男が歩いて来た。街灯の明かりで、短く刈り上げた髪が見える。眼鏡がきらりと光った。黒っぽい背広を着ている。

まゆみの表情を見て、柏崎は口を開いた。

「あいつか」

「ええ」

まゆみは固い声で答え、背筋をまっすぐに伸ばした。

池野が正門前に来るのを待って、柏崎は島原に声をかけた。

「ゆっくりやつの方へ走らせろ」

車が近づくと、池野は身構えるようにこちらを見た。島原は池野の三メートルほど手前で車を停めた。

柏崎はポケットから拳銃を取り出し、まゆみに見せた。

「下りろ。変なまねをすると、ただじゃすまねえぞ」

まゆみは喉を鳴らし、黙ってうなずいた。ドアをあけ、車を下りる。柏崎もそれに続いた。まゆみを押しのけ、池野に見えるように拳銃を突き出した。

「乗れ」

池野は無意識のように、眼鏡に手をやった。まゆみと柏崎を交互に見る。

「あんたはだれだ」

「巣鴨駅前の喫茶店のマスターだよ。さっさとしろ」

「どういうことだ。説明しろ」

池野が言い、まゆみは顔をそむけた。柏崎はまゆみの背を押した。

「おまえは前に乗るんだ」

まゆみは急いでドアをあけ、助手席に乗った。

池野は動かず、柏崎を見ていた。柏崎はいらだちを隠さずに言った。

「早く乗れ。あんたがデカだろうとなんだろうと、おれは知っちゃいねえんだ」

刑事を拳銃で脅すのは、それなりに覚悟のいることだった。しかし柏崎はすでに、その覚悟ができていた。

池野はちょっとためらったが、結局言われたとおりにした。柏崎も続いて乗り込み、ドアをロックする。幸いだれも通りかかる者はなかった。

島原が車を発進させる。柏崎は用心のために、池野の足を運転席のシートの下に突っ込ませた。さらに両手を体の後ろで組むように命じる。そうしておいて、半分シートからずり落ちた池野の肩口に、拳銃を向けた。

島原は車をしばらく走らせ、工場街の裏手の暗い場所に停めた。

池野は窮屈な姿勢のまま、とがった声で言った。

「あんたはだれだ。現職の刑事をこんなふうに扱って、ただですむと思ってるのか」

「現職の刑事が聞いてあきれるぜ。酒はたかるわ女は抱くわ、あげくの果てにヤクは横取りするわ、よくそれで刑事が勤まるもんだ。おれたちやくざより、よっぽどあこぎだぜ」

「ベンツに乗ってると思ったら、やはりマル暴（暴力団）か。どこの組だ」

「桃源会よ。おれは若頭の柏崎だ」

少し間があく。

「今言ったのはどういう意味だ。ヤクを横取りするとかどうとか」

「とぼけるんじゃねえ。缶詰の一件、知らんとは言わせねえぞ」

「缶詰。なんのことだ」

「あんたが横取りした、フルーツみつ豆の缶詰のことさ。あれをどこに隠したか、さっさと吐けよ。おとなしく白状すりゃ、今度のことは水に流してやってもいいんだ」

「そんなもの、横取りした覚えはないぞ」

柏崎は銃口で、池野の頭をこづいた。

「しらばくれんじゃねえよ。ネタは上がってるんだ」

池野は押し殺した声で言った。

「缶詰というと、青梅の闇工場の一件か」

「あたりめえよ。おれたちが作った缶詰を、あんたが横取りしたんだ。相棒のデカと、うちの若いのをばらしてな」

池野は驚いたように、柏崎を見た。

「冗談じゃないよ。どこからそんなほら話を聞き込んだんだ」

「信頼すべき筋とでも言っておくか。あんたが素直に隠し場所を吐くなら、こっちもそれなりに話に応じる用意がある。世の中持ちつ持たれつ、お互いに協力することもできるんだ」

「協力だと」

「そうさ。こっちがときどき、小物の売人《ばいにん》をあんたに差し出す。あんたはおれたちに、手入れの情報を流す。ギブ・アンド・テイクは、気の利いたデカならだれでもやってることだ。先刻承知だろうがな」

池野は嘲るように言った。

「おれがあの事件に関係したなんて、とんでもない話だよ。おれは相棒をやられて、頭にきてるんだ。いいかげんにしてくれ」

助手席からまゆみが顔をのぞかせた。

「そうよ。池野さんがあの事件の犯人だなんて、とんでもない誤解だわ。あの夜はずっとわたしと一緒にいたんだから」

柏崎は鼻で笑った。

「さすがにデカだな。アリバイ工作も完璧じゃねえか」

「嘘じゃないわよ。調べてみたらどうなの」

「少し黙ってろ。おれはこの野郎と話してるんだ」

柏崎が怒鳴ると、まゆみは驚いて鼻を引っ込めた。

池野が言う。

「まゆみの言うとおりだ。《ガラパゴス》で聞けば分かる。あの夜は遅くまで、あそこで飲んでたんだ」

柏崎は溜め息をついた。

「そうか。あくまでしらを切るなら、しょうがねえ。ペガサスに引き合わせるまでだ」

「ペガサスだと」

池野の体が突っ張り、柏崎はあわてて拳銃を構え直した。

「ばかやろう、急に動くんじゃねえ。もう少しで撃つとこだったぞ」

「だれだ、そのペガサスってのは」

「とぼけるのもいいかげんにしろよ。あんたが缶詰を売った男だろうが」

「知らんぞ、ペガサスなんてやつは。だいいち横取りしてもいない缶詰を、どうして売ることができるんだ」

「またしらばくれやがって。ペガサスはな、あんたから買ったという缶詰を、ちゃんと見せてくれたんだ。確かにおれたちが作った缶詰だったぞ」

「知らんといったら知らん。どこのどいつだ、その嘘つき野郎は」

「あんたの方が詳しいはずだ。缶詰を売ったくらいだからな」

池野は唸《うな》った。

「少しは頭を使えよ。もしそいつがあんたたちの缶詰を持ってたとすりゃ、そのペガサスこそ犯人に決まってるじゃないか。考えるまでもないだろうが」

「やつが犯人なら、どうしておれたちに近づく必要がある。やつはあんたが犯人だと教えた見返りに、残りの缶詰を取りもどしたときは分け前をよこせ、と言ってるんだ」

「それは何かの罠だよ。おまえはそいつにだまされてるんだ。どうしてそんな風来坊を信用して、おれの言うことを信じないんだ」

「そりゃ、あんたがお巡りだからさ」

池野は首をねじ曲げ、柏崎を見上げた。

「もう一度言う。おまえはペガサスにだまされてる。おれの言うことを聞かないと、あとで泣きを見ることになるぞ」

「往生際の悪い野郎だな、あんたも。正直に白状すりゃ、長生きできるのによ」

「頼むから頭を冷やしてくれ。おれは缶詰を横取りしてないし、ペガサスなんてやつは会ったこともない。何度言ったら分かるんだ」

ふと池野の言い分に、耳を傾けそうになる。いや、お巡りの言うことなど、信用できない。これまでどれだけ煮え湯を飲まされたことか。

柏崎はドアにもたれた。

「どうあっても、缶詰の隠し場所は吐かないってんだな」

「知らないものは吐きようがない」

「そうか、じゃあしかたがねえ。おい、島原。車を約束の場所へ回せ」

「へい」

島原はギアを入れ、車を発進させた。

池野が緊張した声で言う。

「どこへ行くんだ」

「だからペガサスに会いに行くのよ。やつに会えば、あんたも観念するだろう。しかしそこで泣きを入れても、もう手遅れだからな」

池野はしばらく黙っていたが、ふっと体の力を抜いて言った。

「そうか。おれもその嘘つき野郎に会いたくなったよ。どこへでも連れて行け」

車は一度中仙道にもどった。

戸田橋《とだばし》の手前を左に折れ、荒川《あらかわ》の土手に沿った人けのない工場街を走る。ほどなく斜めに坂をのぼり、土手を越えて河川敷きに下りて行った。

やがて島原が車を停める。工事用の小さな仮設小屋が、星明かりの中に浮かんだ。そこがペガサスに指定された場所だった。昼間下見に来たので、間違いない。

「女を見張ってろ」

柏崎は島原に言い残し、池野の襟首《えりくび》をつかんで車の外へ引きずり出した。用意したフラッシュライトをつけ、池野を後ろから照らす。

「小屋の方へ歩け。へたに動くと、頭を吹っ飛ばすからな」

池野はあまり気の進まない足取りで、ゆっくりと小屋へ向かった。水色のペンキを塗ったプレハブの建物で、ドアと窓が一つずつついている。池野の影がドアをおおったとき、柏崎は小屋に向かって呼びかけた。

「ペガサス、来てるか。柏崎だ」

小屋の中から、かすかに床のきしむ音がした。男の声が答える。

「来てるぞ」

柏崎はほっとして拳銃を握り直した。

「池野を連れて来た。首実検してくれ」

ドアが静かに開き、人が出て来た。池野の影がかぶさり、はっきり見えない。眼鏡のレンズが闇に小さく光る。

ペガサスが低い声で言った。

「その男を照らしたまま、こっちへ回って来てくれ。逆光で顔が見えないからな」

「分かった」

柏崎は池野を光輪の中にとらえたまま、半円を描くようにしてペガサスのいる側へ回った。正面から池野の顔を照らす。

「どうだ」

柏崎が聞くと、ペガサスはかすかに笑った。

「警視庁防犯部、防犯特捜隊の池野巡査部長だ」

「あんたが缶詰を買った男は、こいつに間違いないか」

「間違いない」

柏崎は拳銃を握り締めた。込み上げる怒りを押し殺す。このデカに缶詰を横取りされたおかげで、おれはすっかり面子《メンツ》を失ったのだ。そう思うと、すぐにも弾をぶち込んでやりたいが、その前に缶詰の隠し場所を聞き出さなければならない。

池野がまぶしげに顔を歪めて言った。

「この嘘つきめ。顔を見せろ」

ペガサスがのんびりした口調で応じる。

「もうあきらめろよ、池野。そろそろ年貢の納めどきだぞ」

柏崎はライトの中に拳銃を突き出した。

「さあ、これでもう言い訳は通用しねえ。肚を決めて缶詰のありかを吐くんだ」

「知らんと言ったら知らん。その男に聞いたらどうだ」

池野が頑強に言い張る。

「くそ、しぶとい野郎だ。おまえがその気なら、もう容赦しねえぞ」

柏崎が銃口を上げようとしたとき、ペガサスがそれを押しとどめた。

「ライトを貸してくれ。おれが口を割らしてみよう」

柏崎はかろうじて自分を抑え、ペガサスにフラッシュライトを渡した。

ペガサスは池野にライトを向けたまま、そばへ近づいて行った。柏崎は光にとらえられた池野と、ペガサスの黒い後ろ姿を見守った。池野は額に汗を浮かべ、ペガサスを見つめている。しかし光の直射を受けた目に、相手の顔が見えるとは思えなかった。

ふとペガサスの肩が動いた。

「これを使え」

話しかける声が聞こえた。ペガサスが池野に何かを差し出す。

柏崎は目をむいた。ライトの中にちらりと見えたのは、拳銃の銃把だった。池野の驚く顔が闇に浮かぶ。

「何しやがるんだ」

柏崎はうろたえ、あわてて拳銃を構え直した。

「撃て」

ペガサスの怒鳴る声が聞こえ、フラッシュライトがぐるりと柏崎の方に回って来た。柏崎は左手を上げて光を避け、反射的に引き金を引き絞った。銃声が交錯して、柏崎は腹に重い衝撃を受け、小屋のドアに叩きつけられた。何がどうなっているのか分からなかった。いつの間にか地面に倒れている。

柏崎は苦痛と怒りにうめきながら、右手に握った拳銃を闇に向かって乱射した。

銃声が聞こえると同時に、島原が運転席を飛び出した。

石原まゆみは、フラッシュライトが宙を舞って地面に落ちるのを見ると、躊躇《ちゅうちょ》なく助手席のドアを押しあけた。星明かりを頼りに、土手へ向かって駆け出す。すさまじい銃声が背後で鳴り響き、まゆみは背中を丸めて走った。

ようやく土手の上にのぼり着いたとき、初めて銃声がやんだことに気づく。振り向くと、だれかが河川敷きを駆けて来る気配がした。

恐怖が喉を突き上げる。まゆみはショルダーバッグのベルトを首にかけ、土手の反対側に身を躍らせた。草の上を勢いよくすべって、コンクリートの道路に転がり落ちる。立ち上がって駆け出すまで、パンプスが脱げて裸足になっていることに気がつかなかった。遠い街灯の光を目当てに、死に物狂いで走る。助けを求めようとしたが、喉がひきつって声が出ない。

街灯の下まで来ると、足を止めて行く手の様子をうかがった。五十メートルほど先に別の街灯がともっているが、人通りはまったくない。工場の建物が未来都市のように、無機質な壁を連ねているだけだった。絶望にとらわれ、背後の闇を透かして見る。土手を滑り下りて来る黒い人影が目に映った。

まゆみはとっさに、工場と工場の間の細い路地に飛び込んだ。無我夢中で奥へ奥へと突き進む。路地は舗装されておらず、足の裏に石ころが当たって、飛び上がるほど痛い。とうとうがまんできなくなり、足を止めてその場にうずくまった。息を詰め、痛みをやり過ごす。

ふと振り向くと、路地の入り口から中をうかがう男の姿が見えた。街灯の光を受けて、眼鏡がかすかに光る。

池野だ。そう思って、われ知らず立ち上がった。次の瞬間、池野とは着ているものが違うことに気づく。唇を嚙んだが、すでに遅かった。男が路地にはいって来るのが見える。まゆみは身をひるがえして、さらに奥へと走り始めた。

途中で右へ曲がる。すぐに左へ折れ、また右へ曲がった。化学薬品の臭いがぷんと鼻をつく。まゆみは足をとめた。そこは袋小路だった。へなへなと土の上にへたり込む。背後に足音が迫るのが聞こえた。死の恐怖が身を貫く。

横手のコンクリート塀の下から、かすかな光が漏れていた。地面との間に、わずかな隙間《すきま》がある。まゆみは気力を奮い起こし、その隙間に潜り込んだ。かろうじて頭が抜ける。肩もはいった。自分の痩せた体に、これほど感謝したことはない。

隙間をくぐり抜けたとき、塀の反対側に駆け込む足音を聞いた。間一髪だった。

まゆみは立ち上がり、小さなタンクの間を抜けて工場の奥へ走った。

7

倉木美希は万年筆を取り出し、借用証に署名した。

笠井涼子はインクが乾くのを待ち、ていねいに折り畳んでポケットに入れた。美希も紙袋にはいった、五百万円の札束をバッグにしまった。正確に数えたわけではないが、涼子が数をごまかすと考える理由は何もない。

倉木と美希の年収を合わせれば、かなりの金額になる。しかしこれまで息子の治療費がかさみ、ろくに貯えがない。かといって、公費負担の認定が下るまで、じっと待っているわけにもいかない。マンションだけは売りたくないし、手術費用を工面するには涼子にすがるほかなかった。

「お役に立ててよかったです。もし足りないようでしたら、また相談してくださいね」

涼子が顔をのぞき込むようにして言う。美希は素直に頭を下げた。

「ありがとう、ほんとに助かりました。でもいいんですか、こんな返済条件で」

涼子との約束では、利率十五パーセントで一年以内に返済、ということになっている。分割でも一括でもいい。借りる側としては、きわめて有利な条件だった。

「ご心配なく。それでも銀行に預けるより、まだ割りがいいんですから」

「わたしの方も、サラ金で借りるよりはるかに楽だわ」

二人は銀座一丁目のレストランで食事をしていた。涼子が指定した店で、昔の洋食店の雰囲気を残した、感じのいいレストランだった。美希は完熟トマトを使った、ボリュームのある野菜サラダが気に入った。

涼子は問わず語りに、死んだ両親が株とアパートを遺してくれたおかげで、配当金と家賃収入がかなりあることを打ち明けた。亡夫との間に子供がなく、一人暮らしなのであまり金がかからない。何か有益な使い道はないかと考えたあげく、同僚に金を貸すことを思いついたのだという。

「この間も申し上げたように、お金に困っている警察官は少なくないんです。そのために悪いことをして、新聞沙汰になってしまう。今度の池野巡査部長の事件もそうだわ。やくざと撃ち合って死ぬなんて、どうせ裏でお金がからんでいるに違いないんです」

体を乗り出し、声をひそめて言う涼子に、美希は少し当惑した。

警視庁防犯特捜隊の巡査部長池野英秋は、つい数日前戸田橋に近い荒川の河川敷きで、射殺死体となって発見された。パートナーの権藤政和警部補が、青梅市の山奥で殺されてからほとんど間なしの惨劇に、警視庁は大きな衝撃を受けた。

「それはこれからの捜査を待たなければ、なんともいえないでしょう」

美希が応じると、涼子は頑固に首を振った。

「いいえ。池野巡査部長が握っていた拳銃は、この間殺された権藤警部補のものだという噂を、庁内で耳にしました。新聞には出ていませんでしたけどね。もしそれが事実なら、権藤警部補を殺したのは池野巡査部長、ということになります。きっとお金に目がくらんで、コカインを横取りしたんです。だからやくざに狙《ねら》われたんだわ」

池野の死体が発見された現場には、ほかに組織暴力団桃源会の幹部柏崎昇と、舎弟の島原とかいう若い男の死体も残されていた。二対一で撃ち合ったあげく、共倒れになったらしい。

池野が柏崎ら二人を射殺した拳銃は、先日青梅の缶詰工場で権藤が殺されたときに奪われた拳銃と、同一のものであることが判明した。涼子が言うように、警視庁内部では池野が権藤を殺してコカインを横取りし、桃源会がそれを取りもどそうとして撃ち合いになった、という見方が有力だった。そのため池野のアリバイが洗い直されている。夫の倉木尚武もその件で忙しいらしく、このところほとんど家に帰って来ない。

美希が返事をしかねて黙っていると、涼子は頰を紅潮させて続けた。

「それから少し前の、成瀬巡査部長の刺殺事件もあります。犯人の山口牧男は、ご存じのように昔OL強姦殺人事件を起こして逮捕された、元白金台署の巡査でした。心神耗弱を理由に減刑されたため、当時かなり物議をかもしたことはご記憶でしょう」

「ええ、よく覚えているわ」

「その山口が何年か前に出所して、今度はコカインがらみでまた殺人を犯したわけです。精神鑑定によるあの減刑は、いったいなんだったのか。こんなことが続いたら、警察が信頼を失うのは時間の問題です。そう思いませんか」

　確かに、白金プラザホテルで起きたあの事件にも、現職の婦人警官と元巡査がからんでいた。そのいきさつはまだ明らかにされていないが、やはりコカインを巡るスキャンダラスな事件に、発展しそうな気配がある。涼子に指摘されるまでもなく、警察に対する風当たりが強まるであろうことは、想像にかたくなかった。

　美希は小さくうなずいた。

「そのとおりだわ。最近警察官の犯罪を告発する本が、あちこちから出ているのもそうした風潮を物語っていますね。中身の方もそれなりに、的を射ているようだし。現職の警察官が、匿名で書いた本もあると聞いたわ」

　涼子は鼻にしわを寄せ、侮蔑を込めて言った。

「あれなんか、絶対お金のためですよ。正義感からじゃなくて、お金がほしいために出版社に情報を売ってるんです。恥さらしもいいところだわ」

「笠井さんに相談すれば、魂を売らずにすんだかもしれませんね」

涼子は瞬きした。

「さあ、それはどうでしょうか。わたしも人を見て貸しますから」

「中には笠井さんからお金を借りて、踏み倒す不届き者もいるんですか」

「ええ、たまにですけど。でもそういう人には二度と融通しませんから、また借りたい人はかならず返済してくれます。全額踏み倒した人は、今まで一人もいません。わりと律儀な人が多いんですよ。わたしもサラ金みたいに、うるさく返済を迫ったりしませんしね」

「笠井さんのことを知ったら、借りたいという人が行列を作るに違いないわ」

涼子は困ったように笑った。

「無差別、無制限というわけにはいきませんけど、倉木さんのご紹介でしたらどなたでもかまいませんよ。いつでも相談に乗ると言ってあげてください」

美希はうなずき、腕時計を見た。

「さあ、そろそろ行きましょうか。これから回るところがあるんです。今日はごちそうさせてくださいね」

伝票を取ろうとすると、涼子がその手を押さえた。

「いけません。割り勘にしましょう」

意外に強い口調だった。

「でも、それくらいさせていただかないと」

「いいえ。わたしがご用立てしたのは、あくまでビジネスとしてですから。こうしたことは、きちんとしなければいけません」

美希はためらったが、結局涼子の言うとおりにした。それくらいの細かさがないと、金貸しはできないのかもしれない。下積みの婦人警官とはいえ、なかなか考え方がしっかりしている。半ばあきれ、半ば感心した。

レストランの前で涼子と別れ、美希は地下鉄の銀座一丁目駅に向かって歩き出した。時間は夜八時過ぎで、まだ人通りが多い。

文房具の《伊東屋》の前まで来たとき、ふと視線を感じて足を緩めた。この間から、だれかに見張られているような気がして、落ち着かなかった。さりげなく後ろを見返る。ネオンがまぶしく目を打つだけで、怪しい人影などどこにもなかった。足早に人びとが行き来する中に、眼鏡をかけた男が一人ガードレールに足を載せて、たばこを吸っているだけだ。

美希はそっと息を吐き、歩調を速めて駅に向かった。下り口にはいろうとしたとき、すれ違いざまにぐいと腕をつかまれた。

きっとなって顔を見る。するとそこに、懐かしい男が立っていた。

大杉良太だった。

大杉はつかんだ腕を放した。

「驚いたな、こんなとこで会うなんて。元気でやってるか」

倉木美希はぽかんとして、大杉の顔を穴のあくほど見つめた。

「どうしたんだ。昔の仕事仲間を忘れたのか」

大杉が続けると、美希はわれに返ったように笑った。

「失礼しました。あまり突然だったので、びっくりしたんです。すっかりごぶさたしてしまって。お変わりありませんか」

「まあ、ぼちぼちだよ。どうしたんだ、こんな時間に。まさか仕事じゃないだろう」

「ええ、ちょっと知り合いと食事をしてたんです。大杉さんは」

「ちょうど終わったところだ。この先の保険会社へ、調査の報告に来てね。どうだ、軽く一杯やらないか。もし時間があればだが」

美希は時計を見た。

「これから病院へ行かなければならないんです。子供が入院してるものですから。前にお話ししましたよね」

大杉は頭を掻いた。

「ああ、聞いてるよ。相変わらず具合が悪いのか」

美希は目を伏せた。

「ええ。二、三日前に発作を起こして、危なかったんです。近々手術することになるかもしれません。ほんとうは体力がつくのを待つはずだったのに、それだけの余裕がなくなってきたらしくて」

「そうか。それは心配なことだな」

「でも三十分ぐらいならいいわ。久しぶりにお話もしたいし」

「よし、その辺でお茶でも飲んで、病院まで送ってやろう。どこだったかな」

「千石の聖パブロ病院です」

「それならちょうどいい。おれは池袋の事務所へ帰るんだ。途中で落としてやるよ」

大杉は先に立って、大通りから少し脇にはいったところにある、小さなカフェテラスのドアを押した。窓際の席に、向かい合ってすわる。

美希はベージュの、流行遅れのスーツを着ていた。昔から服装の地味な女だが、今はそこに生活の疲れが表れており、大杉は少し失望した。整った顔立ちをしているのに、相変わらずろくに化粧をしていない。そろそろ三十代も後半に差しかかるはずだし、もう少し若作りをしてもばちは当たらないのに、と思う。

美希が寂しげな笑いを浮かべた。

「だいぶ年を取ったな、そう思ってらっしゃるんでしょう」

大杉は急いでたばこに火をつけた。

「そんなことないさ。ちょっと疲れてるように見えるが、そんな事情では無理もないだろうしな。おれの方こそそろそろ五十で、すっかり体がなまってしまったよ」

「相変わらずやさしいんですね、大杉さんは」

「年を取って人間が丸くなったのさ。この間もだんなにそう言ってやったんだが」

美希の目が光った。

「倉木とお会いになったんですか」

「ああ。事務所を訪ねて来たんだ。聞いてないのか」

美希は運ばれて来たコーヒーに口をつけた。

「ええ。ここのところ忙しくて、ろくに話をしてないんです」

「そいつはいかんな。そうと知ったら、説教してやるんだった」

「なんの用事でうかがったんですか」

大杉もコーヒーを飲んだ。

「なに、ぶらっと立ち寄っただけさ。近所まで来たついでにな」

美希はかすかな笑いを浮かべた。

「嘘がへたなところも、相変わらずですね」

「嘘じゃないよ。おれがちゃんと飯を食ってるかどうか、心配になって見に来てくれたのさ。あれでもいいとこがあるんだ。かみさんに向かって言うのも変だがね」

美希が信用していないことは分かったが、ほんとうのことを言うわけにはいかない。

美希もそれ以上追及せず、話を変えた。

「めぐみさんはお元気ですか。確か今年、大学だったでしょう」

「三つ受けて全敗した。今女房の実家から、予備校に通ってるよ」

「実家から。奥さまは」

「娘と一緒だ。おれは事務所に寝泊まりしてる。その方が金がかからなくていいんだ」

「そうかしら。わたしは一緒に暮らすべきだと思いますけど。うちだって子供が一緒にいたら、どんなに気がまぎれるか」

美希は言葉をとぎらせ、うつむいた。大杉は困惑して、たばこをもみ消した。

「めそめそするなよ、巡査部長。じゃない、警部補になったんだっけな。涙もろくなったら、年を取った証拠だぞ。人生悪いことばかりじゃない。おれもここんとこしょぼくれていたが、今日はこうしてきみと巡り合う幸運に恵まれた。明日になったら、とんでもないもうけ仕事が飛び込んで来るかもしれん」

美希は気を取り直したように、顔を上げて含み笑いをした。

「それはどうかしら。わたしは疫病神かもしれませんよ」

大杉も笑った。

「そうか、そういえばこれまできみと関わると、ろくなことがなかったなあ」

「お互い、ひどい目にあいましたね、いろいろと」

「しかし結果的には、みんないい方向に転がってるのさ。おれも堅苦しい警察とおさらばできたし、きみはきみで惚《ほ》れた男と一緒になった。あの津城さんだって、結局は意識を回復して、現場に復帰したそうじゃないか。まだ机を磨いてるだけらしいが」

「そうですね、ものは考えようですね。少し元気が出てきたわ」

初めてくったくのない笑顔を見せる。大杉はほっとして腕時計に目をやった。

「そろそろ行こうか。病院がしまるといかん」

美希も時間を確かめた。

「そうですね。母が心配するといけないし。先に行ってるんです」

大杉は伝票をつかんで立ち上がった。


准看護婦の浦野清美《うらのきよみ》は、倉木真浩の病室を出てステーションにもどった。

六人兄弟のいちばん上に生まれた清美は、赤ん坊のこととなると誠心誠意のめり込んでしまう。子供のころから幼い弟や妹の面倒をみるのを、一度として苦痛に思ったことがない。もともと人の世話をするのが好きな性分なのだ。中学生のとき、祖父がアルツハイマー病にかかって、ほとんど寝たきりになった。その看護をするのが天命と思い、看護婦を目指したのだった。

倉木真浩のことを考えると、胸が痛くなる。先天性心疾患は確かに難病だが、手術して助からないわけではない。この間真浩が発作を起こしたときは、チアノーゼがひどくて半ば覚悟を決めたが、スタッフの必死の努力でどうにか持ち直した。今の体力で手術をするのは、大きな賭けだというのがスタッフの判断だが、こうなった以上しかたがないだろう。自分の出る幕はほとんどないが、できる範囲で最善を尽くすつもりだった。

真浩の両親は警察官だと聞いた。母親はしっかりした感じの女で、婦人警官にあんな美人がいるとは思わなかった。父親は口数が少なく、とっつきにくい印象の男だが、ときどき夜中に来て息子を眺める様子を見ると、実際は心のやさしい人物なのかもしれない。毎日のように顔を出す祖母は、やたら口うるさくて閉口する。確か友希子といい、名前の響きはモダンだが、清美の母と同じくらい頭が固い。

記録をつけ終わり、トイレに行こうとして、清美は廊下へ出た。そのときカウンターの下の暗がりに、デパートの紙袋が置いてあるのに気づいた。身をかがめ、取っ手を引いて中をのぞく。のし紙のついた箱がはいっていた。暗くてよく見えないが、倉木真浩様と書いてあるのが、斜めに読み取れた。見舞い品らしい。

清美は紙袋を取り上げ、真浩の病室に向かった。病室はトイレの手前にある。途中で立ち寄って、祖母に手渡そうと思った。だれが置いたのか知らないが、早く届けた方がいいだろう。

病室にはいると、薄暗いフロアスタンドの下で、祖母の友希子が週刊誌を読んでいた。顔を上げ、咎《とが》めるように清美を見る。

清美は低い声で言った。

「すみません、お見舞いが届いてましたけど」

「あら、どうも」

友希子は椅子を立ち、紙袋を受け取った。無造作に箱を引き出し、ライトの方へ向けて名前を読む。

病室を出ようとした清美を、友希子が呼び止めた。

「ちょっと。これ、違うわよ。うちは倉木――」

車が聖パブロ病院に近づいたとき、門の前で別のタクシーから下りる人影が見えた。

「おい、あれはだんなじゃないか」

大杉が言うと、美希も体を乗り出して前を見た。

「そうらしいですね。来るときはいつも、もっと遅い時間なんですけど」

声がはずんでいる。大杉はふと思いついて言った。

「ついでだから、おれも坊主の様子を見させてもらおうか。迷惑でなければだが」

美希が大杉を見る、目がうるんでいた。

「迷惑だなんて、とんでもありません。見舞っていただけたら、倉木も喜ぶと思います。大杉さんこそ疲れてらっしゃるのに、気を遣っていただいて申し訳ありません」

「気なんか遣ってないさ。坊主がどっちに似てるか、確かめたいだけだよ。だんなに似たら悲劇だからな」

「まあ。彼だってハンサムの部類に属すると思うわ」

「そうかそうか。あばたもえくぼってやつだな」

車が停まり、大杉は美希がバッグをあけようとするのを押しとどめ、金を払った。

「すみません、何から何まで」

「いいんだ。今度はちゃんとお見舞いを買って来るから」

「そんな」

二人は車を下りた。病院の玄関に向かう倉木の後ろ姿が見える。美希が呼びかけた。

「尚武さん」

倉木は足をとめ、ゆっくりと振り向いた。二人を見て、驚いたように手を上げる。大杉も挨拶を返し、倉木の方に向かった。美希が小走りに続く。

倉木が口を開き、何か言おうとした。

そのとき突然あたりの空気が揺れ動き、大杉は体の正面に熱風を受けたようによろめいた。同時に倉木も、後ろから突き飛ばされたように、たたらを踏む。

わずかに遅れて、くぐもった爆発音が腹の底に響いた。どこかでガラスの割れる音がした。悲鳴が聞こえたような気もする。建物の壁から何かがはげ落ち、コンクリートの上で砕けた。

「なんだ、どうしたんだ」

大杉は呆然《ぼうぜん》として、倉木を見つめた。

倉木は何も言わず、恐ろしい顔で大杉を睨んだ。次の瞬間くるりと身をひるがえすと、病院の玄関に向かって駆け出した。

「あなた」

美希が叫び、大杉の横をすり抜ける。われに返った大杉も、あわてて二人のあとを追った。

なんだか分からないが、いやな予感が体を貫いた。

第二章　決　意

1

倉木尚武が建物に突進する。

倉木美希と大杉良太も、遅れじとばかりあとに続いた。

明るい聖パブロ病院のホールには、まだ何人か見舞い客や看護婦の姿があった。ときならぬ爆発音に、全員彫像のように立ちすくんでいる。

倉木はその間を駆け抜け、まっしぐらに階段に向かった。美希も転がるようにあとを追う。大杉は途中で美希を追い越し、倉木に続いて階段を駆け上がった。

息を切らして四階までのぼると、きな臭いにおいが鼻をついた。とっさに足を止め、左右を見渡す。廊下の中ほどの病室のドアがはじけ飛び、中から煙が噴き出しているのが見えた。駆け集まった医者と看護婦が、病室の前を右往左往している。それを突きのけるようにして、倉木が煙の中へ飛び込んだ。

大杉があとを追おうとしたとき、美希が遅れて階段を駆けのぼって来た。煙が噴き出す病室を見るなり、血相を変えて駆け寄ろうとする。

大杉は反射的に腕をつかんで引きもどした。

「待て。まだ危ない」

美希は凄《すご》い力で大杉を振り放そうとした。大杉は必死になって美希を抱き止めた。たとえ爆発が起きたのが倉木の息子の病室でも、いや、もしそうだとすればなおさら、美希を行かせるわけにはいかない。

「真浩。お母さん」

大杉の腕の中でもがきながら、美希が身をよじって気が狂ったように叫ぶ。

それを聞いて、大杉はいっそう腕に力をこめた。やはり息子の病室だったのだ。かっと体が熱くなる。

背後で足音が聞こえた。振り向くと、目つきの鋭いがっちりした体格の男が二人、廊下をやって来るのが見えた。

年かさのこめかみに傷痕のある方が、背広の内側に右手を入れたまま、大杉に声をかける。

「警視庁の者だ。何があったんだ」

大杉は男を見返した。警視庁。なぜここに刑事がいるのだ。

「それはこっちで聞きたいよ」

吐き出すように答え、なおもあらがう美希を押さえつける。

男たちが病室へ向かおうとしたとき、煙の中から倉木が出て来た。かすかに足元がふらついている。

その顔を見て、大杉は息を呑んだ。まるで地獄をのぞいたような顔だった。

美希が叫ぶ。

「真浩は。お母さんは」

倉木は足を止め、美希を見つめた。無意識のように、拳《こぶし》を握ったり開いたりする。大杉は自分の腕の中で、美希の筋肉がこわばり、息が止まるのを感じた。

倉木は苦渋に満ちた表情で、ゆっくりと首を振った。

「だめだ。二人とも」

美希の足からすっと力が抜け、大杉はあわてて体を抱き止めた。失神したのだ。

見ていた看護婦が二人、そばに駆け寄る。別の看護婦が機敏に、ストレッチャーを運んで来た。

大杉は美希を抱き上げ、ストレッチャーに横たえた。

倉木がそばにいた医者に、親指で病室を示して言った。

「息子と母親のほかに、看護婦さんが一人います。息子たちはだめですが、看護婦さんはまだ息がある。診てやってください」

医者と看護婦の一団が、呪縛《じゅばく》を解かれたように動き始めた。

一緒に病室にはいろうとする二人の男を、倉木がそっけない口調で引き止めた。

「はいっちゃいかん」

腕を押さえられた若い方の刑事が、むっとしたように倉木を見る。

「警視庁の者だ。あんたは」

警視庁と聞いても、倉木の表情は変わらなかった。黙って警察手帳を取り出し、無造作に鼻先に突きつける。

中を見た男たちは、たちまち姿勢を正した。年かさの方が言う。

「失礼しました、警視。自分は警備部警護課の草間《くさま》警部補、これは同じく山崎巡査部長であります。当病院に入院中の、倉本法務次官の警護についていたところ、突然爆発音が聞こえたものですから」

倉木の頬《ほお》が引き締まった。

「倉本法務次官。病室にだれか残して来たか」

草間と名乗った刑事は、ちょっとたじろいだ。

「は。はあ、巡査を一人残して来ましたが」

「すぐにもどれ。これがきみたちを警護対象から引き離す、陽動作戦だとしたらどうするつもりだ」

刑事たちは顔を見合わせ、敬礼もそこそこに駆けもどって行った。

大杉は半ばあきれ、半ばぞっとした。自分の息子の病室で爆発が起こったというのに、倉木のこの冷静さはいったいどこからくるのだ。

ストレッチャーのあとを追って、倉木が歩き出した。大杉もあわててそれに続いた。

肩を並べて問いかける。

「爆弾か」

「そうらしい。手の施しようがない」

大杉は拳を手のひらに叩《たた》きつけた。

「くそ。いったいだれのしわざだ」


美希が泣き叫ぶ。

医者と看護婦に倉木が加わり、美希を落ち着かせようとベッドの両脇で、やっきになっていた。鎮静剤の効果はほとんどなかった。美希は体をけいれんさせ、手負いの牛のように暴れ回った。寝かしつけるのさえままならず、大杉はベッドが壊れるのではないかとはらはらした。暗澹《あんたん》たる気持ちでその様子を眺める。手を貸す気力もわかない。

爆発はまさに倉木の息子の病室で起こった。それは事故でも過失でもなく、確かに仕掛けられた爆発物によるものだった。倉木と大杉は少し前、所轄の小石川《こいしかわ》署の捜査員から、初動段階の簡単な報告を受けた。現場ものぞかせてもらったが、さすがの大杉も見なければよかったと思うほどの惨状だった。

美希の母親友希子は、全身を爆弾に直撃されて即死した。

息子の真浩は、友希子の体に隠れて直撃こそ免れたものの、爆発のショックで心臓が止まった。これも即死といってよい。

たまたま病室にいた准看護婦の浦野清美は、戸口まで吹き飛ばされながら奇跡的に命を取りとめ、今医師団が必死に蘇生術を施している。

大杉はやり場のない怒りに、ただただ切歯扼腕《せっしやくわん》した。いったいだれがなんの目的で、がんぜない赤ん坊の病室に爆弾など仕掛けたのか。

父親の倉木を狙《ねら》ったものとは考えたくない。爆弾闘争は極左過激派の常套手段《じょうとうしゅだん》だが、倉木は公安の仕事を離れて何年にもなるし、今は彼らの標的になるような立場にない。母親の美希は、まだ公安部に籍をおいているとはいえ、主に資料整理の仕事だから、過激派の恨みを買う理由がない。

あるいは、かつて倉木の監察を受けた悪徳刑事が、恨みを晴らそうとしてやった可能性もある。しかしいくら連中が堕落したにせよ、そこまでやる度胸があるとは思えない。

もう一つ考えられるのは、例の稜徳会事件で倉木や大杉に苦汁を飲まされた一派が、ほとぼりが冷めるのを待って凶行に及んだとする見方だが、これも今となってはありそうもないことだった。

ともかく美希の心中を考えると、好きなだけ泣き喚《わめ》かせてやるしかないと思う。母親と子供を一瞬にして失えば、だれでも気が狂って不思議はない。こんなときに冷静でいられるなら、それは人間とはいえない――倉木だけは別だが。

十五分ほどすると、ようやく二本目の鎮静剤が効いてきたらしく、美希の呼吸が落ち着き始めた。やがて美希はすすり泣きながら、浅い眠りに落ちていった。

ほっと緊張の解けた応急処置室に、草間警部補がはいって来た。

倉木に軽く頭を下げ、口ごもりながら言う。

「さきほどは失礼しました。捜査本部で聞いたのですが、息子さんはなんともお気の毒なことをしました」

倉木も軽く会釈を返した。

「どうも。法務次官の方は変わりありませんか」

倉木の顔はすでに、いつもの超然とした表情にもどっていた。息子と義母を失ったショックは、ほとんど痕跡《こんせき》をとどめていない。大杉はその自制心にほとほと感心した。

草間は直立不動のまま答えた。

「ありません。あのあと、念のため警護の数をふやしました。ご忠告ありがとうございました」

「いや。万一ということがあるからね」

草間が思い出したように言う。

「それからたった今、看護婦の浦野清美が息を引き取ったそうです。助かる望みがあるということだったのですが」

倉木はかすかに眉根《まゆね》を寄せた。

「そうですか、死にましたか。気の毒なことをした」

大杉が口をはさむ。

「死ぬ前に何か言いませんでしたか」

草間はうさん臭げに大杉を見た。

「あなたは」

返事をする前に、倉木が代わって答える。

「元警視庁捜査一課の大杉警部です。すでに退職しましたが、わたしの友人でね。一緒に息子を見舞いに来てくれたのです」

大杉は黙ってうなずいた。退職したときは新宿大久保署の防犯課所属だったが、その前は本庁捜査一課にいたわけだから、まるでうそというわけではない。

草間は表情を緩め、軽く頭を下げた。

「それは失礼しました。今聞いたばかりですが、浦野清美は死ぬ間際に一度意識を取りもどして、きわめて断片的ながら爆発前後の状況を言い遺したそうです。それによると、爆発が起きたのは彼女が息子さんあての見舞い品を、病室に届けた直後ということらしいです」

倉木は顎《あご》を動かした。

「見舞い品」

「はい。デパートの紙袋にはいった菓子箱だったんですが、そののし紙に息子さんの名前が書かれていたと」

大杉は怒りが込み上げるのを覚えた。

「そいつに爆弾が仕掛けてあったに違いない。なんてことをしやがるんだ、罪もない子供に——」

倉木がさえぎるように言う。

「その菓子箱をだれが持って来たか、浦野清美は言いましたか」

「ナースステーションのカウンターの下に、いつの間にか置いてあったそうです。捜査員が看護婦全員から事情を聴取していますが、今のところだれが持って来たのか、見た者はいません。浦野看護婦が見つける直前に、置かれたものと思われます。彼女はそれ以上しゃべれなかったようです」

倉木はうなずいた。

「爆弾に吹き飛ばされて、それだけしゃべることができれば、りっぱなものだ」

草間も神妙にうなずき返す。

「なかなか気丈な看護婦でした」

倉木は念を押すように、草間に向かって人差し指を立てた。

「ほかに何か分かったら、ぜひわたしに知らせてくれるように、捜査本部に伝えてください」

「分かりました。奥さまが早くショックから立ち直るようにお祈りします」

大杉はそっと息を吐いた。

美希にそういうときが来るかどうか、今の段階ではとても確信が持てなかった。

美希はもうろうとした眠りから覚めた。

朝の光が顔に当たっている。

急速に記憶がよみがえり、ベッドから起き直ろうとした。だれかに押さえつけられ、思わず腕を突っ張る。顔を見ると、それは夫の倉木尚武だった。

美希は枕《まくら》に頭を落とした。たちまち目に涙が噴き出してくる。倉木が右手を握った。

美希は左手で顔をおおい、むせび泣いた。一晩で泣きつくしたと思ったが、新しい涙があとからあとから出てくる。いくら泣いたところで、母親も息子ももどって来ないことは、よく分かっていた。それだけにいっそう泣けてくるのだ。

「だれがいったい、こんなことをしたの。許さない。わたしは絶対、犯人を許さないわ」

「落ち着いてくれ。今捜査一課と公安特務一課が、合同で捜査本部を開いている。おっつけホシが挙がるだろう」

美希は涙をふいた。いつまで泣いていてもしかたがない。

入れ替わりに、どす黒い怒りが頭をもたげる。だれがやったか知らないが、かならず犯人を突きとめてみせる。犯人に復讐《ふくしゅう》する、そのことしか今は頭になかった。

「目当てはついてるの」

「いや。見舞い品に見せかけた菓子箱に、爆弾が仕掛けてあったことは確かだ。死んだ看護婦が、ステーションに置いてあるのを見つけて、病室に届けに来た直後に爆発が起こった。時限装置がついていたのだろう」

美希は倉木の落ち着いた口調に、わけもなく反発を覚えた。息子を失ったというのに、まったく動揺の色が見えない。まるで他人の子供が死んだようだ。

顔をそむけて言う。

「至近距離で爆発したとすれば、遺体はばらばらだったでしょうね」

倉木が答えるまでに、少し間があった。

「お母さんはしかたがない。しかし真浩は爆弾の直撃を受けずにすんだ。ショックで心臓は止まったが、遺体にはほとんど損傷がなかった。お母さんが盾になってくれたんだ」

母が爆弾を一身に受け止め、真浩をかばう形になったというのか。顔を合わせれば喧《けん》嘩《か》を吹っかける母ではあったが、死なれてみるとそれが大きな意味を持っていたように思えてくる。

美希は歯を食いしばり、涙をこらえた。

「どんなことをしてでも、犯人を探し出してみせるわ。そして母と真浩を殺した償いをさせてやるのよ」

握った倉木の手に力がこもった。

「気持ちは分かるが、自重してくれ。犯人を探すのは、捜査本部の仕事だ。犯人がつかまれば、法がきちんと裁いてくれる」

美希は倉木から手をもぎ放した。

「あなたは法の裁きを待つというの。わたしは待たないわ。この手で犯人を絞め殺さなければ、とても気持ちが収まらない」

「ばかなことを言うな。自分が警察官だということを忘れたのか」

「いつでもやめるわよ。わたしたちが警察官であるために、真浩が殺されるはめになったのなら、警察なんかに未練はないわ」

食ってかかると、倉木は唇を引き締めた。

ためらうように言う。

「実はそのことだが、問題の爆弾は真浩を狙ったものでも、親のおれたちを狙ったものでもないらしいんだ」

美希は驚いて倉木の顔を見直した。

「どういう意味。だれを狙ったというの」

「倉本法務次官だ」

美希はあっけにとられた。倉本法務次官が同じフロアの病室にいることは、入院するときに姿を見かけたので承知していた。

「よく分からないわ。説明して」

「燃え残ったのし紙の切れ端に、真造と名前が書いてあった。看護婦は紙袋を見つけたとき、中をのぞいて確かめたというんだが、どうやら名前を読み違えたらしい。倉本真造様となっていたのを、倉木真浩あてと早合点したに違いない。あの看護婦は真浩の係だったし、名前の字面がよく似ているからな」

倉木真浩《くらきまさひろ》。倉本真造《くらもとしんぞう》。なるほど耳で聞けば区別は明らかだが、字面を思い浮かべると確かによく似ている。

「法務次官が狙われる理由があるの」

「倉本はどちらかといえばタカ派で、左翼対策に厳しい見解を打ち出している。天皇の即位の礼や大嘗祭《だいじようさい》のとき、警察が過激派に虚をつかれて失態を演じたから、こわもてで行く方針なんだろう。過激派のしわざだとすれば、標的としては小物に見えるが、それだけ盲点をつく形になったわけだ」

美希は拳を握った。

「それじゃ真浩は、倉本法務次官の身代わりになったの」

「断定はできないが、その可能性が強いということだ」

「看護婦が見舞い品の届け先を間違えたために、真浩と母が死んだというわけね」

「今さら看護婦を責めても始まらない。あの看護婦は真浩によくしてくれたし、犠牲者の一人なんだから」

天井を睨《にら》みつける。そんなちょっとした行き違いのために、息子と母親が吹き飛ばされることになったとすれば、ますますもってやりきれない気持ちになる。運命のいたずらというには、あまりにもひどすぎる仕打ちだ。

美希は倉木を見た。

「どっちでも同じことだわ。わたしは犯人を許さない。絶対この手で息の根を止めてみせる。約束するわ」

倉木はそれに答えず、しばらくじっと壁を見つめていた。

やがて低い声でいう。

「お母さんは気の毒をしたが、真浩のことはあきらめるんだ。予定どおり手術を受けたとしても、助かる見込みは二パーセントもなかった」

「気休めを言わないで」

「気休めなんかじゃない。きみにもお母さんにも黙っていたが、担当の医者にそう言われたんだ。かりに手術が成功しても、半年とは持たないだろうとね」

美希はうつぶせになり、枕カバーを嚙《か》み締めた。とめどもなく涙が溢《あふ》れ出す。背中に倉木の温かい手を感じた。

「おれたちは最善を尽くしたんだ。真浩もよくがんばった。その意味ではおれたちも真浩も、ほかの親子と同じように幸せだった。そう思わないか」

「わたしは——自分が許せないのよ。真浩がふつうに生まれてきていたら、どんなに幸せだっただろう——そう思うことが何度かあったの。あの子のせいじゃないのに」

「自分を責めてはいかん。きみはどの母親にも負けないくらい、よく真浩の面倒をみた。おれの分まで、二倍も面倒をみたんだ。真浩は十分幸せだったよ」

「真浩を亡くしてみて、あの子がどれほどわたしにとって大切な存在だったか、初めて分かったわ。たとえあと半年しか生きられなかったとしても、その半年を悔いのないように一緒に過ごしたかった。爆弾なんかで死なせたくなかった」

倉木はそれ以上何も言わず、だまって美希の背中をさすり続けた。

美希は自分を責め、そのつらさに気が狂いそうになった。それに耐えるためには、犯人に憎しみをぶつけるほかにない。母と息子を失ったということは、過去と未来を同時に奪われたというに等しい。自分の人生は、復讐に燃える現在しか残っていない。

美希は枕から顔を起こし、きっぱりと言った。

「もう一度言うわよ。わたしは自分を許さないと同じように、絶対にやったやつを許しはしない。生まれてきたことを、後悔させてやるから」

そのときドアにノックの音がした。

倉木が返事をする。ドアがあいて、紺のスーツを着た小太りの男がはいって来た。

警視庁公安部、公安特務一課長の球磨隆市《くまりゅういち》だった。球磨は五十代前半の年ごろで、美希がかつて公安三課に在籍していたころ、席を並べたことがある。当時は右翼団体を担当する係長の一人だったが、今は極左過激派の担当課長に昇進している。

球磨の後ろから、車椅子《くるまいす》がはいって来た。茶のガウンに身を包んだ、初老の男がすわっている。車椅子を押しているのは、こめかみに傷痕のある、体格のいい男だった。

球磨は倉木と挨拶《あいさつ》を交わし、ベッドのそばにやって来た。沈痛な表情で言う。

「なんと言っていいか、言葉もありません。お母さんと息子さんのことは、心からお気の毒に思います。かならず犯人を捕らえて、お二人の墓前にご報告できるよう、最善を尽くすつもりです」

　球磨はふだんから腰の低い男で、部下に対する口の利き方もていねいだった。

「恐れ入ります」

　美希はそっけない口調で答え、車椅子の男に目を移した。

　球磨が紹介する。

「こちらは倉本法務次官です。ぜひお見舞いしたいと申されるので、とるものもとりあえずご案内しました」

　倉本真造は肘掛《ひじか》けをつかみ、上体を少し浮かせて頭を下げた。

「ご心中お察しします。わたしあてに届けられた爆弾が爆発して、お母さんと息子さんが犠牲になられたと聞きました。もしそうだとすれば、お二人はわたしの身代わりになられたわけで、まったくお詫《わ》びのしようもありません」

　美希が口を開く前に、倉木が割ってはいった。

「次官にお詫びいただく筋合いのものではありません。お言葉だけはありがたく頂戴《ちようだい》しますが、どうかお気になさらぬように」

　倉本は首を振った。

「いや、責任の一端はわたしにもあります。全力を挙げて捜査に当たり、一日も早く犯人を検挙するよう指示するつもりです」

まるで記者会見でしゃべるような口調だった。

「ありがとうございます」

形ばかり答えて、美希は目をそらした。こうした茶番はがまんがならない。法務次官さえ入院していなければ、母親と真浩は命を落とさずにすんだのだ。そう思うと無性に腹が立ち、車椅子を蹴《け》り飛ばしてやりたくなった。

その気配を察したように、球磨が早口で言う。

「おっつけ公安部長と警視総監もお見舞いに見えるはずです。気を強く持って、くれぐれもお力落としのないように」

こめかみに傷痕のある男が車椅子を引き、ドアまで下がった。三人と一緒に、倉木も廊下へ出てドアを閉じた。

一人残された美希は、拳でつよくベッドを打った。

警察の手など借りるつもりはない。自分の手でかならず、二人の仇《あだ》を討つ。

2

午前一時。

ミーティングを終え、大須《おおす》一丁目にあるクラブ《オックス》を出た石原まゆみは、タクシー乗り場に向かった。このクラブで働き始めてから一週間たち、なんとか名古屋でもやっていける自信がつき始めたところだった。

深呼吸して歩きかけたとき、公衆電話のボックスの陰から、グレイのスーツを着た男が出て来るのが見えた。

まゆみはその場に立ちすくんだ。体中の血が凍りつく。

男は片手をズボンのポケットに入れたまま、そばにやって来た。暗い目をした、頰に傷のある男だった。

「石原まゆみさんですね」

低い声で話しかけられ、まゆみは無意識にあとずさりした。恐怖のあまり、返事ができない。この男に眼鏡をかけさせたら、荒川の土手で自分を追いかけて来た、あの恐ろしい男の顔になると思った。

男は内ポケットに手を入れ、黒い手帳を取り出した。

警察手帳だった。

「警察庁警務局の倉木といいます。ちょっと時間をもらえませんか。死んだ池野巡査部長のことで、聞きたいことがあるのでね。きみが池野と親しかったことは分かっている」

まゆみは一時に緊張が解け、思わずそこにしゃがみ込みそうになった。

あの事件の翌日、まゆみは《ガラパゴス》を無断でやめ、いくらか土地鑑のある名古屋市へ逃げて来た。それからまだ二週間しかたっていないのに、もう居場所を突きとめられてしまった。

しかし相手が暴力団の桃源会や、自分を追い回した正体不明の男ではなく、警察官だと分かっていくらかほっとした。あの男と間違えたのは、ただの思い過ごしだったようだ。

「どんなことですか。池野さんの話は、あまりしたくないんです」

「だからこそ聞きたい。正直に話してくれれば、きみには迷惑をかけないつもりだ」

あの事件の現場にいたことが、分かってしまったのだろうか。

まゆみは迷ったが、結局逃げるわけにはいかないと観念した。

「分かりました。わたしも疲れてますし、なるべく簡単にすませてください」

「それはきみしだいだ」

倉木と名乗った男は、警察手帳をしまってまゆみの腕を取った。さりげない動作だったが、手に込められた力は何かの意志を秘めたように強い。

「近くのホテルに部屋を取ってある。そこで話を聞くことにしよう。県警の取調室よりはましだろうから」

五分後二人は、小さなビジネスホテルの、シングルルームにはいった。ベッドに小机、テレビと冷蔵庫がそれらしく並んだ、殺風景な部屋だった。

まゆみは倉木に言われて、小机の前の椅子にすわった。

倉木は冷蔵庫から缶ジュースを取り出し、グラスに注いでまゆみに渡した。自分はベッドに腰を下ろす。

「時間も遅いし、手っ取り早くすませよう。わたしは権藤警部補が青梅線の沢井で殺された事件と、池野巡査部長が荒川の河原で暴力団と殺し合った事件を調べている。池野は権藤のパートナーで、きみのことは池野自身の口から聞いた。念のため言っておくが、これは任意の事情聴取だ。したがってきみが答えたくない、すぐにアパートへ帰りたいというなら、引き止めはしない」

強引にホテルへ連れ込んでおきながら、今さら帰っていいもないものだ。

「刑事さんはよくホテルで取り調べをなさるんですか」

「ホテルが取れたときはね」

皮肉は通じなかった。まゆみはそっと息を吐いた。

「何がお聞きになりたいんですか」

「まず権藤警部補の一件から聞こう。権藤が青梅線の沢井で殺された夜、池野はきみと一緒だったと主張したが、それに間違いないかね」

「間違いありません。あの日は午後から一緒に映画を見て、食事をして、それから《ガラパゴス》に同伴出勤しました」

「店がはねたのは何時ごろだ」

「十一時半ごろです」

「そのあとは」

「近くのスナックでお酒を飲んで、それから——ホテルへ行きました」

「なんというホテルだ」

「新宿御苑のそばの《ロイヤルズ》というホテルです。そこに二時ぐらいまでいて、そのあとマンションまで送ってもらいました」

「確かだろうね」

「ええ。だからもし池野さんが、権藤さんを殺してコカインを横取りしたと疑ってらっしゃるなら、それは誤解です。あの夜池野さんは、わたしとずっと一緒にいたんですから」

そう断言すると、倉木は頬をぴくりとさせた。

「池野が権藤を殺したなどとは、わたしは一言も言っていない。それともだれか、そう考える人間がいるのかね」

まゆみは喉《のど》の渇きを覚え、ジュースを飲んだ。どこまでしゃべっていいか迷う。

「わたしの話すことが、新聞に載るんですか」

「場合によってはね。しかしきみが正直に話をしてくれるなら、わざわざ名古屋まで逃げて来た苦労を無にさせるつもりはない」

まゆみは唇《くちびる》を噛み締めた。この刑事はすべてを見通しているようだ。

「新聞で読んだんですけど、池野さんは暴力団と撃ち合って死んだことになっているそうですね」

「そうだ。しかし新聞に出なかったことが一つある。池野が握っていた拳銃は、殺された権藤から奪われたものだった」

「うそ」

　まゆみは反射的に言ったが、倉木は表情を変えなかった。

「うそではない。そのために池野が権藤を殺して、コカインを横取りした疑いが出てきたのだ。しかしきみの話が事実なら、池野のアリバイは成立する。彼がきみを送ったあと、青梅線の沢井へ行って権藤を殺す時間は、どうみてもなかった」

「それは間違いないです。あの事件に関するかぎり、池野さんは絶対に犯人じゃありません」

　倉木はまゆみを見つめたまま、ベッドに置かれたアタシェケースの蓋《ふた》をあけた。ビニール袋を引き出し、中身をベッドの上に落とす。

　まゆみは息を呑んだ。それは白いパンプスの片割れだった。

「はいてみるかね、ここで」

　倉木がそっけない口調で言う。

　はいてみるまでもない。それは荒川土手から逃げる途中、まゆみの足から脱げたパンプスの片方だった。金の飾りリボンでそれと分かる。

「これは左足で、右足は警視庁にある。池野がやくざと撃ち合った、荒川土手の付近で発見されたものだ。これはきみのパンプスだろう」

　まゆみは肩を落とした。やはり現場にいたことがばれたのだ。

「ええ。わたしのものです」

「事件当夜桃源会の柏崎と思われる男が、《ガラパゴス》からきみを連れ出した。新聞には出ていないが、店のママの口から確認を取ってある。あの夜何があったのか、詳しく話してもらいたい」

まゆみはジュースを飲み干した。

「しかたがなかったんです。柏崎に脅かされて、言うことを聞くしかなかったわ」

倉木の目にいらだちの色が浮かんだ。

「そのことで責めるつもりはない。事実だけを話してくれればいい」

「柏崎は、車の中からわたしに電話をかけさせて、池野さんを高島平の高校の正門に呼び出しました。池野さんが権藤警部補を殺して、コカインを横取りしたと思い込んでいたようです。でも池野さんが否定したので、荒川の河原に行くことになったんです」

「なんのために」

「柏崎の話では、池野さんからコカインを買った男が、河原で待っているということでした。二人を対決させて、池野さんの口を割らせようという魂胆だったようです。池野さんのしわざじゃなかったのに」

「それでその男は、実際に河原で待っていたのか」

「ええ。わたしは車の中にいたんですけど、掘っ建て小屋から男の人が出て来て、柏崎と話をしているのが見えました。どんな人か、そのときは分かりませんでした。懐中電灯の光が、ずっと池野さんに当たったままだったので」

「その男がだれか、見当がつくかね」

まゆみは唾を飲んだ。

「だれだか分かりませんが、柏崎はペガサスと呼んでいました」

倉木の顔が緊張した。

「ペガサス」

その口調に、まゆみも緊張した。

「そうです。柏崎が車の中で、そう言いました。その男が、池野さんからコカインを買った、と言ったらしいんです」

倉木はしばらく考えたあと、鋭い目でまゆみを見た。

「池野はペガサスのことを知っているようだったかね」

「知らないと言ってました。柏崎は信じませんでしたけど」

「ペガサスという呼び名を、それ以前に池野の口から聞いたことがあるか」

「ありません。初めて聞く名前でした」

倉木は小さくうなずいた。

「それからどうなったんだ」

「柏崎とペガサスが話をしているうちに、突然撃ち合いが始まったんです」

「どんな話をしていた」

「聞こえませんでした。とにかくいきなり銃声が聞こえて、運転手が飛び出して行ったので、無我夢中で車から逃げ出したんです」

そのあと土手を駆けのぼり、ペガサスらしい男に追われて工場街に逃げ込むまでのいきさつを、細大漏《も》らさず正直に話す。

聞き終わると、倉木は話を整理するように言った。

「なるほど。柏崎と運転手は池野に撃たれ、池野は柏崎に撃たれたように見えるが、そこにペガサスがからんでいたとなると話は変わる。相討ちのように見せかけて、実は全員ペガサスがとどめを刺した可能性もある」

まゆみは膝《ひざ》を握り締めた。

「そうに違いありません。そのあとでわたしを追って来たんです。あんな怖い思いをしたのは初めてだわ。表通りへ出てタクシーを拾うまで、生きた心地がしませんでした」

「どうしてすぐに警察へ届け出なかったんだ」

思わず目を伏せる。

「関わり合いになるのがいやだったから——それにもしわたしの身元が分かったら、あの男はきっとわたしを殺しに来るわ。桃源会の人たちだって、わたしをほうっておかないでしょう。それが怖くて、名古屋へ逃げて来たんです。だから今話したことも、新聞に出ないようにしていただきたいんです」

倉木は軽く肩をすくめた。

「その気になったら、探すのは簡単だ。わたしを見れば分かるだろう」

まゆみはぞっとして、自分の胸を抱いた。

倉木は無表情に話を続けた。

「ところできみは、逃げる途中でペガサスの姿を見たと言ったね」

「見たといえるかどうか。暗かったし、距離もありましたから」

「もう一度その男を見たら、ペガサスと分かるかね」

まゆみは顔を思い出そうとしたが、ぼんやりとした輪郭しか浮かんでこない。

「なんともいえません。眼鏡をかけていたことは確かだけど、そばで見て分かるかどうか自信がありません」

倉木は眉を上げた。

「眼鏡をかけていた。ペガサスがか」

「ええ。遠くから見たかぎりでは、白いワイシャツにきちんとスーツを着込んだ、実直なサラリーマンのような感じでした」

体つきや雰囲気が、倉木と似ていることは黙っていた。倉木に声をかけられたとき、一瞬ペガサスと思ったことを告げたら、この刑事はどんな顔をするだろうか。

倉木はパンプスの片割れを、アタシェケースにしまった。

「明日わたしと一緒に、警視庁へ出頭してくれないか。事件当夜の詳しい供述書と、ペガサスの似顔絵を作りたい。新聞には名前が出ないように配慮するつもりだ」

まゆみは肩を落とした。このぶんではどこへ逃げても、また探し出されるだろう。

「分かりました」

「あしたの朝八時に、下のロビーに来てほしい。ここに泊まってくれれば安心だが、そういうわけにもいかんだろう」

「用意もありますし、一度アパートへもどります」

「タクシーを呼ぼうか」

「けっこうです。歩いても十一、二分ですから」

倉木は薄笑いを浮かべて言った。

「もしあした姿を見せなかったら、重要参考人として指名手配することになる。もちろん新聞にも載《の》るだろう。写真入りでね」

まゆみのアパートは、西大須公園の近くにある。

部屋は狭く、日当たりも悪いが、表通りから引っ込んでいるので、身を潜めるには格好の場所だった。

ひとけのない路地を半分ほどはいったとき、すぐ横手の門柱の陰から男が出て来た。

はっとして足を止める。闇に眼鏡のレンズがきらりと光った。

ペガサス。

まゆみが声を上げるより早く、男の右手が一閃《いっせん》して頭に強い衝撃を受けた。

目の中で火花が散り、まゆみは意識を失った。

3

大杉良太はネクタイを締め上げ、背広のボタンを留めた。

チョコレート色の汚いドアに、白いペンキで《桜田書房》と書いてある。ＪＲ山手線の高田馬場《たかだのばば》駅に近い裏通りだった。

ドアを引くと、いきなり階段がある。かなりの急勾配《きゅうこうばい》で、中にはいってドアをしめるために、三段ほど上がらなければならなかった。かびと油の臭いがひどい。

体を斜めにして二階へ上がると、そこは猫の額ほどの板の間だった。真正面にトイレ、右側に小さな湯沸かし場がある。大杉は左側の、上半分が磨りガラスになったドアをあけた。建てつけが悪いらしく、蝶番《ちょうつがい》がいやな音をたてる。

古びた木の机の向こうに、からし色のポロシャツを着た中年の男がすわっていた。警戒心をあらわにして、大杉をじろじろ見る。ほかにだれもいない。

三方を書棚に囲まれた、狭い部屋だ。床のあちこちに、紐《ひも》でくくられた本が乱雑に積み上げてある。男の背後の窓ガラスには、大きなオーストラリアの観光ポスターが貼《は》ってあった。角を留めたセロファンテープが、半分はがれかかっている。

「今朝ほどお電話した土谷《つちや》ですが、小野田社長はおられますか」

大杉が声をかけると、男は唐突に喉の奥から奇声を発した。身の危険を感じた野鳥が、警告のために発する鳴き声に似ていた。一瞬驚いた大杉は、それが咳払《せきばら》いらしいと分かって、笑いを噛み殺した。

男はそろそろと腰を上げ、耳障りな甲高い声で答えた。

「わたしが小野田ですが」

倉木尚武の話によれば、社長の小野田輝昌は昭和二十年生まれということだった。見たところ年より老けており、顔の形は寸詰まりの下駄によく似ている。小さな黒い目が、鼻緒通しの穴を連想させた。縮れた髪が、まるで強力な磁石で吸い上げられたように、頭全体から放射状に生え出ている。

「お忙しいところをすいません」

皮肉に聞こえなければいいが、と思いながら大杉は言った。

小野田はまたそろそろと腰を下ろし、机の前の折り畳み椅子を指さした。大杉は書籍の山にぶつからないように、慎重に机のところへ行った。

大杉がすわるのを待って、小野田は口を開いた。

「お電話では確か、本を書きたいというお話でしたね」

「そうです。こちらで出しておられる本を見て、わたしにも一つ二つ書けるんじゃないかと思いましてね」

周囲の書棚を見ながら言った。警察官告白シリーズのほかに、『死刑は私刑だ!』『弁護士が必要な弁護士たち』『冤罪《えんざい》の傾向と対策』といった本が何冊かずつ、ぎっしりと詰まっている。

小野田はたばこを取り出し、徳用マッチを擦って火をつけた。燃えさしをビールの空き缶に投げ込む。

「土谷さんはもと、大久保署の刑事だったということですが、いつごろどういう理由でおやめになったんですか。やめられたのは依願退職か、それとも懲戒免職ですか」

「やめたのは二年前で、それまでは大久保署の刑事課、暴力犯係にいました。いわゆるマル暴担当です。仕事がらやくざと付き合うわけで、どうしても持ちつ持たれつという関係になる。またそうでなけりゃ、マル暴相手に仕事なんかできるもんじゃありません。それでいつの間にか、ずるずると深みにはまりましてね。ギブ・アンド・テイクがすっかり身についちまって、あげくのはては懲戒免職というしだいです」

大杉が名前を無断借用した土谷は、実際に暴力団に手入れの情報を流し、懲戒免職になった大久保署の刑事だった。

「なるほど、懲戒免職ね。それで今は何をしてらっしゃるんですか」

「ぶらぶらしてるだけです。名刺もないような状態でしてね。家内が保険の外交員をやってますが、わたしもそういつまでも遊んでるわけにいかないし」

小野田はうさん臭そうな目つきで、煙を吹き上げた。

「すると失礼ながら、生活費を稼ぐために本を書こうと、そういうことですかな」

「平たく言えばそうなりますが、わたしもつねづね警察のやり方に不満というか、腹に据えかねるところがありましてね。懲戒免職になったのも、わたしだけが悪いわけじゃないんです。警察という組織にも問題がある。ぜひその実態を白日のもとにさらして、国民とともに考えていきたいと思うんですよ」

小野田は目をぱちぱちとさせ、笑いをこらえるように例の咳払いをした。

「企画書をお持ちになりましたか」

「企画書。そんなものがいるんですか」

「つまりその、レジュメですな。内容や構成を簡単にまとめたものですよ。目次立てだけでもいいんだが、そうしたものがないと検討のしようがない」

「目次はもう頭の中にできてます。暴力団との癒着。でっちあげに違法捜査。副業にアルバイト。女問題に性犯罪。覚醒剤に麻薬――」

小野田は人差し指を振り立てて、大杉のおしゃべりをさえぎった。

「どれもすでに、うちの本に書かれたことばかりですな。いくつか読まれたとすれば、先刻ご承知のはずだが」

「でしたら、こんなのもありますよ。知能犯担当のある刑事が、キャッシュカードを変造行使した容疑者から、証拠物のカードを取り上げましてね。自分で銀行から金を引き出して、それを着服したんです。百万円ほどですが」

「似たりよったりですな。いずれにしても新味がない」

「暴力団の幹部の妹に手を出して、おとしまえをつけるために女を売ったデカもいます。

連中が経営する売春組織に、入管法違反の外国人女性を斡旋《あっせん》したんです。わたしじゃありませんがね」

小野田はいっこうに興味を示さず、無造作にたばこをビールの空き缶に突っ込んだ。

「だめだめ。昔OLを強姦《ごうかん》して絞め殺した警官が、刑期を終えて釈放されたと思ったら、今度は婦人警官を刺し殺すご時世だ。荒川の河原じゃ、現職の刑事がやくざと撃ち合って共倒れになる。しかもコカインがからんでるって噂《うわさ》です。そんな話がのべつ新聞に載るんだから、ちょっとやそっとのことで読者は驚きゃしませんよ」

いずれも最近世上を騒がせた、警察官がらみの不祥事だ。そう言われると大杉も、二の句が継げなかった。

小野田はどうだまいったか、という顔つきで大杉をねめつけた。

「そんな具合だから、よっぽどすごい話でないと本にならない。最近うちの本が売れてるせいか、いろんな警察官から匿名で売り込みがあります。あなたのような元警察官も少なくない。しかしうちの場合は、基本的に退職した人じゃなくて、現職の警察官に書かせることにしてるんです。それがセールスポイントですからね。退職した警官が書いた本はほかの出版社でやってるし、あなたもそちらに相談してみる方がいいでしょう」

大杉はショートジャブを放った。

「こちらの本は、ほんとに現職の警官が書いてるんですか。けっこういいかげんなとこがあるように思いますがね」

小野田はむっとしたように顎を引き、また例の咳払いをした。

「そりゃいくらかは話を変えてますよ。ありのままに書いたら、書いた人物が分かってしまうからね。うそにならない程度の脚色はしてあります」

少し水を差されただけでむきになるのを見て、大杉は内心ほくそ笑んだ。

今度はストレートを叩き込む。

「わたしはだいたい、書き手が自分だけ正義漢のような顔をして、同僚や上司の悪口を書き立てるのが気に入りませんね。そういうやつにかぎって、裏じゃろくなことをしてないんだ。本を書いて小遣いを稼ぐ前に、一人前の仕事をしてみろと言いたい」

小野田はますます顎を引き、そっくり返って腕を組んだ。

「懲戒免職になったわりには、ずいぶんりっぱなご意見をお持ちですな。警察を告発する本より、警察礼賛のPR本を書いた方がいいんじゃないですか」

「それはいい考えかもしれない。警察がたくさん買い上げてくれるだろうし、告発本よりもうかりそうな気がしますね。だいいち、警察に目をつけられることもない。あなたも検討してみたらどうですか」

猜疑心《さいぎしん》のこもった目で大杉を見る。

「あなたは退職警官じゃなくて、現職の警官じゃないんですか。うちの本が気に入らないので、またいやがらせに来たんでしょう」

「退職したのはほんとですよ。しかしその口ぶりだと、警察にいやがらせをされたのは、二度や三度じゃないようですね」

小野田は薄笑いを浮かべた。

「もう慣れっこになってますよ。現職の警官に頼まれて、様子を見に来た退職警官も何人かいる。あなたがそうだとは言わないが、どっちにしてもお役には立てないようだ。お引き取り願いましょう」

大杉は立ち上がった。

「残念ですな。ベストセラーを書く自信があったのに」

狭い階段を下りる途中で、また小野田の咳払いが聞こえた。

ドアをしめて歩き出したとき、通りの向かいにある自動販売機の横で、ちらりと人影が動いた。とっさに目の隅で相手の足元を確かめたのは、長年の刑事生活で身についた習性だった。折り返しつきの紺のスラックスに、スリップオンの黒い靴。流れて行く人の群れの中で、一つだけ浮いた動きが目につくと、本能的に警戒心が頭をもたげてくるのだ。

大杉は急ぐでもなく、高田馬場駅につながる表通りに向かった。角を曲がるときも、後ろを見るようなことはしない。

たばこ屋の店先で足を止め、一万円札でキャスターを買った。釣銭を待ちながら、さりげなくそばのパチンコ屋の看板を見上げる。さっき目にした、紺のスラックスと黒い靴が視野の隅に映った。えび茶のジャケットを着た中肉中背の男だ。楽器店のショーウインドーをのぞいている。

釣銭を受け取ると、大杉は横断歩道を渡った。今度はレストランの前にある公衆電話ボックスにはいる。自分の事務所の番号を押し、受話器を耳に当てて体を回した。少し離れた喫茶店の看板に目を向け、適当に口をぱくぱくさせる。看板には《センチュリー》と書いてあった。受話器からは大杉自身の、留守番電話の声が流れてくる。

えび茶のジャケットの男が、手前の本屋の店先で週刊誌を繰っているのが見えた。まともに目を向けてこないが、大杉の動きを視野に収めていることは間違いない。油気のない髪が風に乱れている。

大杉は一度電話を切り、今度は別の番号を押した。

大久保署が出ると、防犯課の岡本啓輔《おかもとけいすけ》につないでもらった。岡本は大杉が大久保署にいたころ、捜査のいろはを教えた若手の刑事だった。

「もしもし、岡本ですが」

うまいことにつかまった。

「大杉だ。しばらくだな、元気か」

「あ、これはどうも。ごぶさたしています。たまには電話してみようかなんて、ついさっきも昼飯を食いながら、考えてたとこなんですよ」

相変わらず調子のいい男だ。

「どうだ、時間あるか。今高田馬場の駅のそばにいるんだ。ちょっと頼まれてほしいことがあってね」

「いいですよ。高田馬場なら十五分で行けます。場所はどこですか」

「駅から早稲田《わせだ》通りを小滝橋の方へ五、六十メートル歩くと、右側に《センチュリー》という喫茶店がある。そこでおれはある男とお茶を飲んでる。えび茶のジャケットを着た、風采《ふうさい》の上がらない中年男だ。そいつが店を出たらあとをつけて、どこの何者だか正体を突きとめてもらいたい。タクシーに乗るかもしれないから、車で来てくれた方が無難だ」

「素性の分からない男と、お茶を飲んでるんですか」

「これから飲むのさ。そいつは今、おれのあとをつけてるんだ。この礼は改めてするよ。好きなだけ餃子《ギョウザ》を食わせてやる」

電話ボックスを出た大杉は、まっすぐ本屋の店頭へ行き、週刊誌を読んでいる男に声をかけた。

「ちょっとお茶でも飲まないか」

男は顔を上げて左右を眺め、それから自分のことかというように、大杉を見た。行き届いた芝居だが、元刑事には通用しない。

「ほかにだれもいないよ。おれがだれで、あんたがだれかということについて、二人で腹を探り合おうじゃないか」

男はしんから途方に暮れた顔で、週刊誌をラックにもどした。

「なんのことだか分かりませんな。人違いじゃございませんか」

年格好ははっきりしないが、四十前後といったところか。ほくろ一つないのっぺりした顔で、年寄りじみたしゃべり方にも妙に抑揚がない。人込みにまぎれると、すぐに目立たなくなってしまうタイプの男で、その意味では尾行に向いているのかもしれないが、大杉を相手にしたのが不運だった。

大杉はのんびりと続けた。

「人違いじゃない。今桜田書房に電話して、風采の上がらぬ中年男にあとをつけさせるな、と文句を言ってやったんだ。そうしたら小野田がひどく恐縮して、そんなどじな男にもう用はないから、ソファの詰め物にでもしてくれだとさ」

男は笑ってぼさぼさの髪を掻《か》いた。

「弱ったな。桜田書房ってなんですか」

「警察の下請けをやってる、タレント本専門の出版社さ」

「知りませんな、そんな出版社は」

「小野田を知ってるだろう。ときどき丹頂鶴《たんちょうづる》みたいに鳴く男だよ」

男は情けなさそうに、あたまをひょこひょこ下げた。

「いいかげんに勘弁《かんべん》してもらいたいですな。あたしは桜田書房も小野田社長も知らないんですから」

「小野田が社長だなどと、おれは一言も言ってないぞ」

男は瞬きして、救いを求めるように視線を左右に走らせた。しかたなさそうに言う。

「かりにあたしが、その小野田さんとやらにおたくを尾行するように頼まれたとしても、正直に白状するわけにはいかんでしょう。もしそれを商売にしてるとしたらね」

「半分白状したようなもんじゃないか。とにかくお茶でも飲もう。緊張して喉が渇いただろう」

大杉は男の腕をつかみ、うむを言わせず三軒ほど先の喫茶店《センチュリー》に、引っ張って行った。

間口が狭いわりに中は広く、ボックス席が二十ほど並んでいる。大杉はなるべく奥の席を選んで腰を下ろした。男も観念したのか、何も言わずに向かいにすわった。

コーヒーが来るまで、二人とも口をきかなかった。男は格別そわそわするでもなく、黙ってたばこをふかしていた。

大杉はブラックでコーヒーを飲んだ。

「どこの何者か聞いても、言う気はないだろうな」

男はコーヒーに手をつけなかった。

「おたくは元刑事だそうですが、むやみに人を尋問する権利はないはずだ。あたしに答える義務はないし、そのつもりもありませんな」

「おれが元刑事だってことは、小野田から聞いたんだろう。つまり小野田に雇われたことを認めたわけだ」

男は返事をしなかった。

大杉は続けた。

「桜田書房の社員というわけでもなさそうだな。尾行のやり方が素人には見えん。私立探偵か」

「さあ、どうですかね。退職した刑事かもしれませんよ」

「刑事って柄か。野原で蝶々《ちようちよう》を追っかけるのがせいぜいだろう」

「確かに子供のころ、蝶々の標本を作るのが趣味でしたがね」

「おれのあとをつけて、どうするつもりだったんだ」

「だれもつけてたなんて言ってない」

「今さらとぼけるのはよせよ。小野田もそうだが、あんたもなかなか食えない男だな。きっと若いころ、マルクスとかフロイトを愛読した口だろう」

男はテーブルに散った灰を、ていねいに床に払い落とした。

「おたくは読まなかったんですか」

「読んでない。SFは嫌いなんだ」

男はその意味を考えているようだったが、結局考えるほどのことでもないと思ったらしく、話を変えた。

「おたくはどういう目的で、小野田さんに会いに行ったんですか。本を書きたいなどという話は通用しませんよ」

「おれには文才がないというのか」

「そういう意味じゃないが、文才があるようにもみえませんな。元刑事というのがうそじゃないことは分かる。おたくのような口のきき方をするのは、やくざか刑事と相場が決まってますからね」

「それはお世辞じゃないだろうな」

男はくすりと笑った。

「冗談がおじょうずだ。土谷元刑事は、前橋の病院で死にかけてますよ」

突然切り込まれて、大杉は面食らった。

「なんと言った。おれが前橋で死にかけてるって」

「おたくじゃなくて、本物の土谷さんがね」

「おれが偽者だというのか」

男はコーヒーに、砂糖とミルクをたっぷり入れた。カップを口に運び、ふうと吹いて一口飲む。それから上目使いに大杉を見た。

「とっくにばれてますよ。大久保署に電話で退職前の住所を聞いて、あとをたどって行ったんです。そうしたら土谷元刑事は二か月前から、直腸癌で前橋の市立病院に入院してることが分かった」

「そこまで調べるとは思わなかったよ」

大杉は感心したふりをしたが、それは先刻承知の上だった。いずれはばれてしまうことで、いっときでもしのげればよいと考えていたのだ。それにしても、土谷が直腸癌だとは知らなかった。

男はたばこをもみ消した。

「おたくがどこのだれかは、聞かないことにする。だから今後は、小野田社長をわずらわすのは、やめてもらいましょう」

「あんたがどこのだれか教えてくれたら、わずらわさないと約束してもいい」

男はなんとなく卑屈な笑いを浮かべた。

「お互いに素性を詮索《せんさく》するのはやめましょうや。どうせまともな商売じゃないんだから」

店のドアがあいて、岡本刑事がはいって来るのが見えた。大杉は水を飲み干し、ウェートレスを呼んでお代わりを頼んだ。

男を見据えて言う。

「あんたは、おれがだれに頼まれて小野田に会いに行ったか、調べるように言われたんだろう。もしおれのバックに警察がいるなら、そのことも新しい本に書いて、警察をやっつけようという魂胆だ。違うか」

「さあね。おたくがどうして警察をやめたか知らんが、古巣にまだまだ愛着があるようですな」

大杉は痛いところをつかれて、少なからず気分を害した。

「小野田に言っておけ。現職のお巡りをそそのかして、悪口を書かせる根性が気に食わんとな。書く方も書く方だ。女に愛想を尽かしたのなら、陰口を叩くよりさっさと別れりゃいいんだ。それが男ってもんだろう」

男はぼさぼさの髪を掻きむしり、コーヒーの中へふけを落とした。

「あたしにゃ、おたくの言うことがよく分かりませんな」

大杉は体を起こした。

「今日のところは引き分けということにしよう。おれが先に出るから、あんたはここに残って、五分待つんだ。おれはこれ以上尾行されたくない。もしあとをつけて来たら、頭の皮をはいでやるからな」

男は肩をすくめるような仕草をした。

「おたくは現役のころも、そうやって容疑者を脅かしたんですか」

「実際にはいでやったこともあるよ。アデランスだったがね」

小銭入れを取り出し、自分のコーヒー代を伝票の上に載せる。

「後腐れのないように、割り勘にしようじゃないか」

「おたくが無理やり誘ったんじゃなかったかな」

「自分の腹にはいった分は、自分で払うのが筋というもんだ。それともう一つ、おれは人におたくと呼ばれるのが嫌いでね。覚えておいてくれ」

「覚えておく必要がありますかね」

「また会うかもしれんだろう。だれもいない暗い路地なんかでな」

大杉は言い捨て、席を立った。岡本には目もくれず、店を出る。

通りを反対側に渡り、《センチュリー》の入り口が見える場所を探した。パチンコ屋の前に、キャバレーの立て看板があったので、その陰にはいった。

正確に五分後、男が喫茶店から出て来た。ちらりと左右を見渡し、のんびりした足取りで高田馬場駅の方へ向かう。間なしに岡本が店から姿を現した。若草色のダブルのスーツを、しゃれた感じで着こなしている。さりげなく男のあとを追って歩き出した。

大杉は立て看板の陰から出ると、いくらか不自然な動きを見せながら、男と並行して歩き始めた。案の定男が歩調を緩め、大杉の方を見る。視線が合った。

大杉は足を止めて、ばつの悪そうな顔をしてみせた。男も立ち止まり、体を大杉の方に向けると、薄笑いを浮かべてゆっくりと首を振った。大杉もあきらめたように首を振る。それから車道に下りて、通りかかったタクシーを停めた。男は大杉が乗り込むのを、じっと見守っている。大杉は男に手を振り、シートに体を預けた。

車が走り出すのを待って振り返ると、男はまだ反対側の歩道に立ったまま、大杉を見送っていた。タクシーが見えなくなり、さらに引き返して来ないのを確かめてから、歩き出すつもりだろう。

これだけ地ならしをしてやったのだから、岡本の尾行はだいぶ楽になるはずだ。もし失敗するようなことがあったら、餃子を口一杯に詰め込んでやる。

4

大杉良太が地階のバーにはいると、倉木尚武が奥のボックスで手を上げた。

二人が待ち合わせたホテル・エドモントは飯田橋《いいだばし》にあり、大杉が事務所を構える池袋からも警察庁の庁舎が近い桜田門駅からも、地下鉄有楽町線一本で行くことができる。大杉が倉木を誘い、場所を決めたのだった。

バーはこぢんまりした広さで、照明も適度に明るさを落としてある。まだ時間が早いせいか、客はカウンターで外国人の男女が二人、肩を寄せ合ってひそひそ話をしているだけだった。

とりあえずビールのグラスを合わせる。大杉は中身を一息に飲み干し、一口飲んだだけの倉木に低い声で話しかけた。

「相変わらず浮かない顔をしてるな」

倉木も低く応じる。

「ほかに在庫がないのでね」

「まあ、あれだけ警察の不祥事が続けば、落ち込むなと言う方が無理かもしれんがね」

倉木は苦笑して、ビールで濡《ぬ》れた口元をぬぐった。

「まったく。体がいくつあっても足りない」

倉木の心労が仕事だけでないことは、大杉もよく承知している。

「そう言えば、かみさんはどうしてる。葬式のときは、だいぶやつれたように見えたが」

「休暇をとってますよ。一か月ぐらい休めば、なんとか立ち直ると思う」

「しかし気丈な女だよ、かみさんも。事件の直後はさすがに泣き喚いたが、葬式のときはとうとう一滴も涙をこぼさなかった。おれの方がもらい泣きしたくらいだ」

倉木は軽く眉をひそめた。

「気丈なだけならいいんだが、よくない考えに取りつかれてしまった」

「よくない考え。どういう意味だ」

「息子と母親を殺した犯人をつかまえて、自分で息の根を止めるつもりらしい」

大杉は目をむいた。

「仇討ちをしようってのか。そいつはただごとじゃないな」

倉木は広げた手のひらを見た。

「今言い聞かせても逆効果なので、少し様子を見ているところです。すっかり思い詰めてしまってね。もとにもどるまで、少し時間がかかりそうだ。何かほかに気をそらすものがあればいいんだが」

大杉は溜《た》め息《いき》をついた。

「しかしかみさんの気持ちも分かるよ。狙われたのが法務次官と分かったところで、なんの慰めにもならんからなあ。身代わりで殺されたとなりゃ、よけい救いがないくらいのもんだ。おれがかみさんの立場なら、きっと同じような心境になるね」

「今の美希にとっては、その復讐心が生きる支えなんだろう。それを奪ってしまったら、今度は生ける屍《しかばね》になるかもしれない。どちらにしても困ったものですよ」

「まあ、辛抱強く言い聞かせるしかないな。それにしても、捜査の方はどうなってるのかね。少しは手がかりがつかめたのか」

「いや。過激派のしわざだとすれば、殺す相手を間違えた以上犯行声明を出すわけがないし、暗礁に乗り上げたままです。明るい材料は一つもない」

大杉はウェイターに合図して、ソルティドッグを頼んだ。倉木はビールを残したまま、ダブルの水割りを注文する。

「そう言えばあんたも名古屋で、ホステス殺しに関わったようだな。新聞で読んだが、殺された石原まゆみは例の青梅や、荒川の河原の刑事殺しに関係してたそうじゃないか」

「あの女は権藤警部補のパートナーだった、池野巡査部長の愛人でね。荒川の河原で、池野と桃源会の柏崎たちが殺し合ったとき、現場にいたんです」

「そうらしいな。そのあと名古屋へ逃げたというわけか」

「そう。ようやく居場所を突きとめて、東京へ連れ帰ろうとした矢先に、殺されてしまった。ホテルで話を聞いたあと、翌朝もう一度来るように言って帰したところ、約束の時間が過ぎても現れない。そのときはすでにアパートの前で、だれかに頭をかち割られていたわけです」

「これも手がかりがないんだろう。少なくとも新聞にはそう出ていたが」

酒が来た。

倉木は水割りを口に含んだ。

「一人だけ容疑者がいる」

「だれだ、そいつは」

新しい客がはいって来て、バーが少しにぎやかになった。

倉木は体をテーブルに傾けて言った。

「話はさかのぼるけれども、青梅の事件のとき権藤が死ぬ前に一言、《ペガサス》と漏らしている」

「ペガサス。なんだ、そりゃ」

「ある男の呼び名だとあとで分かりました。たぶん権藤は、そいつに撃たれたと言いたかったのだろう。新聞には伏せてありますがね」

「何者なんだ、そのペガサスって野郎は」

「正体は分からない。しかし、おそらく石原まゆみをやったのも、この男じゃないかという気がする」

「どうしてだ」

「石原まゆみの話によると、桃源会の柏崎は池野が権藤を殺して、コカインを横取りしたと思い込んでいたらしい」

　大杉は飲みかけたグラスを止めた。

「ちょっと待て。すると例のコカイン工場は、桃源会のものだったのか」

「そういうことになるが、まだ確証は取れていない。捜査本部が桃源会の事務所をガサ入れしようとしたら、裁判所が令状を出さないいんです。まゆみの話は伝聞証拠にすぎないと言ってね」

「何をなまぬるいことを言ってるんだ。いくらでも口実はつけられるだろうに」

「最近はたとえ相手が暴力団でも、裁判所は令状を出すのに慎重なんです。ともかくまゆみの証言では、柏崎が池野からコカインを取りもどそうとして、撃ち合いになった」

「そこにペガサスがどうからんでくるんだ」

「ペガサスが柏崎に、池野からコカイン入りの缶詰を買った、と吹き込んだらしい。柏崎はそれを頭から信じたようだ。それでまゆみをおとりに池野をおびき出し、荒川の河原へ連れて行って、ペガサスと対決させたわけです。そこでいきなり撃ち合いになった」

「新聞には柏崎と舎弟が池野と撃ち合って、三人共倒れになったと出ていたな」

「しかも池野が握っていたのは、缶詰工場から消えた権藤の拳銃《けんじゅう》だった。はた目にはいかにも、池野が事件の主犯だったように見える」

「しかしあんたは、池野のしわざと考えていないわけだ」

「まあね。池野は権藤が殺された時間、石原まゆみと一緒にいた。つまりアリバイがあるわけです」

「だったら話は簡単だ。池野から缶詰を買ったとうそをついた、ペガサス自身が青梅事件の犯人ということになる」

倉木がうなずく。

「ペガサスは、池野に罪をきせるために荒川の殺し合いを仕掛けて、権藤の拳銃を池野に握らせたのだろう」

「そしてそのことを知るまゆみを、口封じのために殺したと」

「そう。ただし一足遅れたために、わたしに話を聞かれてしまった。捜査の都合があるので、ペガサスのことは新聞に出ていませんがね」

大杉は少し考えて言った。

「むしろ公開捜査にして、ペガサスを追い詰めたらどうだ。その方が手っ取り早いような気がする。ペガサスを知ってる人間が現れるかもしれんだろう」

倉木はわずかに口ごもった。

「それも一つの考え方だが、いろいろむずかしい事情がありましてね」

その口ぶりに、大杉はふと思い当たるものがあった。声をひそめて言う。

「まさかそのペガサスは、警察関係者じゃないだろうな」

倉木は目を光らせ、じっと大杉を見た。

「どうしてそう思うんですか」

「なんとなくやり方が玄人臭いからだ。少なくとも、警察の内部事情に詳しいやつのしわざ、という感じがする。あんたたちもその可能性を、考慮に入れてるんだろう。そうでなけりゃ、とっくに公開捜査に踏み切ってるはずだからな」

倉木はいかにもまずそうに水割りを飲んだ。

「わたしの立場から言えるのは、あなたが退職したのが惜しまれるということだけだ」

話をはぐらかそうとしている。

大杉は口調を強めて続けた。

「死んだ権藤の周辺を洗えば、何か手がかりがつかめるんじゃないか。ペガサスと言い残したからには、生きてる間になんらかの接触があったはずだ」

「権藤が使っていた、おとりやタレコミ屋を締め上げてみたが、だれも知ってる者はいなかった。親しくしていた同僚は、池野だけです。その意味では、池野がペガサスだった可能性も、百パーセント否定することはできない。石原まゆみが池野のアリバイ偽造に、協力しなかったとは言い切れませんからね」

歯切れが悪い。

「しかしそのまゆみも殺された。死んだ池野が生き返って、まゆみを殺すことはありえない。たとえペガサスが警察官だとしても、池野でないことは確かだ。ペガサスが何人もいるというなら、話は別だがね」

大杉が決めつけると、倉木は矛先をそらすように、水割りのお代わりを頼んだ。

新しい酒が来るのを待って言う。

「ここのところ、立て続けに警察官がらみの不祥事が起きているのは、単なる偶然ではないかもしれない。警察のイメージを落とし、警察に対する反感をあおるために、だれかが意図的に事件を仕掛けているような気がする。例の白金台署の元巡査だった、山口牧男の婦人警官殺しもその一つです」

「コカインをやって、新宿中央署の女デカを刺し殺した事件か」

「そう。しかも山口は十年ほど前、ＯＬを強姦して絞め殺し、刑務所にぶちこまれた前歴がある」

「覚えてるよ。心神耗弱が認められて、懲役七年ですんだ悪運の強いやつだろう」

「その山口がまた人を殺して、相手が婦人警官とくれば、話題にはこと欠かない」

新聞報道によると、山口はホテルでコカインをやった事実は認めたが、それ以外のことは記憶にないと主張している。目を覚ましたら警察が来ており、女が刺し殺されていた。ナイフは自分のものではないし、死んだ婦人警官にもまったく見覚えがない、というのである。

「あの女デカはなんといったかな」

「成瀬久子。覚醒剤、麻薬担当の刑事だった」

「山口はその成瀬久子を、ほんとに知らなかったのか。二人が前からできていたとか、そういう証拠はあがってないのか」

「少なくとも、二人が一緒にいるところを見た、という証言は一つもない」

「すると山口は、だれかにはめられた可能性もあるわけだ。つまりコカインで眠りこけてる山口の部屋に、だれかが成瀬久子を連れ込んで刺し殺し、ナイフを山口の手に握らせたと」

「それは否定できないが、今のところそうした偽装が行なわれた痕跡は、見つかっていないようだ。ほかの人間が部屋を出入りするのを見た者もいない」

大杉は腕を組んだ。

「前歴が前歴だけに、山口の言い分は通らんだろうな。またまた心神耗弱というわけにもいくまいし、刑務所へ逆もどりか、措置入院で一生病院暮らしってことになるな」

「どちらにしても、警察にとっては具合の悪い事件ですよ。まずは山口に対する、前の事件の処分が甘かった点をつかれるだろう。さらに今度は婦人警官が、山口と二人でコカインをやったあげく殺された、とでもいうことになれば救いようがない」

「殺される前の、成瀬久子の足取りはどうなんだ」

「パートナーの男の刑事によると、前夜から連絡がつかなくなっていたらしい。夕方署を出たきり、足取りが途絶えている。まだ独身で、一人暮らしだった」

大杉もソルティドッグのお代わりを頼んだ。

「山口はどこからコカインを手に入れたんだろう」

倉木はその質問に、ちょっとためらいを見せた。

「新橋のバーで知り合った、素性の分からない男にもらったと言っている。それもただでね。話し相手になるだけでいいと言われたらしい」

「ただでだと。ばかなやつだ。もう少しましなうそをつきゃいいのに」

「交換したという名刺を持っていました。光進ローンの剣持公次《けんもちこうじ》という男だった。光進ローンは、けちなサラ金の会社でね。捜査員が会いに行ったところ、剣持は半年前に退社していた。写真を借りて山口に見せたら、まったく違う男だと言うんです」

「違う男。当人に確かめてみたのか」

「確かめられなかった。剣持はすでに死んでいました。借りた写真を、警視庁の画像処理システムにかけたら、青梅の缶詰工場で権藤と一緒に殺されていた身元不明の男と、データが一致したんです」

大杉はあっけにとられた。

「こいつは驚いた。二つの事件に、つながりがあったのか」

「そのようだ。わたしも驚きましたがね」

「剣持の正体は何者なんだ」

「光進ローンの社長を締め上げたら、やっと白状した。台湾《タイワン》から不法入国した、陳剣明《チンケンメイ》という不良外国人でした。日本語がうまいので雇った、と言っている。身元が分からなかったのはそのためだ」

「そいつは光進ローンをやめたあと、桃源会で下働きを始めたわけか」

「たぶんね。最近そうした不良外国人が、日本の暴力団組織にもぐり込むケースが、ふえてるんです。もちろん桃源会では、知らないの一点張りだ。それを認めたら、青梅の缶詰工場が自分たちのものだ、と白状するようなものだから」

大杉は話を整理した。

「そうするとその女デカ殺しにも、ペガサスって野郎が一枚嚙んでることになる。つまりペガサスは、青梅の現場から剣持の名刺を持ち去って、山口をはめる道具に使ったというわけだ」

「もっとも山口自身が、権藤と剣持を殺した可能性もある。それで一応捜査本部では、山口のアリバイも調べてみた。その結果山口は、その夜自宅で父親や兄弟と、徹夜マージャンをしていたことが分かった。これは間違いないようです。つまり山口は青梅の事件に関するかぎり、無関係というわけだ」

大杉は運ばれて来たソルティドッグを一息に半分あけた。

「やはりペガサスが剣持になりすまして、山口にコカインを与えたんだ」

「ちなみにそのコカインは成分、純度ともに、青梅の現場で採集された微量のコカインと、完全に一致した。一連の事件はいずれも、ペガサスのしわざとみて間違いないと思う」

「驚いたな。山口の事件にまで、ペガサスがからんでいたとは」

倉木は首筋を掻いた。

「こんなことまで話すつもりはなかった。すべて捜査の極秘事項ですからね。あなたがほかで、ぺらぺらしゃべるとは思わないが」

「その点は安心していいよ。それよりペガサスは、どうして剣持の名刺なんかを安易に使ったのかな。名刺のあとをたどれば、二つの事件が結びついちまうことぐらい、予想できただろうに」

「おそらく山口から、回収するのを忘れたのだと思う。あるいは、山口が権藤たちを殺したと思わせるように、捜査本部を誤導する狙いがあったのかもしれない。強姦殺人の前科を持つ山口の言うことを、警察がそのまま鵜《う》呑《の》みにするはずがない、という計算もあっただろうし」

大杉は少し寒気を感じて、ソルティドッグをわきへ押しやった。

「そのペガサスってのは、なんとも気味の悪い野郎だな。どうも虫が好かん。やはり警察官のような気がする。女デカをからませてみたり、コカインを利用したりするのが得意そうなところをみるとな」

「ペガサスが成瀬久子を、どうやって白金プラザホテルに誘い込んだか、それさえはっきりすれば山口の言い分も通るんだが」

「麻薬担当の刑事相手なら、コカインをえさにいくらでも罠《わな》を仕掛けられるだろう。自分がおとりになって、取引現場に案内するふりをするとか」

「かりにそうだとしても、パートナーに連絡しなかったのは致命的なミスだ。権藤もそうだが、最近刑事の単独行動が妙に多すぎる。裏に何かあるような気がする」

「まあおれも現役時代は、独断専行のきらいがあったがね」

「それはわたしも同じだな」

二人は顔を見合わせて、力なく笑った。

倉木はお代わりを注文して、先を続けた。

「山口の説明によると、剣持つまりペガサスは、会うときはいつも山口にホテルを取らせて、部屋でコカインを吸わせたそうです。山口が巡査をしていたころのやばい話や、どうすれば警察からサラ金業者の役に立つ前科者リストを手に入れられるか、といったような話をしながらね。白金プラザホテルの事件は、八回目に会ったときだという」

「ふだんどうやって連絡を取っていたのかな。山口が剣持の会社に電話したら、一発で偽者と分かっちまうだろう」

「ペガサスから、電話するなと言われたらしい。山口は刑期を務め上げたあと、仕事につくこともできずに、実家でぶらぶらしていた。親しい友だちもいないし、剣持が声をかけて来たときはうれしかったと言っている。コカインの誘惑に乗ったのも、自分から連絡を取ろうとしなかったのも、剣持の機嫌を損ねたくなかったからだろう。いつも剣持の方から電話してきたそうです」

「山口は剣持について、つまりペガサスについて、どんな男だと言ってるんだ。人相風体くらい覚えてるんだろう」

倉木は三杯目の水割りに手を伸ばした。

「年は三十五から四十五の間。背は百七十センチ前後で、体つきは瘦《や》せ型。髪をオールバックにして、黒縁の眼鏡をかけている。これといって特徴のない顔で、目につくホクロも傷痕もない。いつもきちんとしたスーツに、ネクタイ姿だったらしい」

「どこにでもいそうなサラリーマンという感じだな」

「石原まゆみの証言も、似たようなものだった。二人の証言を突き合わせれば、かなり信憑性《しんぴょうせい》の高い似顔絵ができたんだが」

大杉は突き出しのピーナッツを口にほうり込んだ。

「さっきあんたが言ったとおり、今度の一連の事件がペガサスのしわざだとすれば、何か警察に対して戦いを挑んでいるような感じがしないでもないな」

「そうでしょう。例の『警察官告白シリーズ』と、基本的には変わりがないような気がする。警察に露骨な悪意を見せるという点でね」

大杉は指を立てた。

「それで思い出したが、実はあんたに相談された桜田書房に、探りを入れに行ったんだ。たまたま時間があったし、あんたがあまり忙しそうだから、つい仏心が出ちまってね。今日誘ったのは、それを報告したかったこともあるんだ。話が別の方向へ進んで、つい言いそびれちまったが」

倉木はシートの上ですわり直した。

「それはありがたい。どうでしたか、結果は」

「とりあえず、あまり成果はなかった。社長の小野田は、なんとも食えないやつでね。大久保署を懲戒免職になった、土谷というデカの名前をかたって訪ねて行ったんだが、それを見透かされてうまくあしらわれちまった。そのうえおれが帰るとき、尾行をつけやがった」

「尾行。だれにつけられたんですか」

「大東興信所の調査員だ。所長の名前は前島堅介《まえじまけんすけ》。たぶん本人だろう。うだつのあがらん中年男だが、探偵としてはまあまあの腕のようだ」

「どうやって調べたんですか」

「大久保署の若い刑事を使って、逆に尾行してやったのさ」

そのときの状況を話す。

岡本啓輔の報告によると、例の男はタクシーで走り去る大杉を見送ったあと、高田馬場駅のガードをくぐって早稲田通りを十分ほど歩き、明治通りを越えた西早稲田三丁目の汚いビルにはいった。階段を上がる前に、一階のポストから郵便物を出したので、中へはいってチェックすると、《大東興信所》となっていたという。

岡本はその足で、北新宿にある東京法務局の新宿出張所へ行き、会社登記の謄本を閲覧した。大東興信所の所在地は、新宿区西早稲田三丁目二十一番地×号、新高ビル三〇一号。代表者は前島堅介となっていた。

「現職の刑事を下請けに使うとは、いかにも大杉さんらしいな」

「そうすればあんたから、調査料を取らずにすむと思ったのさ」

倉木は首を振って苦笑した。

「その前島とやらを締め上げて、小野田のネットワークを聞き出せませんかね」

「そこまで大久保署には頼めないよ」

「だからあなたにやってもらうしかない。この前も言ったが、それ相応の調査料を払う用意はあります」

大杉は溜め息をついた。

「どうやらまた、腐れ縁になりそうだな」

5

倉木美希は聖パブロ病院のロビーにはいった。

まっすぐに洗面所へ行き、手を洗いながら鏡を見る。眉墨《まゆずみ》で描いた強い眉の線。ラベンダーのアイシャドーと丹念につけたマスカラ。濃く塗ったファウンデーションにマゼンタの口紅。襟《えり》ぐりの深いオリーブグリーンのテーラードスーツ。肩まであった髪を、うなじが出るまで短く切ってしまったので、自分でも見分けがつかないほど別人のイメージになっている。

洗面所を出て、階段に向かった。爆弾を仕掛けに行く人間の心理を考えた場合、エレベーターよりも階段を使う可能性の方が強い。密室のエレベーターでは、乗り合わせた人間の記憶に残る危険があるからだ。

四階までのぼると、美希は努めて平静を装いながら、息子の真浩がはいっていた四一二号室に目を向けた。

無意識に拳を握り締める。

病室の戸口はきれいに修復され、ドアはつけ替えられていた。患者の名札がないところをみると、まだ使われていないようだ。怒りと悲しみが胸を衝き上げ、もう少しで涙ぐみそうになった。

気を取り直し、反対側の廊下に目を向ける。

十数メートル先にナースステーションがあり、カウンターの内側に看護婦が一人すわっているのが見えた。美希は深呼吸して、そこへ足を向けた。もし直接世話になった看護婦なら、話しかけるのはあきらめなければならない。いくら外見を変えても、口をきけば見破られてしまうだろう。

気づかれぬように盗み見する。顔を合わせた覚えはあるが、さいわい口をきいたことのない看護婦だった。

「すみません」

思い切って声をかけると、看護婦はノートから目を上げた。顎の細い二十代後半の看護婦だった。

「はい、なんでしょうか」

　こちらの正体に気づいた様子はない。

　美希はふだんより声のトーンを落とし、てきぱきした口調で言った。

「テレビ関東の報道局の久米川《くめがわ》といいますが、先日の事件のことでちょっとお尋ねしていいですか」

　看護婦は立ち上がり、緊張した面持ちで美希を見た。

「事件というと、あの爆弾事件のことですか」

「ええ。実は今度、看護婦さんをテーマにした、特別報道番組を企画してるんですけど、その基礎取材にご協力いただきたいんです。もちろん正式に取材が決まったときは、病院側にきちんと許可を求めるつもりですが」

「どんなことでしょうか」

　化粧気のない顔に、不安の色を浮かべる。

「最近看護婦さんのなり手が、少なくなっていますね。お仕事が不規則できついわりに、あまりお給料もよくないと聞きましたし、このままでは看護婦不足がエスカレートする一方だと思います。そのあたりの実情をレポートして、医療行政に問題提起するのが狙いなんです」

　看護婦はとまどったように、キャップのゆがみを直した。

「そうしたお話は、婦長さんに聞いていただかないと」

「もちろんあとでお聞きするつもりです。でもその前に第一線で働いてらっしゃる、若い看護婦さんのお話を聞いておきたいと思って」

「でも婦長さんの了解なしに、お話しすると怒られますから」

「あなたにご迷惑をかけるつもりはありません。だからお名前も聞かないことにします」

看護婦は無意識に、胸の名札をいじった。

美希は相手が迷っているうちに続けた。

「たとえばこの前の事件で、若い看護婦さんが亡くなられましたね。患者さんの病室に菓子箱を届けたら、それが突然爆発したということですが」

「はい」

「その菓子箱は、もともと法務次官の倉本真造に届けられたのを、准看の浦野清美さんがのし紙の名前を読み違えて、別の病室に届けてしまったものですね」

看護婦の頬に赤みが差した。

「それはそうですけど、浦野さんを責めるのはかわいそうです。だって——」

「分かっています。浦野さんを責めるつもりは、まったくありません。彼女も犠牲者の一人なんですから」

その言葉に偽りはなかった。浦野看護婦が読み違えさえしなければ、という思いが最初あったことは否定しないが、冷静になった今はそれを許す余裕ができていた。むしろ八つ当たりするなら、間違いのもとになった倉本真造の方だ。

看護婦はほっとしたように頬を緩めた。

「そう言っていただければ、浦野さんも浮かばれます。いちばん悪いのは、爆弾を仕掛けた犯人なんです」

「そうですよね。それに浦野さんが名前を読み違えたのは、過剰勤務による疲労が一因だったんじゃないでしょうか。できれば今度の番組でも、そのあたりを明らかにしたいと思っています」

看護婦はわが意を得たというようにうなずいた。

「この病院の勤務体制については、わたしたちもいろいろ言いたいことがあります。名前や顔を出されると困りますけど」

早くもテレビに出る気になったようだ。

「よく分かります。その話はいずれ詳しく取材させてもらうつもりです。それよりあの事件のことを、もう少し話していただけませんか。今度の番組の核になりそうな気がするので」

看護婦は困ったような顔をした。

「刑事さんにもずいぶん聞かれましたけど、事件のことはわたしたちにはよく分からないんです。だれがいつ菓子箱を置いて行ったのか、見た人がいないんですから」

「確か丸松デパートの、紙袋にはいっていたんでしたね。それを持って、浦野さんが病室の方へ歩いていくのを見た、という看護婦さんがいると聞きましたけど」

看護婦はまたキャップに手を触れた。

「それはわたしです。ＩＣＵ（集中治療室）からこのステーションへもどって来るとき、紙袋を提げて歩いて行く浦野さんの、後ろ姿が見えました。トリコロールの目立つ紙袋で、わたしもよく買い物に行くものですから、すぐに丸松デパートの紙袋だと分かりました。わたしがここへはいって、一分もしないうちに爆発が起きたんです。建物が揺れるほどの凄いショックで、わたしもノートを落としてしまったくらいです」

そう言って、思い出したように身をすくめる。

背後でモーターの唸《うな》る音が始まった。振り向くと、青いつなぎの作業服を着た白髪の老人が、業務用の掃除機でリノリウムの廊下を磨いていた。

美希は向き直り、モーターの音に負けないように少し声を高めた。

「浦野さんの亡くなる前の証言では、紙袋はここの廊下側のカウンターの下に、置いてあったそうですね。あなたがＩＣＵに行く前は、まだ置いてなかったのですか」

看護婦は唇をすぼめた。

「置いてありませんでした。あの時間は廊下の照明が落とされるので、はっきり見たわけじゃありませんけど、何もなかったと思います。わたしがＩＣＵに行くとき、浦野さんは亡くなった真浩ちゃんのお部屋に行っていて、ステーションにはいませんでした。

だから浦野さんは、わたしがＩＣＵに行っている間に一度もどり、紙袋を見つけてまた病室に引き返したんだと思います」

子供の名前が出たことで、美希はちょっと動揺した。

背後の掃除機が静かになる。美希は気持ちを落ち着け、声を低めて念を押した。

「すると問題の紙袋は、あなたがＩＣＵに向かったあと、浦野さんがここへもどって来るまでの間に、だれかが置いていったということになりますね」

「そうですね。わたしがＩＣＵにいたのは五分くらいですから、犯人はほんの少しの間を狙って、ここへ置きに来たんだと思います」

「だれか、紙袋を置いた犯人を見た看護婦さんは、いないのかしら。あるいはふだん見かけない、怪しい人物がうろうろしているのを見た人でも」

看護婦は申し訳なさそうに首をすくめた。

「いなかったようです。刑事さんから全員事情聴取を受けましたけど、心当たりのある人はいませんでした。ここはいろいろな人がお見舞いに見えますし、いちいち注意しているわけにいかないんです」

失望を押し隠す。

「そうでしょうね。ただでさえ忙しいお仕事だから」

看護婦は腕時計を見た。

「申し訳ありませんけど、ＩＣＵに行かなくちゃいけないんです。これくらいにしていただけませんか」

「ごめんなさい、お時間を取らせちゃって。またおじゃまするかもしれませんが、そのときはよろしくお願いします」

看護婦が出て行くと、ステーションにはだれもいなくなった。

美希もそこを出て、無力感と戦いながら廊下を見渡した。犯人はあのとき、ここへ爆弾を置くために、この廊下を歩いて来たのだ。爆発が起きたとき、犯人はまだ建物の中にいたかもしれない。美希は階段を駆け上がるとき、だれかとすれ違ったかどうか思い出そうとしたが、記憶はそこだけ途絶えていた。あのときは不安で判断力を失い、周囲の状況に気を配る余裕がなかったのだ。

それから小一時間、美希は四階の病室をいくつか当たり、患者や見舞い客に事件当夜のことを尋ねて回った。正体を見破られる恐れのある相手は、なるべく避けた。テレビのリポーターだと名乗ると、ありがたいといえばありがたいが、美希としてはいくらか複雑な気持ちだった。

どちらにせよ、犯人探しの手がかりになるような情報は得られず、聞き込みは徒労に終わった。捜査員の聞き漏らしがあるかもしれない、というわずかな希望もむなしく消えた。

疲れ切って廊下を階段に向かったとき、エレベーターホールの前でチャイムが鳴った。エレベーターのドアが開き、体格のいい男が出て来る。

男は美希を見て足を止めた。

「倉木さんじゃありませんか」

美希は唇を嚙み締めた。

それは事件の直後、倉本法務次官が病室に見舞いに来たとき、車椅子を押していた男だった。倉木によれば、その男は草間という私服刑事で、法務次官を警護するＳＰの一人だそうだ。

うまく化けたつもりだが、やはり警察官の目はごまかせないらしい。

美希はあきらめて頭を下げた。

「その節はどうもお世話さまでした」

「こちらこそ。いろいろとたいへんだったでしょう。お葬式にもうかがわずに、失礼しました。法務次官から、お花を送らせていただいたと思いますが」

草間がここにいるとすれば、法務次官はまだ退院していないのだろう。

「お気遣いいただきまして、ありがとうございます。おかげさまでなんとか――」

適当に語尾を濁す。

草間はこめかみの傷痕に指を触れて言った。

「今日はどちらへ」

「お世話になったお医者さまと看護婦さんに、ご挨拶にうかがったのです。すっかりご面倒をかけてしまったものですから」

草間は無遠慮に美希を見た。派手な化粧に眉をひそめている。挨拶に来るいでたちではない、と言いたそうな顔だった。

結局そのことには触れようとせず、草間は切り口上で言った。

「いろいろたいへんだったと思いますが、お力落としのないように。ご主人にも改めてご挨拶するつもりです」

「ありがとうございます。法務次官にもよろしくお伝えください」

美希はもう一度頭を下げ、閉じかけたエレベーターに滑り込んだ。草間と顔を合わせるとは予想もしなかったので、いささか動転していた。

喉の渇きを覚え、地階のボタンを押す。喫茶室でコーヒーでも飲もうと思った。

地階まで来ると、廊下を右へ進んで喫茶室に向かった。入り口の脇にジュースの自動販売機がある。そばのベンチに、さっき四階で見かけた作業服の老人がすわって、缶ジュースを飲んでいた。足元に掃除機が置いてある。

喫茶室にはいろうとすると、老人が声をかけてきた。

「倉木さんの奥さんじゃございませんか」

美希は不意をつかれ、ぎくりとして向き直った。

草間といいこの老人といい、あっさり美希の正体を見破ってしまった。看護婦に気づかれなかったのが、不思議に思えてくるほどだった。

今さら否定するのも不自然すぎる。美希はばつの悪さを隠すために、短くした髪に軽く手を触れた。

「そうですけど、何か」

老人は立ち上がり、深ぶかと頭を下げた。

「病院の清掃管理の仕事をしている、佐野《さの》と申す者です。何度か四階の廊下でお見かけしましたので、つい声をかけさせていただきました。ぼっちゃまとお母さまのことは、心からお悔やみ申し上げます」

美希も挨拶を返す。

「ごていねいに、恐れ入ります。いろいろお世話さまでした」

老人は体をずらし、ベンチを指してすわるように言った。しかたなく美希は、老人と並んで腰を下ろした。いつでも立てるように、浅くすわる。

佐野は六十代の半ばといったところか、髪は白いのに眉毛だけは黒ぐろとして、しかも端がぴんと反り返っている。面長の整った顔立ちで、若いころ遊び尽くしたような雰囲気を漂わせていた。

「お呼び止めして申し訳ありません。実はさっき四階のステーションで看護婦さんに、事件のことをお尋ねになっているようにお見受けしたものですから」

美希がテレビ局の人間と詐称したことを、佐野は知らないはずだ。

「ええ、いろいろと気になることがあって、ちょっと事情を聞きに来たんです。犯人の手がかりが何もないというので」

佐野は作業服のベルトにはさんだタオルを引き抜き、ごしごしと顔をこすった。

「実はそのことで、お話ししたいことがあるんです。わたしは警察が好きじゃないので、刑事さんには話しませんでしたが、奥さんにはお伝えした方がいいと思いましてね」

緊張する。美希もまた警察官であることを、この老人は忘れているのだろうか。それとも新聞を読んでいないのか。

美希のとまどいを察したように、佐野が急いで言葉を継ぎ足す。

「奥さんもご主人も、警察にお勤めだということは承知しております。しかしこの事件に関しては、ご家族が法務次官の身代わりになったわけで、一般市民が被害にあったのと変わりありませんからな」

美希はすなおに頭を下げた。

「ありがとうございます。それでお話というのは、どんなことでしょうか」

「爆弾がはいっていた袋は、丸松デパートの紙袋だったそうですが、実はわたしは事件の当日、その紙袋を持っている男を病院の中で見かけたんです」

耳を疑い、思わず身を乗り出す。

「ほんとうですか。どこでお見かけになったんですか」

佐野は親指を天井に向かって立てた。

「一階のホールです。あれは確か爆発が起こる、二十分か三十分前だったと思います。ホールの床を掃除しているとき、たくさん並んだベンチの端に、その男がすわっているのに気がつきました。丸松デパートの紙袋を膝にかかえて、週刊誌を読んでいたのです。なぜ目が向いたかと言いますと、その男がわたしの知っている刑事さんに、よく似ていたからでした」

「刑事」

「はい。恥を話すようですが、わたしは以前、今度の事件で捜査本部が置かれている小石川署に、ネコババ容疑で逮捕されたことがあるんです」

「ネコババですって。どういうことですか」

佐野の話によると、一年ほど前ある患者が洗面所で拾ったと言って、二十万円入りの財布を清掃作業中の佐野に託した。病院内で調べてみたが、落とし主が名乗り出ない。しかたなく二週間後、事務長の指示で佐野が近所の派出所に届け出た。

その直後に落とし主が現れ、小石川署に出向いたところ、届け出のあった財布には二万円しかはいっていなかった、と言われた。

抗議を受けた佐野が拾得届の写しを確かめると、なんと届け出た金額が一桁《ひとけた》少ない二万円になっていた。佐野は届けを受理した巡査が、数字を間違えたのだと主張した。しかし巡査は最初から二万円だったと言い張る。佐野は差額の十八万円をネコババした疑いで逮捕され、厳しい取り調べを受けた。

「結局はその巡査が、たまたま数字を書き間違えたのをいいことに、差額を自分のふところへ入れてしまったことが分かりました。ところが、取り調べた刑事はわたしの言い分に耳をかさず、最初から最後までわたしを犯人扱いしました。容疑が晴れたあと、署長に厳重に抗議したのですが、結局口頭で謝罪があっただけでした」

回りくどい話も、それで筋が読めた。

「佐野さんを取り調べたその刑事と、丸松デパートの紙袋を持っていた男が、そっくりだったわけですね」

「そうなんです。驚くほどよく似ていました。そばへ行って確認したわけじゃありませんから、その刑事だとは断言できませんがね。小石川署の関根という刑事ですが、たぶん他人の空似だと思います。恨みが残っているので、ついそう思い込んだんでしょうな」

「なるほど、そんなことがあったので、警察にあまり好意をお持ちでないわけですね」

佐野は唇をぐいと結び、怒ったように言った。

「そう、とくに小石川署にはね。しつこいと思われるかもしれませんが、わたしは今も腹に据えかねているのです。かりにも正直に拾得物を届けた人間を、ネコババの犯人に仕立てあげるなどもってのほかです。まして真犯人が、届けを受けた巡査だというのですからな」

「お腹立ちはごもっともです。警察官のモラルが低下していることは、わたしたちも重々認識しています。わたしからもお詫びします」

「別に警察官全部が悪い、と言うつもりはありませんがね」

美希は辛抱強くうなずき、さりげなく話を進めた。

「それで話はもどりますが、その男はどんな感じの人だったんですか」

「あまり背は高くなかったと思います。わたしと同じ五尺三寸、つまり百、百——」

「百六十センチくらいですね」

「そうです。黒っぽい上着に、灰色のズボン姿でした。髪をきちんと七三に分けて、べっこう縁の眼鏡をかけていました。年は三十半ばというところでしょうか」

「タイプからいうと、どんな職業の人に見えたかしら。銀行員とか、商社マンとか」

佐野は背筋を伸ばし、腕を組んだ。

「どう言ったらいいでしょうか。そう、たとえば黒い肘カバーが似合う、地方公務員のような感じとでもいいますかね。さっき言った関根刑事が、ちょうどそういうタイプでしたから」

「地方公務員ね。それからその男は、どうしたわけですか」

「わたしが掃除を終わる直前に、ベンチを立って屑籠《くずかご》に週刊誌を捨てると、そのまま階段の方へ歩いて行きました」

「階段をのぼったんですか」

佐野は目を伏せた。

「だと思いますが、正確には分かりません。わたしは男のことより、週刊誌に気を取られていたので」

「週刊誌」

またタオルで顔をこする。

「恥ずかしい話ですが、わたしたちはふだん週刊誌を自分で買う余裕がありません。ひとさまの捨てた雑誌を拾って読むのが、唯一の楽しみなんです。わたしはその男が、屑籠に週刊誌を捨てるのを見ると、すぐにそれを拾おうと思って、そっちへ掃除機を引っ張って行きました。ですから、男が実際に階段をのぼったかどうか、見てないんですよ」

「それ以前にその男を、病院の中で見た覚えはありませんか」

「ありません。見ていればそのときに、関根刑事のことを思い出したはずですから」

美希は失望して肩を落とした。

関根という刑事に会えば、その男がどんな顔かたちをしているか、ある程度見当はつくだろう。そのことを捜査本部に進言して、犯人探しの参考にしてもらうこともできるが、そうはしたくなかった。この事件だけは、人手に任せたくない。どれだけハンディがあろうと、自分一人で犯人を見つけ出すのだ。

「佐野さんはその男について、どこのだれかまったく心当たりがないわけですね」

未練がましく念を押すと、佐野はためらいながらつなぎのポケットに手を入れた。

「参考になるかどうか分かりませんが、その男が捨てた週刊誌の間に、こんなものが挟まっていたんです」

くしゃくしゃの財布の中から、折り畳んだチケットを取り出す。

和風パブ《アスカ》の優待券だった。開店十周年記念と銘打ち、券の持参者にボトルキープを半額でサービスする、と印刷してある。通し番号と日付のスタンプが押され、有効期限はまだ四か月ほど先ということが分かった。店の住所は台東《たいとう》区上野二丁目、となっている。

もしこれがその男の行きつけの店だとすれば、意外に早く身元を割り出すことができるかもしれない。

そう思うと、胸が躍った。

「わたしはめったにそんなところへ出入りしませんが、何かのときに利用できるかもしれないと思って、取っておいたようなわけでして」

弁解がましく続ける佐野に、美希は勢い込んで言った。

「このチケットを譲ってください。ボトル代はお払いしますから」

佐野があわてて手を振る。

「ボトル代なんて、とんでもない。どだいわたしには縁のない店なんです。ちょっと楽しい夢を見ただけのことでね。そんなものがお役に立つようでしたら、どうぞお持ちくださってかまいませんよ」

美希は急に恥ずかしくなり、チケットを押しいただいた。

「それじゃ、遠慮なくちょうだいします。いろいろとありがとうございました。また何かお尋ねしたいことが出てきたら、こちらにおじゃましてよろしいですか」

「かまいませんとも。早く犯人がつかまればいいですな」

それは美希の願いでもあった。

コーヒーを飲むのをやめ、急ぎ足で階段をのぼる。

その足で小石川署へ回り、捜査本部に挨拶に立ち寄ったふりをして、関根刑事の人相風体を見届けるつもりだった。

6

電話で聞いたレストラン《シェルブール》は、小田急線世田谷代田《せたがやだいた》の駅から十分ほど歩いた、静かな住宅街にあった。

グレイのタイル貼りの小さなマンションの一階に、うっかりすると見過ごしてしまいそうな、小さな看板が出ている。夜七時から十時の間に、客を六組みしか取らないという。通りがかりに見ると、しゃれたブティックのようなたたずまいだ。

倉木美希はドアを押して中にはいった。木の床に白壁の、落ち着いた店だ。

笠井涼子の名前を言うと、白いワイシャツに黒い蝶ネクタイ姿の若いウェイターが、いちばん奥のテーブルに美希を案内した。涼子が椅子を立って挨拶する。もえぎ色のシックなワンピースに、金のチェーンベルトを緩く巻いている。

二人は向かい合って腰を下ろした。

涼子が目を丸くして言う。

「驚いたわ。失礼ですけど、倉木さんもおしゃれをすることがあるんですね」

「ちょっと気分を変えたいと思って。やりすぎだったかしら」

「そんなことありませんよ。正直申し上げて、もう少しお化粧なさってもいいんじゃないかと、前から思っていましたの。でも髪を短くされたので、道ですれ違っただけでは気がつかないかもしれないわ。よく似合ってらっしゃるけど」

「だといいんですけど。それからお葬式のときは、わざわざご会葬いただいてありがとうございました」

涼子は眉を曇らせた。

「とんでもない。ほんとにたいへんでしたわね。なんと申し上げたらいいか分かりませんわ。少しは落ち着かれましたか」

「ええ。まだときどき情緒不安定になりますけど、なんとか自分を取りもどしたと思います」

涼子は溜め息をついて言った。

「つらかったのはお葬式のときよ。倉木さんは一しずくも涙をこぼされませんでしたね。その心中をお察しすると、泣けてしかたがありませんでした」

美希は目を伏せ、ナプキンを膝に広げた。

「涙がかれただけです」

うそだ。真浩の棺に釘《くぎ》を打ち込むとき、身も世もあらぬほど泣きたかった。できれば一緒に棺にはいりたかった。しかし美希は病院で泣き尽くしたあと、もう涙は見せまいと心に決めた。もし泣くことがあるとすれば、それは子供と母親の墓前で、犯人を仕留めたと報告するときしかない。涙をこらえることができたのは、犯人に対する強い怒りと復讐心があればこそだったのだ。

涼子がまた溜め息をつき、独り言のように言う。

「それにしても、ひどい話だわ。爆弾を仕掛けた犯人も犯人だけど、見舞い品の届け先を看護婦が間違えるなんて」

「看護婦さんに罪はありません。巡り合わせが悪かったんです」

「それにしてもねえ。とにかく、過激派のしわざだとしたら許せないわ。最近公安や警備のたがが緩んでいます。そう思いませんか。公安にいらっしゃる倉木さんに、こんなことを申し上げていいかどうか、分かりませんけど」

「おっしゃるとおりね。左翼、新左翼の運動が大衆の支持を失って、すっかりパワーが落ちてしまったものだから、公安サイドに油断が生まれたことは確かだわ」

「今度の事件も、捜査がほとんど進展していない、と聞きました。過激派の犯行声明もないし、時間がかかりそうですね」

ウェイターが注文を取りに来て、話が中断した。

料理は一万五千円の魚料理と、二万円の肉料理の二つのコースだけだった。二人とも魚のコースを選び、辛口の白ワインを頼んだ。

オードブルとワインが来たところで乾杯する。

「実は今日、聖パブロ病院へ行ってわたしなりに、いろいろ聞き込みをして来たんです。捜査本部が見落としたことがあるかもしれないと思って」

涼子は瞬きした。

「公式のお立場でですか」

「いいえ、私人として。現在休職中ですから」

「捜査本部は了解しているのかしら。それとも――」

「わたしの独断です」

「ご自分で調べて、どうなさるおつもりですか」

「分かりません。何かしないではいられないだけで」

自分の手で犯人を突きとめる覚悟は、たとえ相手が涼子でも言えない。

涼子は軽く眉をひそめた。

「お気持ちは分かりますけど、あまりのめり込むのはよくありませんよ。お子さんとお母さまのことはお気の毒ですが、早く気持ちを切り替えて出直された方が、倉木さんのためじゃありませんか」

「そうかもしれないけれど、わたしもじっとしていられなくて」

「ご主人も承知してらっしゃるんですか」

思った以上にしつこく追及されて、美希は打ち明けたことを後悔した。

「いいえ、話していません。主人も仕事が忙しいようなので」

スープが来る。

かぼちゃのポタージュだった。見た目より濃厚な味で、腹に溜まりそうな気がする。

「それで何か収穫がありましたの」

涼子に聞かれて、美希は少しためらった。これ以上詳しく話すと、ますますわずらわしいことになりそうだ。

「ありませんでした。捜査本部のすることに、抜かりがあるわけはないわ」

「それはどうだか。最近はとくに初動捜査がずさんになってますから、見落としがないとはいえません。時間をかけて聞き込みをすれば、何か新しい情報が手にはいるかもしれませんよ」

「笠井さんは情報通のようだから、何か耳にしたら聞かせていただきたいわ」

涼子は肩をすくめた。

「現場の捜査本部の情報は、なかなかねえ。事件によっては、たまに耳にはいることもありますけど、今度の爆弾事件については何も噂を聞きません。実際捜査が進展していない証拠かもしれないわ」

「だいたい事件が多すぎるわね、このところ。そう言えば新宿中央署の、成瀬巡査部長が山口牧男に殺された事件も、まだはっきりしてないでしょう」

涼子は露骨に顔をしかめた。

「あの事件もひどいわ。山口が最初に事件を起こしたとき、受けた処分が甘すぎたんですよ。確か懲役七年かそこらだったでしょう。死刑にしろとは言わないけれど、遺族の気持ちを考えたら、無期懲役が相当だったと思うわ」

「でも精神鑑定で心神耗弱が認められて、罪一等が減じられたわけでしょう」

「そのために社会復帰が早すぎて、また事件を起こしてしまった。しかも今度はコカインを吸ったあげくですよ。判決を下した判事の顔が見たいわ」

「成瀬さんは山口と、どういう関係にあったのかしら。山口は殺した記憶もないし、彼女と会ったこともない、と言ってるらしいけど」

涼子は不快そうに咳払いをした。

「成瀬さんが山口と、なんらかの関係を持っていたとしても、わたしは驚きませんね」

「彼女をご存じなの。わたしは一度、警察学校の研修で一緒になったことがあるだけで、個人的には知らないんですけど」

「成瀬さんは新宿中央署に行く前、警視庁防犯部の保安三課にいたんです。実はこの間言いそびれてしまいましたけど、だいぶ前彼女に、お金を貸したことがあるんです」

「そうでしたの。知らなかったわ」

「亡くなった人の悪口は言いたくありませんが、信用のおけない女性でした。母親が病気がちで、何かと物入りだから貸してほしいと言うので、何度か融通してあげたんです。

でもそれは口実で、どこだかのホストクラブのホストに貢いでいたことが、あとで分かりました。わたしは遊興費を貸したつもりはありませんから、腹が立ってすぐに返済してほしいと迫ったんです。そうしたら、言を左右にして逃げ回るの。そのうち新宿中央署に転出して、それっきり。最後に貸した三十万円は、まだ未返済のままなんです。裏切られた感じでした」

そう言って寂しそうに笑う。

「そうだったの。それはとんだ災難でしたね。でも、だからといって、山口と関係ができていたとはかぎらないわ。あるいは単に山口を、麻薬捜査のおとりに使っていただけかもしれないし」

「どっちにしても、山口はもう二度と娑婆《しゃば》に出られないでしょうね。そうでなければ、世論が納得しないわ」

メインディッシュが来る。大きな舌びらめと帆立貝をグリルしたものだった。

二人は話を映画や本の話題に切り替え、くつろいだ雰囲気で食事を進めた。涼子は若いころから映画が好きで、新しい作品もあらかた見ているという。美希は倉木と結婚したあと、一緒に『ダイ・ハード』を見たきり、一度も映画に行っていない。

デザートになったとき、美希はさりげなく切り出した。

「実は拝借したお金の件ですけど、このまましばらくお借りしておいていいですか。子供がこんなことになった以上、医療費も手術代も必要なくなったので、すぐにもお返ししたいんですが、お葬式や何かでいろいろと物入りがあって」

涼子が怖い顔をする。

「何をおっしゃるの。お約束は一年でしょう。それまでは催促しませんから、どうかお気になさらないでください」

「ありがとうございます。すっかりお世話になってしまって」

涼子はいたずらっぽい笑いを浮かべた。

「それに今返していただいても、一年後に返していただいても、利子は同じという約束ですからね。あなたが損をなさるだけだわ。使わない分を銀行に預けて、少しでも利子を回収するようにお勧めします」

美希も笑った。

「それは気がつかなかったわ。今日お誘いした甲斐がありました」

「前にも申し上げたとおり、これはビジネスなんです。もし倉木さんが、今返すから利子をまけてほしいとおっしゃっても、わたしはうんと言いませんよ」

デザートはカシスのシャーベットに、マンゴーとキウィを添えたものだった。

勘定は例によって割り勘になった。

支払いをすませて店を出る。まだ秋も半ばだが、かなり風が冷たい。

二人は世田谷代田駅の方に向かった。

「いいお店をご存じね」

「それほど高くないし、落ち着けるでしょう。素性の怪しげな客もいないですし」

「どちらかといえば、カップルで来たいお店だわ」

「一度ご主人と来られたらいかがですか」

「そうですね。きっと気に入ると思うわ」

そう答えたものの、倉木にそんな時間の余裕があるかどうか、美希には確信がない。ここしばらく、二人で食事をする機会がなかった。これからも当分ないのではないか。倉木が忙しいように、自分も忙しくなるはずだ。

ふとなんの脈絡もなく、大杉良太の顔が浮かんだ。大杉の手を借りれば、仕事はずっと早いだろう。しかし大杉は倉木とコンタクトがある。美希が勝手に犯人探しを始めたと知ったら、倉木はきっとやめさせようとするに違いない。

考えることに集中していたので、美希は涼子が足を止めたのに気づかなかった。

「どうしたんですか」

立ち止まって声をかけると、涼子はそれに答えずに後ろを振り向いた。暗い住宅街の道を、ライトを消したままの車が、ゆっくりと走って来る。

涼子が美希の肘をつかんだ。痛いほど力がこもっている。

突然車がヘッドライトを点灯した。美希は目がくらみ、その場に立ちすくんだ。にわかにエンジン音が高まり、タイヤがつんざくような音を立てる。車が爆音とともに、二人に向かって突進して来た。

美希が反射的に涼子の腕を引っ張る。

ほとんど同時に、涼子も美希の体をどんと押した。二人はもつれ合ったまま、かたわらのブロック塀《べい》にへばりついた。間一髪、二人の脇を黒い車体がかすめ、突風のように走り抜ける。

ほっとする間もなく、車が急ブレーキをかけて停まった。タイヤをきしらせながら、そのまま凄い勢いでバックして来る。美希は涼子を塀の下のU字溝に押し倒し、その上に身を投げた。車の後尾がブロックに激突し、コンクリートの破片が頭に降りかかる。

焦げたタイヤの臭いがむっと鼻をついた。車は塀をこすりながらバックを続け、美希の頭上を通り抜けた。タイヤはわずかに美希の体をそれた。

頭を上げると、車がまた急ブレーキをかけて停まるのが見えた。車首を立て直し、ギアを入れ替えて、また正面から突っ込んで来ようとする。ヘッドライトに恐ろしいほどの殺気がこもっていた。

美希は夢中で涼子を抱き起こし、腕をつかんで走り出した。涼子も引きずられるように走った。ライトを浴びて、二人の影が大きく揺れる。エンジンが狂ったように唸り、背後に死が迫った。恐怖がかかとをはいのぼる。

右側に電柱が見えた。

美希はとっさに涼子をその陰へ向かって突き飛ばし、自分はもう一度反対側のブロック塀のU字溝に転がり込んだ。ヘッドライトがめまぐるしく左右に揺れる。

次の瞬間、耳を聾《ろう》するような衝撃音を残して、車は二人の間を突き抜け、かなたの闇に走り去った。

車がもどって来ないのを確かめると、美希は大きく息をついて道の反対側を見た。電柱の一部が車体にけずり取られ、白い傷痕をさらしている。

その根元に涼子が倒れていた。ぴくりともしない。

美希は跳ね起き、涼子のそばに駆け寄った。腕が妙な形にねじれている。

「笠井さん。笠井さん、しっかりして」

呼びかけると、涼子がうっすらと目をあけた。遠い街灯の明かりに、瞳が力なく光る。

「いったい——どういうことなんですか、これ」

「分からないわ。でも、ひどい。だれがこんなことを」

「倉木さんは——だいじょうぶですか」

「わたしは無事よ。動かない方がいいわ。腕が折れているかもしれない。すぐに救急車を呼びますから」

静かな住宅街に、人声が流れた。表の騒ぎを聞きつけて、住民が様子を見に出て来たらしい。

美希は安堵のあまり力が抜け、涼子のそばにすわり込んだ。すりむいた肘を押さえ、唇を嚙み締める。

いったいだれのしわざだろう。爆弾を仕掛けた犯人か。もしそうだとしたら、あの爆弾はやはり倉本法務次官ではなく、倉木尚武や美希に向けられたものと考えなければならない。

いや、どちらでもよい。この礼はきっとしてやる。

そう固く心に誓った。

第三章　虎穴

1

倉木美希と笠井涼子は、救急車で近くの代沢外科病院に運ばれた。

精密検査の結果、二人とも打撲傷と擦過傷を負っただけで、骨には異常のないことが分かった。しかし涼子は打ち身がひどく、一晩病院で過ごすことになった。

所轄の下北沢《しもきたざわ》署刑事課の山吹《やまぶき》という課長代理が、部下や鑑識班を連れてやって来た。治療の終わった二人から、涼子の病室で事情を聴取する。山吹はこめかみのあたりが白くなった、五十がらみの陰気な顔つきの男だった。葬儀屋が段取りを打ち合わせるような調子でしゃべる。

ベッドの涼子はほとんど話さず、そばにすわった美希が主に事情聴取に応じた。美希と涼子が警察官であると分かって、山吹は少し当惑したように見えた。

事件の状況を聞き終わると、山吹は眉根《まゆね》を寄せて深刻な口調で言った。

「すると、襲ってきた車のナンバーは分からない、ということですな」

「確認する余裕がありませんでした。まわりが暗かったことと、二人とも逃げるのに精一杯だったものですから。黒か紺の中型の乗用車だったことは確かですが」

「乗っていた人物も見えなかったと」

「残念ながら」

山吹はメモから目を上げ、美希を品定めするように見た。

「本庁公安四課の倉木警部補というと、先日聖パブロ病院の爆弾事件でご家族を亡くされた、あの倉木さんですか」

美希はしぶしぶうなずいた。

「そうです。主人は警察庁の警務局に勤務しています」

山吹の顔がいっそう深刻になった。

「なるほど、やはりそうですか。立て続けの事件で、まったくたいへんでしたな。お察ししますよ」

「ありがとうございます」

「あの爆弾事件と今夜の事件に、何か関連があるとお考えですか」

唐突に聞かれて、美希は一瞬ためらった。

「それは、どういう意味ですか」

「同じ犯人と思われるかどうか、という意味です」

涼子がベッドから助け舟を出す。

「あの爆弾事件は、間違いだったんです。新聞でごらんになったでしょう。倉本法務次官あてのお見舞いを、看護婦さんが勘違いして息子さんの病室に届けたために、ああいうことになってしまって。だから今夜のこととは関係ないと思います」

山吹はあいまいにうなずいた。

「わたしもそのように聞いています。しかしこうも災難が続くとね」

「偶然だと思いますけど。暴走族か何かのしわざじゃないかしら」

涼子は自信なさそうな口調になり、同意を求めるように美希を見た。

美希もそれに合わせてうなずいた。

「わたしもそうだと思います」

山吹がじろりと美希を見る。

「しかし車はただ暴走したわけじゃなく、何度も行ったり来たりして、あなたを轢《ひ》き殺そうとしたんでしょう」

涼子が急いで反論した。

「わたしたち二人をです」

「どちらにしても殺意というか、少なくとも未必の故意はあったわけだ。暴走族のいやがらせという感じではない」

山吹に決めつけられて、美希も涼子も口をつぐんだ。

山吹が続ける。

「爆弾事件のことはおくとして、だれかに狙《ねら》われるような心当たりはありませんか。仕事上のことでも、プライベートなことでもいいんですがね。公安部門に籍をおいていると、多かれ少なかれそうした危険が伴うでしょう」

「公安といっても、今は現場の仕事をしていませんし、人さまの恨みを買う覚えはありません。プライベートな面も同様です」

そう答えたものの、自分でも確信がなかった。

稜徳会事件に関わった以上、どれだけ年月がたっても命を狙われる危険はなくならないだろう。警察内部には、公安省の創設を図った一派の残党がいるはずだし、関係した右翼団体や暴力団の生き残りも少なくない。

ドアにノックの音がして、若い刑事がはいって来た。耳元で報告しようとするのを、山吹は顎《あご》を引いて普通にしゃべるようにうながした。

刑事は顔を赤くして言った。

「たった今署から報告がはいりまして、警戒中のパトカーが北沢八幡《きたざわはちまん》神社付近の路上で、乗り捨てられた不審車を発見しました。車体の横と後部を破損した、濃紺のブルーバードだそうです。ナンバーを本庁に照会したところ、二日前に届けが出ている盗難車と判明しました。現在鑑識班が車体を調べています」

山吹は無表情に応じた。

「よし。結果が出たらまた知らせてくれ」

美希はひそかに唇《くちびる》を嚙《か》み締めた。

盗難車となると、運転者を特定するのはむずかしい。よほどの素人でないかぎり、指紋を残すようなへまはしないだろう。抜けた頭髪を採集したとしても、それが犯人を割り出す直接の証拠になるとは思えない。

刑事がおずおずと尋ねる。

「新聞記者が何人か来てますが、どうしましょうか」

山吹は美希に目を移した。

「連中とはお話しにならん方がいいでしょうな」

「そうですね。警部から、適当にコメントを出しておいていただければ、と思います」

山吹は腕時計を見て刑事に言った。

「一時間後に署で状況を説明すると言っておけ。ここへは絶対に入れないように、だれかを立ち番につけるんだ」

事情聴取はそれから十五分ほど続いた。

山吹が病室を出て行くと、美希はベッドに椅子《いす》を近づけた。

「ごめんなさいね、わたしのためにひどい目にあわせてしまって」

涼子は枕《まくら》の上で首を振った。

「とんでもない。きっとたちの悪いいたずらですよ。暴走族ときたら、だれかれ見境なしなんだから」

「暴走族にしては、度が過ぎるわ。わたしを狙ったのよ」

「でもお心当たりはないんでしょう」

美希はためらったが、結局口を開いた。

「実は爆弾事件が起こる前から、だれかに尾行されているような気がしていたの。確信はないんだけど、職業的な勘とでもいうのかしら」

「そうですか。それはちょっと心配ですね。でも、もし倉木さんがほんとに狙われたのだとしたら、これからも用心しなければいけないわ。相手が分からないのでは、用心しようがないかもしれないけれど」

「そうね。それよりどなたかご家族に連絡して、来ていただいた方がよくはないかしら」

涼子は寂しげに笑った。

「連絡していただくような身内はいないんです。たいした怪我じゃありませんし、このまま退院して家に帰りたいくらいだわ」

「無理しちゃだめよ。わたしも今夜はここに泊まります。ソファがあるし」

「それはいけません。どうぞお引き取りになって。ご主人が心配なさるわ。まだ連絡も入れてらっしゃらないんでしょう」

「あとで電話します。あしたの朝、お宅までお送りするわ。あなたも二、三日休みをとった方がいいでしょう。後遺症が出るかもしれないし」

またドアにノックの音がした。

美希が返事をすると、男たちがぞろぞろとはいって来た。

美希の上司、公安四課長の佐々木幸雄《ささきゆきお》と涼子の上司、総務部福利課長の多賀守正《たがもりまさ》、それに公安特務一課長の球磨隆市の三人だった。佐々木と球磨はそれぞれ、爆弾事件の直後病院に見舞いに来たほか、葬式にも顔を出している。多賀とは顔を合わせたことがあるだけで、話をしたことはなかった。

佐々木も球磨も、髪を短くした美希にとまどったようだ。休職扱いになってからは一度も会っていない。

球磨は小太りの体を窮屈そうに折り曲げ、例によっててていねいな口調で言った。

「まったくご難続きで、お見舞いの言葉もありません。具合はいかがですか」

「わたしはだいじょうぶですが、笠井さんの方がちょっとひどくて、一晩ここに泊まることになりました。たびたびお手数をおかけして、申し訳ありません」

多賀が長身をかがめて、ベッドの涼子の方に乗り出す。

「たいへんだったね。怪我の程度はどうなんだ」

涼子は恐縮して、もじもじと枕の上で頭を動かした。

「ほんのかすり傷なんです。ご心配をおかけして、申し訳ございません」

「ほんとにだいじょうぶかね。場合によっては警察病院に移す手配をしてもいいぞ」

「いいえ、どうぞお気遣いなく。入院する必要もないくらいなんですが、お医者さまが大事をとるようにおっしゃるものですから、一晩だけごやっかいになることにしました」

二人が話している間に、佐々木が美希のそばへ来て、小声で言った。

「とんだ災難だったね。いったいどういうことなんだ」

「わたしにも見当がつかないんです。わたしたちを狙った車が発見されたらしいので、何か手がかりがつかめるかもしれません」

その可能性は薄いと思いながら、美希は答えた。

球磨がそばから口を挟む。

「この前の爆弾事件は人違いだったが、下北沢署の話によると今度の轢き逃げ事件は、どうも意図的なもののようですな」

美希はうつむき、形ばかりスーツにこびりついた泥を払った。

「なんともいえません。心当たりがないものですから」

佐々木が腕組みして言う。

「もしきみを狙ったのだとしたら、理由はともかく今後も狙われる可能性がある。外出はなるべく控えた方がいいだろう。自宅周辺に警護をつけようか」

「そこまでしていただく必要はありません。主人とも相談して、こちらで用心するようにしますから」

「そうか。まあ、もし不安を感じるようなことがあったら、遠慮なく申し出てくれ。ともかく十分に休養をとるようにな」

「ありがとうございます」

球磨が美希の顔をのぞき込んだ。

「これからどうしますか。自宅へもどられるなら、わたしが送りますが」

「今夜は笠井さんのそばにいます。一人では心細いでしょうし」

三人は十分くらいで引き上げて行った。

さらに十五分ほどして、またたれかがノックした。いささかうんざりしながら、美希は戸口へ出てドアをあけた。

倉木尚武が立っていた。

美希が驚いてその場に立ちすくむと、倉木も面食らったように顔を見た。そういえば朝倉木を送り出したとき、美希はまだ髪を切っていなかったのだ。

「どうした、だいじょうぶか。下北沢署から知らせがあったんだが」

声をかけられたとたんに、電話し忘れたことに気づいた。

ばつの悪い思いをしながら言う。

「ごめんなさい、連絡しなくて。わたしはだいじょうぶだけど、一緒にいた福利課の笠井さんが怪我をしてしまって、今夜ここに泊まることになったの」

真浩の手術費用を、涼子に用立ててもらったことは、倉木に話していない。借りたその日に爆弾事件が起こり、話すきっかけを失ってしまったのだ。涼子が倉木にその話を持ち出すとは思えないが、打ち明けていないことで後ろめたさを感じて、美希は軽い不安にとらわれた。

倉木は中へ入ると、まっすぐにベッドに向かった。姿勢を正して頭を下げる。

「倉木です。家内がご迷惑をおかけしました。お怪我の具合はいかがですか」

涼子は頭をもたげ、恐縮した様子で挨拶《あいさつ》を返した。

「笠井でございます。いつも奥さまにはお世話になっております。横になったままで失礼します。ほんとうは寝ている必要もないので、ご心配いただくのが心苦しいくらいです」

倉木は表情を緩めた。

「それを聞いて安心しました。下北沢署で聞いたところでは、襲って来た車が近くで発見されたそうです。盗難車ということで、今足取りを追跡しています」

「捜査員のかたにも申し上げたんですけど、暴走族のいやがらせに違いありませんわ。奥さまが狙われる理由がありませんもの」

「そうだといいんですが。ちょっと失礼します」

倉木は美希に合図して、戸口へ引き返した。美希も涼子に断りを言い、倉木のあとを追った。

廊下へ出てドアをしめる。病室の前で立ち番をしている巡査に挨拶して、二人は少し離れたベンチまで歩いた。

腰を下ろすなり倉木が言う。

「どうして髪を切ったんだ」

「今日美容院へ行ったら、急に切りたくなって」

「珍しくドレスアップしてるじゃないか。しっかり化粧もしてるし、見違えたよ」

口調にかすかな皮肉がこもっている。

「泥だらけでだいなしになったわ。せっかく気分転換におしゃれしたのに」

「気分転換に、聖パブロ病院へ聞き込みに行ったのか」

美希はどきりとしたが、倉木の言葉にとげを感じて、取り繕う余裕を失った。

「さすがに情報が早いのね。病院で法務次官のSPに会ったわ。草間さんだったかしら。あの人がよけいなことを言ったんでしょう」

「たまたま今日電話をよこしたんだ。そのとき病院できみと会ったと言った」

「たまたまですって。それを言いつけるために、電話したに決まってるわ。わたしはただお医者さんと看護婦さんに、挨拶に行っただけなのに」

「草間はきみのそのいでたちを見て、挨拶に行ったんじゃないと判断したんだろう」

「あなたも同意見というわけね」

「そうだ。亭主のおれでも見違えるくらいだから、病院の連中はころっとだまされたに違いないな。いったい何を聞き込みに行ったんだ」

「別に。ただ捜査が進んでいないようだから、自分で確かめてみたくなっただけよ」

「小石川署の連中も素人じゃないし、遊んでいるわけでもない。任せておけばいいんだ」

「一日中うちにいて、仏壇を拝んでいろとでも言うの」

倉木の顔に苦渋の色が浮かんだ。

「くどいようだが、自分で犯人を探すのはやめるんだ。かりに犯人を見つけて首を絞めたところで、お母さんや真浩がもどって来るわけじゃないだろう」

「その話はしたくないわ。あなたにはわたしの気持ちが分かってないのよ」

倉木はかすかに口元をゆがめた。

「確かに分かってないかもしれん。しかし死んだ人間より、生きているおれたちのことに目を向けてほしいんだ。このままでは、おれたちまでだめになってしまうぞ」

その言葉の重みに、美希は一瞬どきりとした。しかし持ち前の強気が頭をもたげ、心に感じた負担を押しのけてしまった。

「お願いだからわたしの好きにさせて。あなたに迷惑はかけないわ」

「もうかけてるよ。小石川署からも電話があった。今日きみが派手な格好で現れて、署内をうろつき回ったとね。ただの挨拶回りには見えなかったようだぞ」

美希は唇の裏を嚙み締めた。行動がすべて倉木に筒抜けになっている。このままでは動きが取れなくなる恐れがある。聖パブロ病院で、清掃管理人の佐野から聞き出した話や、それと関連して小石川署へ、関根という刑事の人相風体を確かめに行ったことは、当面打ち明けるのをやめようと決心した。

「何を言われても、わたしの気持ちは変わらないわ。あなたが手を貸したくないと言うなら、それでもいいの。ただじゃまだけはしないで」

倉木は憐れみのこもった目で美希を見た。

「はっきり言うが、きみが犯人探しに熱を入れるのは、単なる自己弁護にすぎない。逃げ場を求めているだけなんだ。自分でも分かってるだろう。目を覚ましてくれ。おれはきみに戦うことなんか求めていない。もっと大事なことがあるはずだ。どうせ戦うなら後ろ向きじゃなく、前を向いて突撃しろ」

美希はその言葉に、かつてないほどの屈辱を覚えた。自分が固い殻に閉じこもり、かたくなになっていることは百も承知だ。倉木の言うとおりかもしれないが、その指摘にはどうしても承服しかねるものがあった。

とはいえ、このままでは話がこじれるだけだ。

美希は肩をすくめ、しおらしく目を伏せた。

「もう少し時間をください。わたしも努力するわ」

倉木は深く息をつき、口調を変えて言った。

「今夜の事件のことも、よく考えた方がいい。例の爆弾事件が人違いだったように、今度も相手を間違えただけかもしれない。きみのその格好を見れば、だれか別の女と見誤っても不思議はないからな」

「そんな、二度も続けて間違えるなんて、ありえないわ」

「おれが狙われるならともかく、きみが標的にされる理由は何もないんだ。少なくとも今のところは」

「でもあの車は確かに、わたしを轢き殺そうとしたわ。被害妄想だなんて言わないで」

「轢き殺そうとしたのは、きみじゃなかったかもしれないだろう」

「ほかにだれがいると言うのよ」

そう反論したあとで、はっと思い当たった。

「まさか、狙われたのは笠井さんだと言うんじゃないでしょうね」

倉木は表情を変えなかった。

「どうしてだ。怪我がひどかったのは、彼女の方じゃなかったかね」

その可能性には一度も考えがいたらず、虚をつかれる思いだった。

しかしすぐにそれが、倉木得意の矛先をそらすレトリックだと気づいて、美希は落ち着きを取りもどした。

「それはありえないわ。あの人にはわたし以上に、狙われる理由がないもの」

「どんな人間でも、殺したいと思うほどの恨みを買う相手が、一人や二人はいる。きみは彼女とどういう知り合いなんだ。彼女のことをそう言い切れるほど、よく知ってるのかね」

返事に窮する。

「それは——ときどきお茶や食事を一緒にする程度だけど」

「そうだろう。だから自分が狙われたと、決めつけるのはやめたまえ。なんでも自分に結びつけて考えるのは、きみの悪い癖だ」

美希は無理に笑いを浮かべた。

「わたしを安心させようというわけね。分かったわ。少し頭を冷やすことにします」

倉木も口元をほころばせた。

「その方がいい。今夜は彼女についていてやりたまえ。もし狙われたのが彼女なら、殺し屋がまた襲って来るかもしれないからな」

冗談めかして言い、腰を上げる。

美希も立ち上がり、倉木の腕に手を触れた。

「ごめんなさい、面倒なことになって。あした彼女を送ったら、家にもどります」

「おれも今夜は庁舎に泊まる。あしたは土曜だし、なるべく早く帰るようにするから、たまには家で一緒に飯でも食おう」

「ええ」

美希は目を伏せ、手を下ろした。そうできればいいがと思う。

廊下を去って行く倉木の背を見送るうちに、夫が気持ちの上でも自分からどんどん遠ざかるような気がして、不覚にも涙が出そうになった。

倉木の姿が見えなくなると、美希は気を取り直して涼子の病室にもどった。

涼子が好奇心のこもった目で問いかける。

「ご主人、心配してらしたでしょう」

「ええ」

美希は短く答え、腕時計に目をやった。午前零時を回ったところだ。

「笠井さん。悪いけどわたし、やはり失礼させていただいていいかしら。主人と話していて、ちょっと用事を思い出したものだから」

「かまいませんとも。わたしはだいじょうぶですから、気になさらないで」

そう言う涼子の口調に、いくらか気落ちしたような様子が感じられた。しかし美希はあえてそれを無視した。

「あしたの朝一番でまた来ます。お洋服が汚れているし、着替えが必要だわ。だいたいサイズが同じだから、わたしのでよければ持って来ますけど」

「すみません、何から何まで。それじゃお言葉に甘えて、拝借することにします」

「よく休んでくださいね。ほんとうにごめんなさい」

逃げるように病室を出る。

ロビーのカード電話でタクシーを呼び、救急用の出入り口から外へ出た。

上野の和風パブ《アスカ》の優待券には、平日午前二時まで営業と書いてあった。急げばまだ閉店に間に合う。

こんなことになった以上、たとえ一分といえども無駄にはできない。

2

翌日、土曜日の夕方。

ハンバーガーショップのカウンターで軽食をとりながら、倉木美希は窓越しに筋向かいの喫茶店《ニコール》を見張っていた。

尾形江里子《おがたえりこ》は、眼鏡をかけた三十半ばの男と、窓際のテーブルでコーヒーを飲んでいる。長い髪を茶に染め、膝小僧《ひざこぞう》を丸出しにした江里子と、ダークスーツにきちんとネクタイを締めた男のカップルは、いかにも奇妙な取り合わせに見えた。

朝早く笠井涼子を退院させ、下高井戸のマンションへ送ってから、美希は鶯谷《うぐいすだに》の江里子のアパートへ回ったのだった。江里子は和風パブ《アスカ》のホステスで、その住まいは昨夜店で話をしたあと、タクシーで尾行して突きとめてあった。

江里子は昼前に一度外へ出て来たが、近所のスーパーへ買い物に行っただけで、すぐにアパートへもどった。

午後もだいぶ遅くなって、江里子が今度は外出着で姿を現した。

江里子はＪＲ鶯谷駅へ出ると、京浜東北線で王子《おうじ》まで行った。駅から裏通りを五分ほど歩き、今見張っている《ニコール》にはいった。《ニコール》はビルの一階にあり、道路に面した側がガラス張りになっていて、中がよく見える。

眼鏡の男は、江里子より少し遅れて十分ほど前に現れ、同じテーブルにすわったのだ。

美希は昨夜閉店間際に《アスカ》へ行き、マネージャーに佐野からもらった開店十周年記念の優待券を見せて、渡した相手に心当たりがあるかどうか尋ねた。

マネージャーは券に打たれた通し番号で、担当したホステスが分かると言った。佐野が後生大事に持っていた一二三番の券は、尾形江里子が分担したうちの一枚だった。

美希はテーブル席でビールを頼み、江里子を呼んでもらった。

江里子は二十代の後半で、美人とはいえないが愛想のよい小柄な女だった。質問するために美希が警察手帳を見せても、とくに警戒心を抱く様子はなかった。

「実は上野署に拾得物の届け出がありましてね。十万円ほどはいった黒い革の財布で、落とし主を探してるんだけど、なかなか見つからないんです。名刺もクレジットカードもはいってなくて、ただこのお店の優待券がはさんであったものだから、心当たりがないかと思って来てみたんです。マネージャーの話だと、通し番号があなたの分担した数字らしいんだけど」

そんなふうに切り出すと、江里子は疑う気配も見せずに聞き返した。

「何番ですか」

美希は券を出して番号を示した。

「一二三番。これはあなたが引き受けた券のうちの一枚ね」

それを見たとたんに、江里子の表情が引き締まった。美希から目をそらし、ほとんど考えもせずに答える。

「確かにわたしの分ですけど、だれに渡したか覚えてません」

思わず顔を見直すほど、切り口上の返事だった。

「でも一二三番は覚えやすい番号だわ。よく考えてみてくださらない」

念を押すと、江里子は視線を落ち着きなく動かし、口をとがらせて言った。

「一人当たり百枚も割り当てられるんだから、だれに渡したかなんていちいち覚えてられません。ついたお客さんにまんべんなく渡すわけだし」

愛想のよさが影をひそめ、ぶっきらぼうな態度に変わっている。急激なその変化に、美希はむしろとまどいを覚えた。

「でもこの優待券は、ある程度お客さんを選んで配るように指示してある、とマネージャーが言っていたわ」

江里子は唇をなめた。

「一部のお客さんには挨拶状と一緒に郵送しますけど、残りはお店で手当たりしだいに配るんです。ことに初めてのお客さんに、また来てくださいっていう意味で」

「この一二三番は、だれかに郵送したものじゃないの」

「違います。お店で配ったものです」

頑固に否定する。

「百枚のうち、何枚ぐらい郵送したの」

江里子はまた唇をなめ、考えるそぶりを見せた。

「三分の一くらいだと思います」

「それはお客さんからもらった、名刺か何かをもとに送るわけね」

あいまいにうなずく。

「ええ。でもだれに何番を送ったか、そこまでは覚えてません」

美希はビールを飲み、考えを巡らせた。

その名刺を見せてほしい、と頼むこともできる。しかし江里子は、もしだれかのことを隠そうとしているのなら、肝心の名刺だけ抜いてしまうだろう。

江里子の態度の急変は、あまりにも不自然だった。落ち着きのない目の動きやしぐさから見て、江里子がうそをついているのは明らかだ。だとすれば何か、うそをつくだけの理由があるに違いない。

そこで美希はあっさりその場を引き上げ、閉店後ひそかに江里子のあとをつけることにしたのだった。


今《ニコール》を見張りながら、美希は極力冷静さを保とうと努力していた。

江里子が話している相手は、聖パブロ病院の佐野がホールで見かけた男に違いない、と確信する。佐野の証言を頼りに、小石川署へ寄って関根という刑事を見てきたが、確かに江里子の向かいにすわっている男は、顔も体つきも関根によく似ていた。年はいくつか若いが、外見はそっくりといってよい。

この男が爆弾を仕掛けた犯人かもしれないと思うと、もう少しで平常心を失いそうになる。しかしここで理性を失ったらおしまいだ。動かぬ証拠をつかむまで、頭に血がのぼらないようにしなければならない。

二人が何を話しているのか分からないが、およそ明るい話題でないことは表情から察しがつく。おそらく江里子が昨夜のできごとを報告し、事実を確認しているのだろう。男が財布を落としていないことが分かって、二人とも当惑しているに違いない。

男の方は浮かないどころか、かなり深刻な顔つきになっていた。問題の優待券を週刊誌にはさんだまま、聖パブロ病院の屑籠《くずかご》に捨てたことを思い出したのかもしれない。それを巡って警察が動き出したことを知れば、男もじっとしてはいられないはずだ。昨夜の状況ではしかたなかったにせよ、江里子に自分が警察官であることを明かしたのは、今思えば失敗だった。

やがて男が伝票を取り上げ、席を立つのが見えた。美希は急いでトレイの食べ残しを屑籠に投げ入れ、いつでも出られるように待機した。

喫茶店を出ると、二人は挨拶もせずに左右に別れた。

金ラメのミニスカートをはいた江里子が、ハンバーガーショップの前をせかせかと通り過ぎる。美希はすでに前夜の厚化粧を落とし、もとの地味な服装にもどっていた。たとえ江里子と顔を合わせても、見破られる心配はないと思ったが、できるだけ危険は避けなければならない。

江里子の姿が視界から消えると、美希は店を出て男のあとを追った。

途中で眼鏡の男は、さりげなく二度ほど振り向いた。美希は通りの反対側を、十メートルほど遅れて歩いている。男が江里子から、前夜の美希のいでたちを聞いたとしても、なんの役にも立たないはずだ。

男は灯のつき始めた商店街を一分ほど歩き、酒屋の角を左へ曲がった。美希は足を速め、男のあとに続いた。二十メートルほど先に、《栄興学院》という袖看板の出た白いビルがあり、小学生らしい子供たちがぞろぞろと出て来る。

男はその渦の中にはいって行った。子供たちが口ぐちに、男にさよならを言うのが聞こえる。男はいちいち手を上げ、挨拶に応えながらビルの中に姿を消した。どうやら栄興学院は学習塾らしく、男はそこの講師か何かをしているようだ。

少し間をおいてビルの前まで行くと、出入り口の付近で男女の生徒が一人ずつ、壁にもたれて本を読んでいた。小学校の高学年で、父親か母親を待っているらしい。

美希はそばへ行って、さりげなく話しかけた。

「今ここをはいって行ったのは、鈴木先生だったかしら」

二人は顔を見合わせた。女の子が答える。

「馬場《ばば》先生です」

「ああ、馬場先生ね、国語の」

男の子が笑った。

「国語じゃないよ、理科だよ」

「そう、理科の馬場先生だったわね。娘がいい先生だって言ってたわ」

二人は人差し指をこめかみに当て、すっと頬《ほお》に滑らせながら声を揃《そろ》えて言った。

「たらーっ」

それにくすくす笑いが続く。

そのしぐさが何を意味するのか、美希には分からなかったが、馬場があまり人気のある講師でないことは、見当がついた。

「馬場なんていったかしら、下の名前だけど」

女の子がおどけた口調で答える。

「ワンツースリー」

「ワンツースリーって」

男の子が得意げに言う。

「おばさん、知らないの。一、二、三って書いて、ひふみって読むんだよ」

一二三。馬場一二三か。

それで分かった。江里子は一二三番の優待券を名前に引っかけて、なじみ客の馬場一二三に渡すか送るかしたのだろう。だから券を見せられたとき、あれほど顔色が変わったに違いない。

現金のはいった財布を落としたと聞けば、すぐにも正直に教えるのがふつうだ。にもかかわらず江里子は、そらとぼけたうえわざわざ本人に、それを伝えに出向いた。とすれば馬場には、警察と関わりを持つのを避けなければならない事情があり、江里子もそのことを承知しているのだ。

もしあの男が過激派のメンバーで、実際聖パブロ病院に爆弾を持ち込んだ犯人なら、危険の臭いをかいで地下へ潜る可能性も出てこよう。ぐずぐずしてはいられない。

「あなたたち、馬場先生がどこに住んでらっしゃるか、知らないかしら。一度ご挨拶にうかがいたいんだけど」

女の子が探るような目で美希を見る。

「西尾久《にしおぐ》の電線工場ですって。だれかが言ってたけど」

「電線工場。変なところに住んでるのね」

男の子が言う。

「夜中に工場の見回りをするんだってさ」

美希はうなずいた。

「なるほど。じゃ、昼間ここで勉強を教えながら、夜は工場で夜警の仕事をしてらっしゃるのね」

そのとき軽いクラクションの音がした。子供たちは美希のそばを離れ、通りに停まった車の方へ駆けて行った。親が迎えに来たらしい。

美希はその場を離れ、近くのカード電話に向かった。

昨夜倉木尚武は代沢外科病院で、明日の夜は家で一緒に食事をしよう、と言った。その言葉が喉《のど》に刺さった小骨のように、朝から気持ちの隅に引っかかっている。すでに日は落ちており、これから急いで帰っても夕食のしたくには間に合わない。

まだ席にいてくれればいいが、と思いながら美希は警察庁に電話した。

幸い倉木はつかまった。

「どうしたんだ。今出ようとしたところなんだが」

「ごめんなさい。悪いんだけど今夜のお食事、外ですませてくださらないかしら。実はまだ笠井さんのマンションにいて、これから夕食を作ってあげなければならないの」

「無事に退院したのか」

「ええ。今朝病院へ迎えに行って、マンションまで送って来たの」

「迎えに。ゆうべは病院に泊まると言ってなかったか」

ひやりとする。昨夜美希は尾形江里子を尾行したあと、都下調布市の自宅マンションへもどったのだった。倉木にうそをつくときは、気をつけなければならない。

「そのつもりだったんだけど、笠井さんの洋服が汚れて着られないものだから、わたしの服を取りに家にもどったの」

「そうか。具合はどうなんだ」

「よくないわ。体を動かすのがつらいみたい。だからわたしが、お夕食を作ってあげようと思って。今外から電話しているの。買い物に出たついでに」

「分かった。おれのことは心配しないでいい。適当にすませるから」

「ごめんなさいね。なるべく早く帰りますから」

電話を切ったあと、どっと冷や汗が出た。うそをついたことで、強い自己嫌悪に襲われる。しかし倉木にほんとうのことを言うわけにはいかない。言えば止められるに決まっている。

美希は栄興学院の入り口が見渡せる、カウンターだけのラーメン屋にはいった。

ワンタンメンを注文する。ハンバーガーを食べたばかりだが、江里子のアパートを見張っている間は食事をする暇がなかったので、まだ空腹感があった。いつでも出られるように、小銭で勘定を用意して食べ始める。

三分の二ほど食べたとき、馬場が同僚らしい男と二人で出て来た。美希はすぐに箸《はし》を置き、店員に声をかけて店を出た。

二人は話をしながら、王子駅の方へ向かった。

駅まで来ると二人は別れ、馬場は都電荒川線の停留所へ行った。荒川線は東京にただ一つ残る都営の路面電車で、新宿区早稲田と荒川区三ノ輪橋《みのわばし》の間約十二キロを走っている。

馬場は三ノ輪橋方面行きの電車に乗った。車内はかなり込み合っており、馬場の注意を引くおそれはなかった。

馬場は六つ目の宮ノ前《みやのまえ》で下りた。

一緒に下りようとした美希は、とっさに思いとどまった。その停留所で下りたのは、馬場一人だけだった。もし美希があとに続けば、かならず目についてしまうだろう。

美希はそれ以上尾行するのをあきらめた。馬場が本物の活動家なら、尾行や見張りに対して、人一倍敏感なはずだ。まして江里子から報告を受けた直後では、ふだんよりも神経質になっているに違いない。この際、見とがめられる危険を冒すわけにいかなかった。

電車が走り出す。

遠ざかる馬場の姿を目で追いながら、美希は強く奥歯を嚙み締めた。ここで焦ってはならない。まだチャンスは残っている。

美希は次の熊野前《くまのまえ》停留所で下り、広い通りを渡って反対方向行きの電車に乗り換えた。

宮ノ前へもどったが、すでに馬場の姿は見当たらない。美希は追跡をあきらめ、電車通りに面した西尾久警察署まで、急ぎ足で歩いた。以前公安三課にいたころ、右翼団体の調査で訪れたことがあるのを、電車の窓から見ていて思い出したのだ。

署内に残っていた刑事の中に、当時世話になった警備課の主任を見つけた。美希は公安四課の資料調査だと偽って、その刑事に管内にあるすべての電線工場の、所在地を調べてもらった。さらに近辺の派出所の場所を確認する。

派出所には、担当町内の《巡回連絡カード》というものがあり、それをチェックすればどこにだれが住んでいるか、一目で分かる。カードはすべての所帯に配られ、調査に応じるかどうかは任意とされている。ひところ、過激派対策で用いられたアパートローラー作戦の名残だが、よほど警察に反感を持つ者以外は、だいたい回答するものだ。かりに馬場が新左翼か何かの活動家なら、逆に巡回連絡カードを提出している可能性が強い。反体制の活動家は、調査を拒否するとかえって疑惑を招くので、適当にメーキングして回答することが多い。

署を出て二つ目に回った小台派出所で、美希は狙いどおり馬場一二三のカードを引き当てた。住所は荒川区西尾久三の四の×、鴨下電線内となっている。生年月日は昭和三十年七月四日。本籍は沖縄県那覇《なは》市。職業は塾講師、勤務先は北区王子二丁目、栄興学院。独身、とある。

美希はデータをメモし、成果に満足して帰途についた。

京王線《けいおうせん》の布田《ふだ》駅を出たところで、後ろから声をかけられた。

振り向くと倉木だった。

「あら。同じ電車だったのね」

「そうらしいな。笠井さんはだいじょうぶか」

「ええ。二、三日休めば登庁できると思うわ。お食事は」

「庁内ですませたよ。牛丼《ぎゅうどん》にアスパラのサラダを奮発した」

「ごめんなさい、不便をかけてしまって」

並んで歩き出す。

マンションは駅から十二、三分歩いた、もとの日活撮影所のそばにある。美希は独身時代から、そこに一人で住んでいた。結婚したとき、倉木は西荻窪《にしおぎくぼ》のマンションを引き払い、美希のマンションに移って来た。どちらが言い出したわけでもなく、自然にそうなってしまったのだ。

西荻窪のマンションは、倉木が死んだ前妻と新婚生活を送った場所であり、その思い出がこびりついているに違いなかった。倉木が自分のためというより、美希のためにそれを切り捨てようとしたことは、口に出さなくとも分かっていた。

商店街を抜けたところで、美希は倉木の腕に腕を絡ませた。

「こうして歩くのも久しぶりね」

倉木はとまどったように歩調を緩めた。

「だれかに見られたらどうするんだ」

「いいじゃないの、夫婦なんだから」

夫婦というところに力を込め、なおも腕にすがりついた。急に熱いものが胸に込み上げてくる。それに身を任せようとしながら、一方では後ろめたさを媚《こ》びで隠そうとする意識も働き、美希は口をつぐんだ。

闇の中で美希は手を伸ばし、倉木の下腹部を探った。

倉木は身じろぎしただけで、何も言わなかった。しばらく指を使い続けると、倉木の男がしだいに育ち始めるのを感じた。

美希はシーツの間にもぐり、下着をずらして口に含んだ。やがてそれは、歯が立たなくなるほど固く、大きく成長した。

倉木が無言で体を起こし、美希の上にかぶさって来る。倉木のものが中にはいると、美希は鉄杭を打ち込まれたように体を硬直させ、背中にしっかりと腕を回した。倉木の動きに合わせて、開いた腰をしゃくり上げる。

ほどなく倉木はうめき声を漏《も》らし、美希の体内にしたたかに放出した。美希は倉木の腰を引き寄せると、自分も力一杯腰を押しつけ、放たれたものを一滴余さず絞り取った。同時に喜びの声を上げ、倉木の胸板に思いきり歯を立てる。それが達したときの癖だということは、倉木もよく承知しているはずだ。

しばらくして倉木が言った。

「犯人を探し出して、どうするつもりだ」

「その話はしたくないわ。少なくとも今は」

「だから体で口を封じようとしたのか」

ぎくりとする。

「いやな言い方はやめて。あなたがほしかっただけよ。いけなかったかしら」

沈黙。

「息の根を止めるといっても、そう簡単にはいかないぞ。女の腕力が通じる相手とは思えないし、きみには爆弾もなければ拳銃《けんじゆう》もない。返り討ちにあうだけだ」

美希はシーツを握り締めた。

倉木の言うとおりだ。官給の拳銃は持っているが、私服の刑事も制服の巡査も勤務のとき以外は、持ち歩くことを固く禁じられている。ことに刑事は、犯人逮捕など必要と認められる場合のほか、めったに拳銃を携帯しない。美希の拳銃も、部内の共同ロッカーに預けたままだった。

徒手空拳の身で、男一人を始末できるかどうか、改めて思えば自信がなかった。一度冷えた体が、またじっとりと汗ばんでくる。倉木の言葉が的を射ているだけに、いらだちがつのった。

倉木が続ける。

「きみが犯人を追いかけるというなら、おれも止めはしない。しかし手を出すのだけはやめてくれ。おれは息子と義母を失ったうえ、男やもめなどになりたくない。万が一にも、犯人の居場所を突きとめるようなことがあったら、まずおれに報告するんだ。捜査本部に連絡して、しかるべき手を打つから」

「万が一。そう、わたしが犯人の居場所を突きとめる可能性は、それくらいのものかもしれないわね」

美希は自嘲《じちょう》めいた口調で言い、ベッドを抜けてシャワーを浴びに行った。

倉木の放ったものが、太ももの内側を伝い落ちる。それを洗い流しながら、美希は唇を嚙み締めた。

自分が達したふりをしたにすぎないことを、倉木は確実に知っているように思えた。

3

週が明けた月曜日の午前中、倉木美希は西尾久へ出直して行った。

念のため宮ノ前停留所のボックスから、巡回連絡カードにあった馬場一二三の番号に、電話をかけてみる。

コールサインを十五回鳴らしたが、だれも出て来なかった。馬場はすでに塾へ出勤したものと判断して、美希は鴨下電線へ向かった。

鴨下電線は隅田川《すみだがわ》を背後に控えた、かなり大きな工場だった。そばに高い鉄塔が立ち、送電線が空を走っている。

門をはいった守衛の詰め所で、保安責任者に面会を求めた。最近過激派が、爆弾や武器製造の材料を調達するため、電線工場を狙っているという情報がはいったので、警告と事情聴取のために来たと作り話をする。

出て来たのはずんぐりした体格の、槙原《まきはら》と名乗る保安主任だった。槙原は三年前まで西尾久署の防犯課に在籍し、警部補で退職して鴨下電線に再就職したという。

美希は名刺を渡さず、警察手帳を示すだけにとどめた。

守衛に話した趣旨を繰り返すと、槙原は熱心な口調で工場の保安体制を説明し始めた。自分がここにいるかぎり、過激派などにしてやられる恐れはまったくない、と口から泡を飛ばして力説する。

ころあいを見計らって、美希は質問した。

「ところで、夜間の警備はどうなっているのですか」

「うちは夜間自動警報システムを導入してましてね。だれかが工場内に侵入すると、警備員室のパネルのランプが点滅して、ブザーが鳴るようになっています。もちろん西尾久署にも直結していて、数分以内に署員が駆けつけて来ます」

「警備員室というのは」

「この詰め所の裏手にあります。コンクリートの古い建物ですがね。そこに自動警報システムのパネルボードが設置されてるんです」

「夜間警備員は何人ですか」

槙原は紺の制服のポケットに手を突っ込んだ。

「今のところ、一人だけです。警報システムがありますし、なにせ人手不足ですからね。馬場という独身の警備員で、昼間は学習塾の講師をしてますが、夜はずっとここに寝泊まりしてるんです。まだ若くて体力のある男ですから、心配はいりません。まあ大工場は別として、このあたりで警報システムのほかに夜間警備員を置いている町工場は、ほとんどないでしょう」

それとなく聞き出したところによると、馬場はすでに六年もここで夜間警備の仕事をしており、これまでにこそ泥を四人つかまえた実績があるという。会社からもそれなりに信頼されているようだ。

あまり個人的なことを聞くわけにもいかず、美希は適当なところで切り上げた。へたに根掘り葉掘り尋ねると、馬場に関心を持っていることを悟られてしまう。槙原がそれを怪しんで、馬場に美希が聞き込みに来たことを話したりすれば、馬場はすぐに危険を察知するだろう。

西尾久署とまめに連絡を取り、警戒を緩めないように、などともっともらしく槙原に忠告して、美希は鴨下電線をあとにした。

王子にもどるために、宮ノ前から都電に乗る。

槙原の話だけでは、馬場が過激派に関係しているかどうか、にわかに判断することはできなかった。馬場は槙原よりも早く鴨下電線にはいっている。細かい身元調査は行なわれていないだろう。

警備員室を捜索すれば、何か証拠になるようなものが出てくるかもしれないが、馬場や槙原に気づかれずにそれを実行するのは、まず不可能に近い。小石川署の捜査本部に報告して、裁判所から捜索令状を取るよう働きかけることはできるが、その場合には犯人に直接一矢を報いるという所期の目的が果たせなくなる。

倉木ならこういうとき、どうするだろうか。

通常の事件であれば、おそらく違法捜査すれすれの手段をとっても、かならず馬場の居室を調べずにはおかないだろう。しかし今度の事件に関するかぎり、倉木をあてにすることはできなかった。倉木は爆弾事件が起きたあと、模範的すぎるほど模範的な警察官を演じている。自分の息子が殺されたというのに、捜査本部に任せきりでまったく自分から動こうとしない。美希が怒りを燃やせば燃やすほど、それに水をかけるように冷静で慎重な態度をとる。そんな法があるだろうか。失望感が大きかった。

とにかく、だれの助けも借りられない以上、自分でやるしかない。当分の間馬場をマークし、それらしい動きを見せるまで辛抱強く待つのだ。どれだけ忍耐が続くか自信はないが、やれるだけやってみよう。倉木がぐうの音も出ないような、確たる証拠をかならずつかんでみせる。そのあとどうするかは、神のみぞ知るだ。

電車が王子駅前の停留所に近づいた。

美希は座席を立とうとして、何げなく前方に目を向けた。とたんに心臓が引き締まり、急いですわり直す。早稲田行きのプラットホームに立つ人びとの間に、ほかならぬ馬場の姿が見えたのだ。一昨日と同じスーツを着ているので、すぐにそれと分かった。美希が乗って来た電車に乗るつもりのようだ。

美希はハンドバッグをあけ、文庫本を出して読み始めた。栄興学院まで出向いて、馬場を待つ手間が省けた。こんな時間に馬場がどこへ行くのか、大いに興味がある。

電車が停まり、馬場がほかの乗客と一緒に乗って来た。昼前後ということもあって、車内はあまり込んでいない。馬場は美希の前を通り過ぎ、向かい側の下り口近くの席にすわった。

美希は不自然に見えない程度に、顔を伏せて文庫本に没頭するふりをした。たまたま馬場の向かいの席に、つば広の黒い帽子をかぶった赤いスーツの女がすわっており、目立つ方はその女が引き受けてくれるかたちになった。

電車は専用軌道をのんびり走り始めた。

馬場がすぐに鞄《かばん》から本を取り出し、熱心に読み始めるのが、目の隅に映る。ともすれば、まともに睨《にら》みすえたくなる気持ちを押し殺して、美希は視線を文庫本に集中した。馬場が爆弾犯人であるにせよないにせよ、はっきりした証拠をつかむまでは冷静でいなければならない。

ＪＲ大塚駅前で、女学生が数人どやどやと乗って来た。馬場と美希の間をさえぎるように横に広がり、大きな声でおしゃべりを始める。

その喧噪《けんそう》を利用して、美希はさりげなく席を立ち、下り口へ移動した。そのまま停留所をいくつかやり過ごす。馬場はいっこうに席を立つ気配を見せなかった。

電車が終点早稲田の一つ手前、面影橋《おもかげばし》の停留所に近づいたとき、美希は馬場が本を鞄にしまうのを目の端でとらえた。例の赤いスーツの女が席を立ち、それに合わせるように馬場も立ち上がる。女学生も含めて、ほかに何人か下り口にやって来た。

電車が停まり、ドアが開く。美希は先頭に立ってステップを下りた。

停留所に立ったまま、ハンドバッグを開いて中身を探るふりをした。下りた客が散って行く。馬場は公園の横の坂へ向かった。赤いスーツの女が同じ方向へ歩いて行く。美希も、女を目隠しに利用しながら、馬場のあとを追った。

馬場は急ぐでもなく、曲がりくねった坂道を早稲田通りの方へのぼって行く。赤いスーツの女も、同じ足取りでそのあとに続いた。電柱の住所表示によれば、その界隈《かいわい》は西早稲田三丁目となっていた。

五分ほど歩き、少し広い通りに出たところで、馬場が立ち止まった。鞄を路上に置き、靴の紐《ひも》を結び直す。

美希はとっさに勘を働かせて、横手の文房具屋の軒先に滑り込んだ。

赤いスーツの女が、かがんだ馬場をよけるようにして、先へ歩いて行く。馬場はすわったまま、遠ざかっていく女の後ろ姿を見つめていた。

女が次の角を曲がって見えなくなると、馬場は鞄を取って立ち上がった。心なしか肩のあたりに、ほっとしたような緩みが感じられる。おそらく、女がずっと後ろを歩いて来たことを承知しており、尾行されているのかどうか確かめるために、靴の紐を結び直すふりをしたのだろう。

馬場は通りを横切り、三階建の小さな古いビルにはいって行った。

美希は一分ほど待ち、ビルの前に立った。間口はわりに広く、入り口の上にはげかかった金箔《きんぱく》の切り文字で、《新高ビル》と表示してある。

中へはいると、正面に木の階段が見えた。右側にメールボックスがある。

美希は入居している事務所の名前をすべて手帳に控えた。一階が新高興産、久保田税理士事務所、金本商事。二階が広中出版、マーチ・プロダクション、丸急配送。三階が大東興信所、東京リストサービス、日本文化調査会。馬場がどこを訪れたのか分からないが、少なくとも過激派と関係ありそうな事務所は見当たらない。

美希はビルを出て、少し先の不動産屋へ行った。掲示板に留められた、物件の貼り紙《はりがみ》を眺める。学生街のせいか、賃貸のワンルーム・マンションが多い。中古マンションはひところに比べると、だいぶ値が下がったようだ。しばらく時間をつぶしていると、ガラス越しに中から美希を見ていた男が、商売になりそうだと思ったのか、店先へ出て来ようとした。

美希はやむなくそこを離れ、さっきの文房具屋へもどった。ガラス戸の内側に人の気配はない。商売はしているようだが、客があるようには見えなかった。じゃまをされずにすみそうだ。

店先のラックから週刊誌を取り、立ち読みしながら新高ビルを見張る。断続的に何人か出入りがあった。勤め人や女子事務員ばかりだった。

四十分ほどたつと、そこに出ている週刊誌をあらかた読み終えてしまった。美希は少しいらだち、さりげなく足を踏み替えながら、背後に視線を走らせた。すると、さっき美希が歩いて来た道をせかせかとやって来る、がっちりした体格の男が目にはいった。その顔を見て、危うく週刊誌を取り落としそうになる。

大杉良太だった。

目が合ったわけでもないのに、大杉がさっと電柱の陰に身を隠した。美希も反射的に顔をそむける。こんなところに大杉が現れるとは思わなかった。どう対応しようかと迷いながら、息を詰めて様子をうかがう。

しかしすぐに、大杉が隠れたのは美希に気づいたからではないことが分かった。新高ビルから、男が一人出て来たのだ。ちりちりの髪を野放図に伸ばした、ひどいがに股《また》の中年男だった。男はショルダーバッグを肩から斜めにかけ、ひょこひょこと早稲田通りの方へ歩き出した。

男の姿が見えなくなると、それを待っていたように大杉が美希の背後を通り抜け、新高ビルの方へ向かう気配がした。美希の存在に気づいていないようだ。美希は三日前に髪を切っており、後ろ姿でそれと分かるはずがなかった。

美希は背を向けたまま、大杉の動きを横目で追った。

大杉はちょっと足を止め、男が去ったあとを眺めていたが、そのまままっすぐビルにはいって行った。美希はほっとして肩の力を抜いた。

大杉はこのビルになんの用があるのだろうか。ちりちり頭の男が出て来るのを見て、急いで身を隠したのはなぜだろうか。そもそもあの男は、いったいだれなのだろう。

ゆっくり考えている暇はなかった。大杉とほとんど入れ違いに、男一人と女一人が出て来た。さらに三十秒もたたぬうちに、今度は目当ての馬場が姿を現した。美希は馬場に背を向け、週刊誌をぱらぱらとめくった。首筋のあたりに視線を感じる。

馬場が背後を通り過ぎた。もと来た道をもどって行く。途中でそれとなく振り返り、美希の方を見るのが分かった。美希は週刊誌を持ったまま、躊躇《ちゅうちょ》なくガラス戸をあけて店内にはいった。

週刊誌の代金を払い、少し間をおいて外へ出る。

すでに馬場の姿はなかった。面影橋の方へ向かったとすれば、また塾へもどるかそのまま帰宅するか、どちらかしかないだろう。そう思うよりしかたがなかった。尾行がばれたとは思わないが、これ以上あとをつけたら確実に悟られてしまう。

美希は新高ビルを見上げた。

4

大杉良太は急いで電柱の陰に身を隠した。

新高ビルから出て来たのは、一度見たら忘れられない男だった。桜田書房の社長、小野田輝昌。放射状に生え伸びたちりちりの髪が、風に吹かれて葦《あし》のようになびいている。

小野田は、ふくれたショルダーバッグのベルトを肩から斜めにかけ、早稲田通りの方へ歩き出した。かなりひどいがに股で、歩くたびに肩が左右に揺れる。大杉は笑いを噛み殺し、遠ざかって行く芥子色《からしいろ》のポロシャツの背を見送った。

小野田が見えなくなるのを待って、大杉は新高ビルの前に立った。三階建の小さな古いビルだが、間口はわりに広い。ホールにはいると、正面に木の階段が見える。右側の壁はメールボックスになっていた。各階に三室ずつあることが分かった。念のため入居している会社の名前を全部チェックしたが、大東興信所以外に聞き覚えのあるものはない。大東興信所は三〇一号室だった。

三階には大東興信所のほか、三〇二号室に東京リストサービス、三〇三号室に日本文化調査会という会社がはいっている。

階段へ向かった。三階へ上がるまでに男一人、女一人とすれ違った。最初はスーツ姿の若い男で、口笛を吹きながら大杉には目もくれずに、階段を駆け下りて行った。二人目は銀行か信用金庫らしい制服を着た中年の女で、さも襲われるのを恐れるように紙袋を抱き締め、階段の反対側にへばりついて大杉をやり過ごした。

三階まで来たとき、廊下を左の方から歩いて来た男が、大杉にちらりと目をくれ、階段を下りて行った。眼鏡をかけた、実直なサラリーマン風の男だった。

油臭い板張りの廊下を、男の歩いて来た方へ向かう。そこはすぐに突き当たりで、左側に湯沸かし室と洗面所、右側に三〇三号室のドアがある。磨りガラスに太い字で、日本文化調査会と書いてある。物音一つしない。

廊下をもどり、隣の三〇二号室のドアを見る。東京リストサービスがどういう会社か知らないが、内側から漏れて来る人声や物音には、活気が感じられた。今はやりの、名簿を売る会社かもしれない。

東京リストサービスの角を曲がり、奥へ進むと突き当たりが三〇一号室だった。ドアの脇に、大きな隷書体で大東興信所と書かれた、木の看板がかかっている。

ドアをあけると、すぐ左側にカウンター代わりのキャビネットがあり、その向こうに眼鏡をかけた三十前後の女がすわっていた。デスクとガラス戸棚がいくつか並んでいるが、女のほかに人の姿はない。

女が立ち上がり、大杉を迎える。大杉はカウンターに肘《ひじ》を載《の》せた。

「こちらの所長は前島堅介さんといいましたね」

「そうですけど、何かご用でしょうか」

不審げに問い返すイントネーションに、かすかな関西訛《なま》りがあった。興信所よりも、保育園で働く方がふさわしいタイプに見える。

「土谷といいますが、今いらっしゃいますか。アポは取ってないけど、名前を言えば会ってくれると思うんだが」

「少しお待ちください」

女はデスクにもどり、電話を取り上げてボタンを押した。

「土谷さんとおっしゃるかたが見えてます。お約束ではないそうですけど」

受話器の中から、かすかな応答の声が漏れてきた。

女はちらりと大杉を見て、受話器をフックにもどした。

「少しお待ちください」

さっきと同じ口調で言い、自分の仕事——週刊誌のチェック——にもどった。

正面の戸棚の横に狭い通路があり、その奥のドアが開いて、金茶のブルゾンを着た男が出て来た。大久保署の岡本刑事の報告に間違いはなかった。先日、桜田書房から大杉を尾行したのは、やはりここの所長の前島堅介だったのだ。

前島は大杉を見ても、特別驚いた顔はしなかった。親指で中へはいるように合図し、女にお茶はいらないから、と念を押すように言った。

大杉は通路を奥のドアまで進み、前島について所長室にはいった。

スチールのデスクとキャビネットに、小さな応接セットだけの、味もそっけもない部屋だった。大きな衝立とカーテンで部屋の半分が仕切られ、その向こうは見えないようになっているが、広さだけはかなりあるようだ。

肘かけのない低いソファに、向き合って腰を下ろす。前島はたばこをくわえ、蒸気機関車の形をした卓上ライターで火をつけた。

ばさばさの髪を指ですきながら、のんびりした口調で言う。

「小野田社長をつけて来たんですか」

「ビルから出て行くのを見かけたが、ほんの偶然さ。四六時中やっこさんに張り付いてるほど、おれも暇な体じゃないんだ」

「じゃあどうやって、ここを突きとめたんですかね。こないだは、あたしをつけられなかったはずだ」

「手の内を教えるばかはいないだろう」

「おたくがこっちのことを知ってて、あたしがおたくのことを知らないというのは、フエアじゃありませんな」

「あんたがおれをおたくと呼ぶかぎり、教えるつもりはないね」

前島はにっと笑った。外見に似つかわしくない、白くて並びのいい歯だった。

「元大久保署防犯課、大杉良太警部補。現在池袋に調査事務所を開いておられる。違いますか」

大杉もたばこに火をつけた。この男にも、それを調べ出すくらいの才覚はあるだろう。やはり警察筋に、ルートを持っているに違いない。

「やめたときは警部に昇進してたがね。どうやって突きとめたかは、おれも聞かないことにするよ。これでお互い、ハンディなしになったわけだ」

前島はたばこの灰を、南部鉄のごつい灰皿に落とした。

「それで今日はあたしに、なんのご用ですかな」

「もう十分もうけただろう。警察官告白シリーズは、そろそろ終わりにしたらどうだ」

前島は表情を変えなかった。

「どういう意味か、よく分かりませんな」

「そのせりふはふつう、よく分かっているという意味で使うんだ。ここ何年かの間、桜田書房はこの興信所に多額の調査料を支払ってきた。小さな出版社が小さな興信所に、それほど金のかかる調査を定期的に依頼するとは思えない。つまり調査料とは名目で、内実は別の経費だと睨んでるんだがね」

前島の目にかすかな感情の動きが表れた。

「税務署に圧力をかけましたね。警察がよく使う手だ」

「おれはもう退職したんだ。そんなことができるわけがない」

ただ昔の人脈をあれこれたどって、支払いデータを調べてもらっただけだ。

「どっちにしても、無駄なことをしたものですな。うちと桜田書房の間に、取引があるのは事実だが、おたくが考えてるような関係じゃない」

「どういう関係だと考えてると思うんだ」

「知らないし、知りたくもありませんな」

「それじゃ、こっちから聞かせてやろう。おれの見るところ、桜田書房は大東興信所をトンネルに使って、だれかに印税を支払ってる。たぶん現職の警察官にな。いずれここにも税務署の手がはいるだろう。覚悟しといた方がいいぞ」

前島は薄笑いを浮かべた。

「桜田書房のことを調べたからには、うちのデータも取ったんでしょう。だれかに、印税らしきものを支払った記録が、見つかりましたか」

大杉は口をつぐみ、たばこをもみ消した。

前島が言ったとおり、大東興信所のデータも調べてみた。しかし特定の個人に、印税に該当するような金を支払った形跡は、少なくとも記録の上では残っていなかった。

前島は短くなったたばこを、慎重に持ち替えて続けた。

「税務署の監査がはいったところで、こっちは痛くもかゆくもない。脱税をしてるわけじゃないし、いくら調べても何も出てきませんよ。桜田書房から調査の仕事を請け負い、それに対して正規の調査料をいただいただけですからね」

「どんな調査かね」

「それは業務上の秘密だ。おたくだって、依頼された仕事の中身を人にぺらぺらしゃべったりしないでしょう」

「あんたのとこじゃ、桜田書房に探りを入れる人間をちょいと尾行したりするだけで、何十万もふんだくるのか」

「いけませんかね。とにかく毎日のように、警察や警察の息がかかった連中が、桜田書房のまわりをうろついてる。いくら人手があっても足りないくらいだ。おたくもうちの下請けになりませんか。けっこういい金になりますよ」

くそ、調子に乗りやがって。大杉は腹の中で毒づいた。

「ちなみにここは、社員に元警察官も採用してるのかね」

「してませんよ。スパイを雇うことにもなりかねませんからね」

大杉はいらいらして、またたばこに火をつけた。どうにも、つかみどころのない男だ。ソファの上にねじ伏せてやりたくなるが、それで恐れ入るほどやわな神経の持ち主とも思えない。予想以上のしたたかさに、敗北感に近いものが込み上げてくる。

「だれにも印税を支払ってないとすると、あんた自身かここのスタッフがお巡りからネタを集めて、警察官告白シリーズを書いてるってことになる。そう理解していいんだな」

「うちにはそれほど筆の立つ人間はいませんな。いいかげんにあきらめたらどうですか。これ以上しつこくすると、いつかおたくのことも告白シリーズに書かれるはめになりますよ。いろいろ面白い経歴をお持ちのようだし」

「おれのことをどれだけ知ってるんだ」

「今のところ、さっき言った以上のことは知りません。しかし調べようと思えば、いくらでも調べられますよ。だれかに正式に調査を依頼されればですがね」

「いずれおれが頼むことにするよ。おれがいったいどんな男か、かねがね知りたいと思ってるんでね」

そう言いながら、大杉はふと、この男に稜徳会事件のことを洗いざらいしゃべり、桜田書房を通じて本にしたらどうなるだろうか、と思った。警察に対する世間の風当たりはますます強まり、政府民政党も致命的な打撃を受けることになるだろう。

もし前島にもう少し好意を感じさせるものがあったら、大杉はそれをまじめに考えたかもしれない。しかしこの男には、そうしたくないうさん臭さがあった。

前島は、ほとんどフィルターだけになったたばこを、灰皿に投げ入れた。

「そろそろお引き取り願いましょうか。あたしらが時間を売る商売だってことは、おたくも同業ならよくご存じでしょう。おたくは今金を稼いでいる最中かもしれないが、あたしはただ時間を無駄にしてるだけですからね」

大杉はたばこを消し、あっさり立ち上がった。

「じゃましたな。今度はおれの事務所に来てくれ。お茶ぐらいは出すよ」

前島も腰を上げた。

「うちは金にならない客には、何も出さない主義でしてね」

「だから繁盛してるってわけだ」

大杉は言い捨て、前島に背を向けて所長室を出た。

いまいましいことだが、糠《ぬか》に釘《くぎ》を打ち込んだような気分だった。

5

大杉良太はたばこに火をつけた。

新高ビルに一瞥《いちべつ》をくれ、不機嫌な顔で歩き出す。前島堅介にいいようにあしらわれ、はなはだ面白くない気分だった。

早稲田通りの方へ向かおうとしたとき、すぐそばの不動産屋の店先で貼り紙を見ていた女が、くるりと振り向いた。

倉木美希だった。

大杉は驚いて立ち止まった。

「何してるんだ、こんなところで。家でも買うつもりか」

美希が頭を下げる。

「その節はいろいろとお世話になりました。それに先日はご会葬いただきまして、どうもありがとうございました」

改まったあいさつに、大杉は面食らった。

「いや、こちらこそ。それより髪が短くなったんで、見違えちまったよ。葬式のときはまだ長かったじゃないか」

「ええ。ちょっと気分を変えたくて」

「そうか。いろいろ大変だったな。少しは元気になったか」

「おかげさまで、なんとか。でも偶然ですね、こんなところでお会いするなんて」

大杉は薄笑いを浮かべた。

「ほんとに偶然かね。おれのあとをつけて来たんじゃないのか」

美希は手にした週刊誌を丸め、必要以上におかしそうに笑った。

「まさか。大杉さんは、いつもだれかにあとをつけられるほど、やましいことをしてるんですか」

「きみが笑うのを見るのは久しぶりだな。どうだ、その辺でお茶でも飲まないか」

「大杉さんと会うと、いつもお茶なのね。ほかに誘い方を知らないんですか」

「真っ昼間から酒ってわけにもいかんだろう。もっともどうしても飲みたいなら、おれも受けて立つがね」

「そうじゃなくて、わたし今日はまだ、お昼をいただいてないんです。大杉さんはもうすまされたんでしょうね」

大杉は首筋を掻《か》いた。

「ああ、飯か。いや、朝が遅かったので、おれも昼飯はまだだ。じゃあ一つ、ステーキでもごちそうするか」

「ラーメンでいいわ。おいしいお店、どこかご存じですか」

少しほっとして、たばこを踏みにじる。

「池袋にうまい店がある。おれのマンションの近くなんだ。ついでに事務所をのぞいて行かないか。時間があればだが」

「いいですよ。わたしたちが、どうしてこんな場所で行き合うことになったか、ゆっくりお話がしたいわ」

二人は早稲田通りまで歩いて、タクシーを拾った。

ちょっと瘦《や》せたように見えたが、美希が思ったより元気そうなので、大杉はだいぶ心がなごんだ。例によってほとんど化粧気がなく、着ているものも地味な白茶のスーツだが、体のさばきに以前の切れがもどったようだ。

車が走り出したとき、大杉は急に思い出した。

「そう言えば昨日だかおとといだかの朝刊に、きみが暴走族の車に追っかけ回されたって記事が載ってたじゃないか。あれはほんとうか」

「そうか。あの日家に電話したんだが、だれも出なかった。だんなもつかまらなくてね。心配してたんだ。怪我はなかったのか」

「ご心配かけてすみません。わたしはだいじょうぶだったんですけど、一緒にいた総務部の笠井さんという巡査部長が、軽い怪我をしました」

「ああ、そう書いてあったな。福利課にいる年増の婦警だろう。付き合いがあるのか」

「ええ、ちょっと。大杉さんもご存じなんですか」

「捜査一課にいたころ、だいぶいじめられたよ。おれが保養施設を取るたびに、事件が起きてキャンセルするものだから」

「でもいい人ですよ、さっぱりしていて」

「あんなのにべたべたされた日にゃ、暑苦しくてかなわんよ」

美希が苦笑する。

「相変わらず口が悪いですね。でも大杉さんの顔を見ると、なんだかほっとするわ。お葬式を出してから、気がめいってしかたがなかったんです」

「めいらない方がおかしいよ。しかしいずれは時間が解決してくれるさ」

「そうだといいんですけれど」

美希は低く言って目を伏せた。大杉は居心地が悪くなり、シートの上でもぞもぞとすわり直した。

美希が自分の手で、母と息子を爆殺した犯人に仕返しをするつもりらしいことは、倉木から聞かされて承知している。しかしそれは、どんな人間にもしばしばみられるように、一時的に感情の目盛りが大きく振れた結果にすぎず、時間がたてば収まるはずのものだった。現に今の美希に、そうした危険をうかがわせる徴候はない。

池袋駅の西口で豚骨ラーメンを食べたあと、大杉は美希を事務所へ連れて行った。

「汚くしていて悪いな。なにしろ美人の秘書がいないものでね」

言い訳しながら、コーヒーをいれる。その間に美希が、大杉のデスクやテーブルの上をてきぱきと片付けた。

大杉がコーヒーを運ぶころには、事務所の中は見違えるようにきれいになっていた。

「おいおい、あまり整理整頓《せいりせいとん》しないでくれよ。他人の事務所に来たような気分になるじゃないか」

「急にお客さんが見えたとき、あまり事務所が汚いと回れ右して帰ってしまうわ」

「いや、逆だね。汚くしといた方が、忙しくて繁盛してるように見えるんだ」

ソファにすわってコーヒーに口をつける。

美希が感心したように言った。

「おいしいコーヒーですね。大杉さんに、こんな特技があったとは知らなかったわ」

自分の夫が同じソファにすわり、同じせりふを吐いたことを知ったら、この女はどんな顔をするだろうか。

「うまいコーヒーを飲むと、依頼人はなんでもしゃべりたくなる。仕事を手際よく進める、潤滑油みたいなものだよ」

美希は大杉をじっと見つめた。

「わたしも何かしゃべりたくなってきたわ」

「しゃべればいいさ。どうしてあんなところで、不動産屋の貼り紙を見てたかを」

「大杉さんはあのビルに、なんの用があったんですか」

逆に質問されて、大杉は身構えた。

「あのビルとは」

「新高ビルですよ。あそこにはいって行くのを、ちらっとお見かけしたんです」

たばこに火をつける。

「おれの同業者が事務所を開いてるんだ。そこにちょっと用事があってね」

「大東興信所ですか」

ぎくりとしたというほどではないが、大杉はいくらか驚いた。

「よく知ってるじゃないか。まさかきみも、あそこの客じゃないだろうな」

美希は含み笑いをした。

「違います。メールボックスを調べただけです。同業者といえば、大東興信所しかないでしょう、あのビルには」

「きみはあそこで何をしてたんだ。おれをつけたのでないとすれば」

美希はコーヒーを飲み、慎重にカップをテーブルにもどした。

「別の男をつけていたんです」

「別の男。小野田か」

うっかり口を滑らせ、しまったと思ったが、すでに遅かった。

美希の眉がぴくりと動く。

「小野田。だれですか、それは」

あの前島に、小野田をつけて来たのかと言われたのが頭に残っており、つい短絡的に結びつけてしまった。

「ちょっと知ってる男だ」

そうはぐらかすと、美希は瞬きしてもっともらしくうなずいた。

「あのちりちり頭の男ですね。大杉さんがはいる直前に、新高ビルから出て来た。彼を見て大杉さんは、あわてて電柱の後ろに隠れたわ」

たばこの煙を吐き散らす。あれを見られていたのか。

美希はどこに身をひそめていたのだろう。それらしい女を見た覚えは、まったくない。小野田を目にして度を失ったにせよ、美希に気づかなかったとすれば、おれも焼きが回ったものだ。

大杉が黙っていると、美希は続けた。

「あのちりちり頭はわたしに、つまり公安の刑事に目をつけられても、不思議はないような男なんですか」

「あいつは桜田書房の社長なんだ。知ってるだろう、警察官告白シリーズで大もうけしてる出版社を」

「桜田書房。聞いたことはあります」

それ以上話が進むとややこしくなる。大杉は強引に話題をもどした。

「ところで、おれの質問にまだ答えてないぞ。きみはだれをつけて来たんだ」

美希はコーヒーを飲み干した。

「大東興信所は三階でしたよね。そこへ行くまでに、階段か廊下でだれかとすれ違ったでしょう」

「ああ、二人か三人すれ違ったよ」

「その中に眼鏡をかけた、いかにも実直そうなサラリーマン、という感じの男がいませんでしたか。年は三十代の半ばですが」

大杉は記憶をたどった。三階までのぼり切ったところで、美希が言うような男とすれ違ったのを思い出す。

「そう言えばいたな、そんなのが一人。三階の階段の下り口ですれ違ったんだ。あの男をつけて来たのか」

美希はそれに答えず、なおも質問を続けた。

「その男がどの事務所から出て来たか、ごらんになりませんでしたか」

「見なかったね、あいにくだが。しかし歩いて来た廊下の方向を考えると、三〇三号の訪問客だったかもしれんな」

美希が手帳を出して調べる。

「三〇三号というと、日本文化調査会ですね」

「確かそんな名前だった。しかし、そうだと断定することはできないよ。三〇三号の向かいは洗面所だから、そこから出て来たということも考えられる」

「三〇一号か三〇二号に来て、洗面所に立ち寄った可能性もある、ということですか」

「そうだ。もっとも大東興信所じゃないだろう。あそこにはおれが行く前、小野田がいたんだから。まあ二人が一緒だったということも、ありえないわけじゃないが」

「だとすれば三〇二号の東京リストサービスか、やはり日本文化調査会かということになるわ。何をしている事務所かしら」

「それよりあの男がどこの何者か、そろそろ教えてくれてもいいだろう」

美希は目を伏せ、膝の上で手を握り合わせた。頬の線が、少しずつ引き締まるのが、見てとれる。

ふたたび目を上げたとき、美希の顔つきは厳しく一変していた。

言葉を短く区切りながら言う。

「あの男は、息子と母を吹き飛ばした、犯人かもしれません。わたしの勘では、その疑いが濃厚です」

大杉はぽかんとした。

「何を言い出すんだ、やぶからぼうに。あの男が爆弾を仕掛けた張本人だというのか」

「そうです。わたしはそれを確かめなければなりません」

目が異常に輝き始める。

大杉は愕然《がくぜん》とした。美希が息子を失ったショックから立ち直り、冷静さを取りもどしたと考えたのは早計だった。倉木が言ったとおり、美希は犯人を自ら仕留めようとして、ひそかに動き回っているのだ。体のさばきに切れがもどったと見えたのは、内部に燃えたぎる復讐《ふくしゆう》の一念が、外へほとばしり出たものに相違ない。

背筋が少し寒くなった。

「とにかくわけを話してくれ。おれにはさっぱり筋書きが分からん」

美希は顎を引いた。

「大杉さんは倉木とコンタクトがありますね。わたしがこれからお話しすることを、倉木に黙っていると約束していただけますか」

「どうしてだ」

「倉木はわたしに手を貸すどころか、犯人探しをやめさせたがっているんです」

「そりゃそうだろう。犯人を探すのは捜査本部の仕事だからな」

「捜査本部は頼りになりません。現にわたしが突きとめたあの男のことを、本部はまったく知らずにいるんです」

　大杉はたばこをひねりつぶした。

「犯人をとっつかまえて、どうするつもりだ。目の玉でもえぐり出すのか」

「そうできるものなら」

　真顔で答える。

　大杉は首を振った。

「やめといた方がいい。きみの気持ちは分かるが、今どき仇討ちなんてはやらんよ」

　美希の口元に、ぞっとするような微笑が浮かんだ。

「倉木と同じことをおっしゃるのね。それじゃ、お話しするのはやめておきます」

「そもそもおれに話して、どうしようというんだ。力を貸せとでもいうのか、だんなに内緒で」

　美希は大杉を見つめ、ゆっくりとうなずいた。

「そうです。手を貸していただきたいんです。さっき西早稲田で大杉さんを見たとき、お願いする決心がつきました。それまでは迷ってたんです。倉木のこともありますし」

「倉木自身が手を貸さないというのに、おれがしゃしゃり出るのは筋違いだ。そんな相談には乗れないな」

「これまでのお付き合いは忘れてください。調査事務所長の大杉さんに、わたし個人が一人の依頼人として、仕事をお願いするんです。あくまでビジネスと割り切っていただけませんか」

「おれにも仕事を選ぶ権利がある。倉木に義理を立てるわけじゃないが、黙ってこそこそきみの手伝いをするのはごめんだ」

美希は唇を引き締め、膝に目を落とした。握り締めた拳の関節が白くなる。

やがて美希は肩の力を抜き、溜《た》め息《いき》をついた。

「それじゃ、しかたありませんね。どうもおじゃましました」

そう言ってソファを立つと、頭を下げて戸口に向かった。

大杉は何も言わず、ドアがしまるのを見ていた。夫婦揃って、めんどうを持ち込んで来るとは、いったいどういう料簡《りようけん》だ。勝手にするがいい。

「くそ」

大杉はののしり、ソファを飛び立って美希のあとを追った。

6

倉木尚武がはいって来るのを見て、佐々木幸雄は機敏に腰を上げた。

隣にすわった球磨隆市も、あわてて立ち上がる。倉木はすぐに二人を見つけ、まっすぐテーブルにやって来た。

頭を下げて言う。

「その節はいろいろと、ごめんどうをおかけしました」

「こちらこそ、お忙しいところをすまんです」

佐々木は向かいの椅子をすすめ、自分も球磨と並んですわり直した。ボーイを呼んで、コーヒーを注文する。

佐々木は倉木と一度だけしか、言葉を交わしたことがない。それは倉木の息子と義母の、葬式のときだった。倉木が本庁（警察庁）警務局の辣腕《らつわん》の特別監察官であることは、よく承知している。

これから持ち出す話のことを考えると、佐々木は少なからず気が重かった。公務に関することであればともかく、話がプライベートな問題に及ぶとなると、庁内で会うわけにはいかない。日比谷公園に面したホテルの、カフェテラスにわざわざ倉木を呼び出したのも、そうした理由からだった。

球磨が言う。

「先週はまた、奥さんが暴走族にいやがらせをされたりして、まったくご難続きですな。いろいろとご心配でしょう」

「悪いことは続くものです。なるべく気にしないようにしています」

そっけない口調だった。

倉木は、佐々木や球磨と同じ警視だが、年は一回りほど若い。キャリアでないにもかかわらず、倉木の昇進が早いことについては、庁内でいろいろと憶測が飛び交った。特別監察官として、警察内部の不祥事を取り締まり、あるいは未然に防ぐために、スパイまがいの汚い手を使うという噂もある。しかし優秀な警察官であるという点では、だれしも意見が一致していた。

佐々木は運ばれて来たコーヒーに口をつけた。

「ここのところ警察がらみの事件が多くて、倉木さんもお忙しいでしょう」

「ほんとうに忙しいのは、事件を担当している現場です。わたしの仕事など、たかが知れています」

球磨が腕組みして言う。

「青梅、荒川、白金台と、三件立て続けですからね。そのどれも、まだ真相が解明されていない。それにもちろん、聖パブロ病院の爆弾事件もある」

「どの捜査本部も精一杯やっているはずです。解決するのは時間の問題でしょう」

倉木の声には感情がこもっておらず、模範解答を吐き出すコンピュータのようだった。

佐々木は咳払《せきばら》いした。

「そうだといいんですがね。とにかく警察に対する風当たりが強くて、われわれの仕事も非常にやりにくくなっている。先刻ご承知だと思いますが」

倉木はなんの反応も見せず、黙ってコーヒーを飲んだ。

球磨がとりなすように言う。

「警務局でもそれなりに、対策を考えておられるんでしょうな」

倉木は無表情に球磨を見返した。

「今日わたしを呼び出されたのは、その件について報告せよということですか」

佐々木は急いで首を振った。

「いや、違います。ちょっとした相談ごとがありましてね」

倉木の唇に、見えるか見えないかくらいの微笑が浮かんだ。

「公安四課長と公安特務一課長が、お揃いでわたしに相談とは恐れ入ります。さっそく聞かせていただきましょうか。三十分ほどしか時間がないので」

切り口上なものの言い方に、佐々木は少しかちんときた。

それを押し殺して、球磨の方を見る。

「では球磨課長から話してもらいますか」

この件はもとはと言えば、球磨から持ち出されたものだった。球磨もそれは覚悟していたらしく、すぐに口火を切った。

「気を悪くされるかもしれないが、率直に言わせていただきますよ。実は奥さんのことなんです。奥さんは聖パブロ病院の爆弾事件に関して、われわれ捜査本部の人間に相談もなく、独自の捜査をしておられる形跡がある。そのことをご承知ですか」

球磨が前置きもなく切り込んだので、佐々木は内心焦った。しかし倉木の顔には毛ほどの変化も表れなかった。

「承知しています」

佐々木は思わず顎を引いた。倉木があっさりそれを認めるとは思わなかった。

球磨も同じ思いだったらしく、とまどいの色を浮かべた。

「承知していたと。驚きましたね。止めるつもりはないんですか」

「やめるように言いましたが、本人が納得しないのです」

「それで放置しているわけですか」

「そうです。本人の意志に反して、やめさせる権利はわたしにもありません」

球磨は失笑した。

「しかし、あなたたちはご夫婦でしょう。警察官の立場がどういうものであるか、奥さんに言って聞かせるのが、あなたの役目じゃありませんか」

「おっしゃるとおり、わたしたちは夫婦であって、上司と部下の関係ではありません。そうした命令を出す立場にない、ということです」

佐々木はテーブルに乗り出した。

「命令とか立場とかいう問題ではない。先輩として、夫として、後輩たる奥さんの過ちを正すのが、あなたのお仕事じゃないですか」

「わたしの仕事は、警察官の監察です。家内の監察ではありません」

「奥さんも警察官の一人でしょう」

「だれを監察するかを決めるのは、わたしではない。それは警務局長の仕事です。たとえ形式的なものであってもね」

佐々木は言い返そうとして、そこがホテルのカフェテラスであることを思い出した。

声を抑えて言う。

「警務局長に、奥さんの監察を申請しろというんですか」

「もしそれが必要とお考えなら、そうしてください」

佐々木はあきれて、椅子の背にもたれた。

「本気ですか。わたしたちは穏便にことを運ぼうと、こうして話し合いの機会をもうけたんですよ」

「お気遣いはありがたいですが、わたしの考えは変わりません。家内が過ちを犯しているとおっしゃいましたが、わたしはそうは思っていないのです」

球磨が横から口をはさむ。

「奥さんの行動が正しい、と考えるわけですか」

倉木は冷たい目で球磨を見た。

「家内が何か捜査本部に、ご迷惑をおかけしましたか」

球磨の頰がぴくりと動いた。

「奥さんはね、テレビのレポーターだとか称して、聖パブロ病院の中をあれこれと聞き回ったんですよ。そんなことをされると、捜査本部の統率が乱れます。はっきり言って迷惑です」

倉木は唇の端を軽く上げた。

「警護課の草間警部補ですね、ご注進に及んだのは。なかなか親切な男だ。わたしにも、同じ報告を入れてくれましたからね」

　佐々木と球磨は顔を見合わせた。

「それにもかかわらず、あなたが奥さんの勝手な行動を見過ごしているとすれば、あなた自身も同罪ということになりますよ」

　倉木はゆっくりとコーヒーを飲み干した。

「こんなことは申し上げたくありませんが、小石川署の捜査本部は少々足回りが悪い。事件以来何日もたつのに、犯人像さえ特定できていません。家内がしびれを切らして、自分で聞き込みをしたくなるのは、無理もないと思います」

　球磨の顔が赤くなる。

「それはわたしに対するあてつけですか。わたしが過激派対策の責任者の一人として、あの捜査本部に名を連ねていることは、ご存じのはずだ」

「あてつけではありません。事実を言ったのです」

　球磨は周囲に目を走らせ、声を低めて反論した。

「捜査本部も遊んでいるわけではない。あの事件で使われた爆弾のタイプを、本部員がつい今朝方突きとめました。何年か前に、ＭＬ革命戦線がテロ闘争で使用した、ＭＬ式時限爆弾に酷似したタイプです。さっそく過去にさかのぼって、活動家の消息を追い始めたところです」

倉木の表情がわずかに動いた。

「ML革命戦線。わたしが公安特務一課にいたころ、かなり派手に活動していた一派ですね」

「そうです。ちなみにそのころわたしは、公安三課であなたの奥さんと机を並べていた。人となりもよく知っています。それだけに今度のことは、個人的にも非常に残念に思ってるんです」

倉木は皮肉な笑いを浮かべた。

「人となりをご存じなら、家内の気持ちも分かっていただけると思いますがね」

佐々木は球磨が何も言わないうちに割り込んだ。

「わたしも直属の上司として、奥さんが優秀な警察官であることは認めます。しかし、今度ばかりは自重が足りない。奥さんの心情は痛いほど理解できるが、あくまで捜査に私情は禁物です」

球磨が言葉を継ぐ。

「古傷をつつくようですが、あなたが公安特務一課に在籍していたころ、やはり前の奥さんを爆弾で亡くされましたね。あのときもあなたは上司の命令を無視して、勝手に捜査を行なったと聞いています。覚えがあるでしょう」

倉木のまわりの空気が、音を立てて凍ったようだった。

佐々木はひやりとして、拳を握り締めた。倉木が瞬きもせずに、球磨を見つめる。鋼鉄をも貫き通すような、恐ろしい目だった。球磨がそろそろと体を引く。倉木の頬の傷が、そこだけ絵筆ではいたように、赤黒く浮き出した。

倉木は球磨に目を据えたまま、気持ちが悪いほどやさしい声で言った。

「おっしゃるとおりですよ、球磨警視。わたしは自分に命令無視の前科があるので、家内にも強いことが言えないのです」

球磨は何か言おうとしたが、声が出ないらしく、喉を動かしただけだった。

佐々木は助け舟を出した。

「話をもどしましょう。あなたの口からもう一度、奥さんに無謀な行動を控えるよう、説得してもらえませんか。捜査の妨げになるというだけではない。相手がML革命戦線なら、奥さんの手に負える連中ではない。どんな危険が待ちかまえているか分かりませんよ。暴走族に襲われたのも、その件と無関係ではないかもしれない」

倉木はなおも球磨を見つめていたが、やがて同じ目を佐々木に向けた。

「家内が本気で犯人をつかまえたいなら、いくらわたしが言ってもむだでしょう。万が一家内が何か手がかりをつかんだときは、捜査本部に情報を提供するように言います。わたしにできることはそれだけです」

球磨が気を取り直し、一転してこびるように言う。

「話は変わりますが、さっきも言ったようにここのところ、警察や警察官に絡んだ重大事件が続発しています。暴力団、過激派、それに精神を病んだ連中などの間に、警察の権威をないがしろにする風潮が広がっている。これは社会治安に対する重大な挑戦です。わたしたちはその風潮に歯止めをかけるために、治安体制を強化しなければならない。あなたにもぜひ協力をお願いしたいのです」

倉木がその演説に、心を動かされた様子はなかった。

「時間がきましたので、これで失礼します」

唐突に言い、返事を待たずに席を立つと、来たときと同じ足取りで出口に向かった。

球磨があっけにとられたように、その後ろ姿を見送る。

佐々木は思わず溜め息をつき、椅子の上で身じろぎした。シャツが汗で背中に張りつき、ひどく気持ちが悪かった。

7

新高ビルの周辺に、見知った顔はなかった。

大杉良太は、鳥飼不動産のガラス戸をあけて中へはいった。間口が一間半、奥行きが二間半ほどの小さな不動産屋だ。

応接セットのソファにすわって新聞を読んでいた男が、顔を上げて値踏みするように大杉を見た。

「ちょっと近所の物件のことで話がしたいんですが、社長はいらっしゃいますか」

声をかけると、男は立ち上がって首を突き出した。

「わたしが社長の鳥飼ですが」

赤ら顔をした、目の小さい、髪の薄い五十がらみの男だった。しわだらけの背広に、黄色い趣味の悪いネクタイを締めている。

名刺を交換した。鳥飼光二郎とある。

そこへガラス戸があいて、小錦によく似た紺の制服の女が、のっそりとはいってきた。店の中が急に狭くなる。

「ちょっとここ、頼むよ」

鳥飼は女に言い、奥のパネルで仕切られた社長室らしい個室へ、大杉を案内した。

すぐに女がお茶を運んで来る。大きな体がテーブルの上にかがみ込むと、大杉はほとんどソファに押さえつけられる格好になった。

女が出て行くのを待って、鳥飼はずずっとお茶をすすった。

「どんな物件を探してらっしゃるんですか」

大杉は親指で背後を示した。

「実はそこの、新高ビルのことなんですがね。ある大手の不動産会社から、あのビルをなんとかしたいんだが、どうにかなるか調べてくれ、と頼まれてるんです」

小さな目がぱちぱちと動く。

「新高ビル。ははあ、なんとかしたいというと、地上げしようってわけですか」

「まあね。あのビルもだいぶ古くなってるし、建て直しの時期がきてるようだ」

鳥飼はあまり興味なさそうに、顎をなでた。

「で、うちに何か、お手伝いできることでも」

「情報がほしいんですよ。いろいろとね。もし協力していただけるなら、あのビルを手に入れるのも入居者と移転交渉をするのも、こちらを通して進めるように、依頼者に話すつもりです。地元で手堅く商売をしてらっしゃるようだし」

鳥飼は唇の端を広げ、歯の間から空気を吸い込んだ。

「それは悪くない話だが、あそこはどうですかねえ。入居者を追い出すより、まずオーナーを説得しなきゃなりませんよ。当分売る気はないんじゃないかな」

「オーナーというと」

鳥飼は妙な顔をした。

「まだオーナーも調べてないんですか」

大杉はたばこに火をつけた。そこまでは考えてこなかった。

「役所へ行けば分かることだし、とりあえず近所で下調べをしてから、と思いましてね」

鳥飼はうさん臭そうに大杉を見返した。

「おたくは昨日、うちの前で女と話してた人でしょう」

美希と立ち話をしているのを、店の中から見ていたらしい。

「ええ、気がつきましたか」

「彼女、うちの前を行ったり来たりして、しつこく物件を見てましたからね」

「実は彼女がわたしの依頼主でね。ああ見えても、不動産会社の営業主任なんです。社名はまだ言えませんが、聞けばすぐ分かる大手です」

鳥飼は金歯をむき出し、爪《つめ》を立ててこすった。

「一階にはいってる新高興産が、あのビルのオーナーですよ」

美希に見せてもらった手帳に、そういう会社があったことを思い出す。

「なるほど。さっき売る気がないと言ったのは、何か根拠があるんですか」

「社長の前島が、なかなかの頑固者でね」

大杉は驚きを押し隠した。

「前島」

「前島高行。あちこちに小さなビルを持ってる、古手の開発業者ですよ」

「それは知らなかった。たまたまあのビルの三階に、わたしの同業者が事務所を開いてましてね。やはり前島というんですが」

鳥飼はあっさりうなずいた。

「ああ、大東興信所ね。あの所長は確か、前島社長の息子だと聞いた。付き合いがないから、はっきりは知りませんがね。おたくもご存じなかったわけですか」

「初耳ですね。わたしもそれほど親しくないので」

大杉はぬるい茶を飲んだ。

前島堅介は新高ビルのオーナーの息子だったのか。新発見というほどではないが、このことは覚えておく必要がありそうだ。

「とにかく顔見知りなら、所長を通じておやじさんに、打診してもらったらどうですか」

「そうですな、それは検討の余地がある。ただあの所長もけっこう手ごわい男でね。かりにおやじさんがビルを売っても、すなおに立ち退《たちの》かないんじゃないかな。目の玉が飛び出るほど、吹っかけられそうな気がする」

「わたしのとこが間に立ったら、どれくらいマージンが出ますかね」

「わたしの口からは、まだそこまで言えませんね。しかし依頼主は、金に糸目をつけない気でいる。期待を裏切ることはないと思いますよ」

鳥飼は目を光らせ、首をひねった。

「しかしあれを建て替えても、たいしてでかいビルにはなりませんよ。どういうつもりかな」

「わたしにも分かりません。それより、ほかの入居者はどうですかね。地上げした場合、すんなり出て行くと思いますか」

鳥飼は立ち上がってデスクの後ろへ回った。書棚からブルーのファイルを引き抜き、ソファへもどる。大杉に中身が見えないようにページを繰った。

予想したとおり、近隣一帯の主要物件については、細かいデータを持っているのだ。

顎をなでながら、ぶつぶつと独り言のように言う。

「そうねえ。まず一階は、と。久保田税理士はだいじょうぶでしょう。うちも世話になってるし、話の分かる男です。金本商事もいけそうだな。ここんとこ景気が悪いし、そこそこの金で手を打つはずだ。広中出版、これはちょっとうるさいかもしれん。左翼系の本が多いところだから」

大杉はいらいらしながら、鳥飼が三階まで進むのを待った。

ようやく二階の査定がすむ。

「あとは三階だな。大東興信所はおたくに任せるとして、東京リストサービス、こいつはほっといても出て行くでしょう」

「どうしてです」

「ここは今はやりの名簿屋でね。商売繁盛、取引拡大で、もっと広い事務所を探してるとこです。うちに頼みに来ないのがしゃくだが」

「なるほど。最後の日本文化調査会はどうなんですか」

鳥飼はしかめ面をした。

「ここはなんとも言えんな。よく分からん会社だし」

大杉が、法務局の出張所で会社登記を調べたところ、日本文化調査会の主要業務は各種調査、編集出版となっており、代表者は大堀泰輔《おおほりたいすけ》という七十歳の男だった。出版をうたいながら、出版年鑑にも新聞雑誌便覧にも社名が載っていない。

「調査機関らしいが、どんな調査をしてるんですかね」

「前に久保田税理士から聞いたんですが、公安調査庁の下請け調査をしている、とかいう噂もあるようだ」

「公安調査庁。妙なところの仕事をしてるんですな」

大杉は興味なさそうに言いながら、内心何かぴんとはじけるものを感じた。

「人がいるのかいないのか、いつも鍵《かぎ》がかかったままらしい。意外と移転交渉は楽かもしれませんな」

「鳥飼さんは、そこの社長だか社員に会ったことはないんですか」

「ありませんな。久保田税理士も、見たことがないと言っていた」

公安調査庁は左翼団体、といっても主に共産党を対象にした、法務省管轄下の調査機関だ。しかし強制捜査権も逮捕権もないので、警察のような権力は持っていない。得体の知れぬいろいろな調査会社に仕事を出し、ときどきわけの分からぬ調査レポートを作成するくらいで、ほとんど開店休業といってもいい組織だった。

馬場一二三が昨日出て来たのが、実際に日本文化調査会だったとすれば、両者の間にどんな関係が存在するのだろうか。公安調査庁の下請け、というところが気にかかる。

美希の話によれば、馬場は過激派の疑いが濃いという。もしそれが事実なら、馬場が公安調査庁の下請け機関と接触を持つのは、すなおにうなずけないものがある。あるいはスパイを務めているのだろうか。

鳥飼はファイルを閉じた。

「とまあ、そんな状況ですな。かりに前島社長があそこを売ったとして、すんなり出て行く入居者は六割か七割ってとこでしょうか」

「分かりました。とにかくオーナーに当たってみましょう。もし脈があるようでしたら、またご相談にうかがいます」

「いつでもどうぞ。うちもこの近辺の地上げには、いくつか実績がありますから」

「おかげで助かりました。それからこの一件は、見通しがつくまでご内聞に願いますよ。ビルの入居者に知れると、足元を見られますからね」

鳥飼は芝居がかったしぐさで、片目をつぶってみせた。

「念には及びませんよ。わたしも素人じゃない。連絡を待ってます」

「話がまとまりしだい、またおじゃましますよ」

二度と来ることはないだろう。

8

電話が鳴った。

倉木美希はガスの火を止め、濡《ぬ》れた手をエプロンでふきながら、急いでリビングルームへ行った。

習慣的に録音ボタンを押し、受話器を取り上げる。

「もしもし」

これも公安刑事の習性で、こちらからは決して名乗らない。

「もしもし、倉木さんのお宅ですか」

おどおどした若い女の声だった。

「どちらさまですか」

女はそれに答えずに続けた。

「あの、公安四課の倉木さんは、いらっしゃいますか」

警戒心が頭をもたげた。返事を避け、もう一度繰り返す。

「どちらさまですか」

「尾形江里子です。先週アスカでお会いした。倉木さんですか」

息を飲む。まったく予期しない相手だった。

「そうです。その節はどうも」

少し語調を緩めたものの、なぜ江里子が自宅の電話番号を知ったのか、という疑問がすぐ頭に浮かぶ。江里子に会ったとき、警察手帳の表紙を見せて名前を告げたが、所属までは教えなかった。むしろ、上野署の刑事だと思わせるように、しむけた覚えがある。

「すみません、夜分にお電話して」

「かまいませんよ。でも、よく電話番号が分かりましたね」

「上野署にかけたらいらっしゃらないので、警視庁にかけ直したんです。そうしたら、公安四課だと分かったので、またかけ直して四課の刑事さんに教えていただきました」

公安が素性の分からぬ外部の人間に、刑事の自宅の番号を教えることは、絶対にない。あとでかけ直させると答えて、相手の番号を聞くのがふつうだ。

しかし今はそれを詮索《せんさく》しているときではない。

「そうですか。それはお手数をかけました。何かご用ですか」

「あの、この間の優待券のことなんですけど、あれからよく考えてみたら、渡したお客さんを思い出したんです」

美希は一瞬言葉を失いかけたが、すぐに気を取り直して応じた。

「あら、ほんとに。よかったわ。だれだったんですか」

「馬場さんという、学習塾の先生をしてる人です。馬場さんの名前が一二三というので、一二三番の優待券を送ってあげたんです。それをふっと思い出して」

そっと唾を飲む。いきなり馬場の名前が出るとは思わなかった。

「そうですか。それでご本人には、連絡してくださったの」

「ええ、しました。ところが馬場さんは、財布なんか落としてないって言うんです。それに自分の財布は、黒じゃなくて茶色だと」

美希は慎重に言葉を選んだ。

「そう。おかしいわね。届け出があったのは、間違いなく黒革の財布なんだけど。馬場さんが券をなくすか、だれかにあげるかしたのかしら」

「分かりません、そこまで聞かなかったので。もしなんでしたら、馬場さんに直接聞いてみていただけませんか」

受話器を握り締める。

「直接。そう、その方が確かかもしれないわね。電話番号はご存じかしら」

「ええ。自宅の番号を言います」

美希は手帳を取り出し、派出所の巡回連絡カードから書き写したものと、江里子の言う番号を耳と目で照合した。ぴたりと一致した。

「ありがとう。すぐに連絡してみます」

電話を切り、キッチンへもどる。喉がからからになっていることに気づき、コップに水を注いで一息に飲み干した。

少し冷静になり、またリビングルームへ取って返す。

録音テープを巻きもどして、もう一度江里子とのやり取りを聞き直した。江里子の声にはいくらか不安が感じとれたが、話の筋に特別不自然な流れはない。

最初にアスカで尋ねたとき、江里子は優待券を渡した相手を思い出せないとうそをつき、翌日馬場を呼び出してそのことを報告している。少なくともあとをつけたかぎりでは、そうとしか考えられない行動だった。

それを今になって、わざわざ電話してきたのは、なぜだろうか。江里子一人の判断か、それとも馬場の差し金か。これが罠《わな》だとすれば、何が狙いなのだろう。

そもそも江里子は、どうやって美希の自宅の番号を知ったのか。そこが最大の疑問だった。

電話を取り上げ、警視庁公安四課で美希と席を並べる後輩刑事、吉永進のダイヤルインの番号を押す。

吉永はまだ二十代だが、理工系の大学を出た優秀なシステム・エンジニアだった。美希とはよく気が合い、葬式のときも親身になって手伝ってくれた。

二度目のコールで吉永が出る。

「もしもし」

「吉永さん。倉木です」

「これはどうも。その後――」

言いかけるのを美希は急いでさえぎった。

「待って。わたしからだと気づかれないように、名前を出さないでほしいの。まわりに人がいてもいなくても」

「え。はあ、分かりました」

とまどったように応じる。

「お葬式のときは、手伝ってくださって助かったわ。いずれお礼はさせてもらいます」

「いや、こちらこそ、どうも」

話しにくそうに声を低める。

「ちょっと聞きたいんだけど、この一日二日の間にわたしあてに、外から電話がかかってこなかったかしら。特に女性から」

「ええと、庁内からは二、三お見舞いの電話がありましたけど、外からはなかったです。少なくとも、わたしは受けていません」

「かりに外部の人に電話で聞かれたとして、わたしの自宅の番号を教えたりする」

吉永は怒ったように息を吸った。

「教えるわけないでしょう、たとえ相手がご主人でも」

やはりそうか。

「そうよね、ごめんなさい」

「何か変な電話でもかかったんですか」

「いいの、気にしないで。もう一つお願いがあるんだけど。あなたの横にある端末を叩《たた》いて、ある人物のデータが登録されているかどうか、調べていただけないかしら」

「いいですよ。名前を言ってください」

「ババ・ヒフミ。高田馬場の馬場に一、二、三の一二三。左翼も右翼も含めて、全部チェックしてほしいの。分かったら自宅に電話をちょうだい」

警視庁の公安情報データベースには、過去の公安事件や活動家の経歴が細大漏らさず、集積されているのだ。

返事を待つ間、美希はキッチンから柿を持って来て、皮をむいた。

すでに十時を過ぎていた。いつ帰って来てもいいように、倉木の夕食だけはつねに用意してある。しかしこのところ倉木は、午前零時より前には帰らなかった。

吉永の話では、やはり江里子は公安四課に電話していない。いったいどうやって美希の番号を調べたのだろうか。むろん吉永以外の人間が電話を受け、禁を破って番号を教えた可能性も、一パーセントくらいはある。しかしそれはきわめて少ない確率だった。

柿を半分食べたとき、吉永が電話してきた。

「ありました。ひどく古いデータですがね。馬場一二三は昭和五十年の七月に、当時の皇太子ご夫妻が沖縄を訪問された際、反対デモに加わって逮捕されています。罪名は器物損壊罪です。当時那覇大学の二年生でした」

「どこの派だったの」

「特定の派には属していませんね。簡単な記録しか残ってないし、その後追加データがありませんから、足を洗ったんじゃないですか」

「ありがとう、助かったわ」

吉永がささやくように言う。

「独自に動いてるって噂は聞いています。がんばってください。これくらいのことだったら、いつでもお手伝いしますよ」

「電話はなかったことにして」

美希は言い捨てて受話器を置いた。

やはり馬場には前科があった。もちろんそれをもって、馬場を左翼過激派のメンバーと決めつけることはできない。同様にその後記録がないからといって、足を洗ったと断定することもできない。沖縄以来ずっと、地下で活動を続けて来たかもしれないのだ。

しばらく思い悩んだあと、美希はついに心を決めて電話を取った。コードをソファまで引きずり、すわって番号をプッシュした。続いて録音ボタンを押し込む。さらに念を入れて、メモ用紙とボールペンも用意する。

コールサインが十度鳴ったとき、相手が出た。

「もしもし。鴨下電線ですが」

くぐもった男の声だった。

喉が詰まりそうになり、美希は息を吸い込んで言った。

「夜分すみません。そちらに馬場さんはいらっしゃいますか」

「わたしですが、どなたですか」

そっと息をつく。

息子と母親を殺した、憎むべき犯人かもしれぬ男と話していることを、無理やり頭の中から追い出した。

「警視庁の倉木といいます。アスカの尾形江里子さんから番号を聞いて、お電話しました。落とし物の財布と優待券のことで、二、三お尋ねしたいんですが」

「ああ、そのことなら彼女から聞いてます。でもその財布はわたしのじゃありませんね。

一二三番の優待券は、確かにわたしがもらったものだと思いますが」

「するとその券を捨てるか、なくされるかしたということでしょうか」

「捨てたというか、あげたというか」

「あげた」

「週刊誌の間に挟んでおいたのをうっかり忘れて、その週刊誌を人にあげてしまったんですよ」

週刊誌。緊張する。

「だれにあげたんですか」

「名前は知りません。病院のベンチで隣り合わせただけの男ですから」

動悸《どうき》が高まる。息苦しいほどだった。

「病院とおっしゃると、どちらの」

「文京区千石の聖パブロ病院です」

聖パブロ病院。

美希は指が痛くなるほど受話器を強く握った。馬場があっさりそれを口にするとは、予想もしなかった。

一瞬馬場を犯人と睨んだのは、見込み違いだったかもしれない、という思いが頭をよぎった。もし馬場にやましいところがあるなら、これほど率直に聖パブロ病院の名前を出しはしないだろう。しかし逆に馬場が犯人ならば、恐ろしいほど大胆な男といわなければならない。

美希は質問を続けた。

「どんなご用事で、聖パブロ病院へ行かれたんですか」

少し間をおいたあと、馬場は固い口調で聞き返した。

「失礼ですが、これはどういう趣旨のお尋ねなんですか。警視庁の倉木さんとおっしゃいましたが、上野署の刑事さんじゃないんですか」

もし馬場が江里子から報告を受けているとすれば、すでに美希の正体は承知しているはずだ。ここでうそをついて警戒させるのはまずい。いちかばちか、やってみるしかない。

「わたしは警視庁公安部に所属しています」

「公安部。だとしたら、財布の落とし主を探すようなお仕事じゃないでしょう」

口調に不審の色がある。

「正直に言います。実はある爆弾事件にからんで、容疑者を追ってるんです。その遺留品の中から、例の優待券が見つかったというわけです」

「聖パブロ病院の事件ですか」

美希は躊躇した。

「そのとおりです」

馬場は一呼吸おいた。

「やはりね。倉木さんというお名前に聞き覚えがあります。爆弾でご家族をなくされた刑事さんですね。新聞で読みましたよ。お気の毒でした」

心臓を締め付けられるような気がする。この男はいったいどういう人間なのだ。冷酷な爆弾魔か、それとも善意の第三者か。

声が震えないように努力しながら、美希は話を進めた。

「それでしたら、どうか捜査に協力してください。聖パブロ病院に行かれたのは、あの爆弾事件の日なんですね」

長い沈黙が続いた。

美希はじれて、送話口に呼びかけた。

「もしもし。返事をしてください」

「わたしはその、警察と関わりを持ちたくないんです。とくに公安の刑事さんとはね」

「なぜですか」

「わたしが何かしゃべると、どっと刑事さんが押しかけて来て、根掘り葉掘り尋問する。わたしのプライバシーや過去の経歴など、洗いざらい調べ出されるでしょう。それがいやなんですよ。わたしは今の仕事を失いたくありませんからね」

学生時代に逮捕されたことを言っているのか。

美希は焦り、受話器を持ち直した。

「信じていただけないかもしれませんが、わたしは今公安の刑事としてではなく、母と息子を殺された一人の人間として、あなたにお尋ねしてるんです。捜査本部とはまったく関係なく動いています。ご迷惑をかけるつもりはありません。お約束します。ですからどうか、協力してください」

いつの間にか馬場が犯人である可能性に目をつぶり、恥も外聞もなく哀願している自分に気づいて、美希は冷や汗をかいた。

またしばらく沈黙が続いたあと、馬場はあまり気の進まぬ口調で答えた。

「聖パブロ病院へ行ったのは、確かに爆弾事件があった日です。わたしが勤めている塾の卒業生で、盲腸になった中学生を見舞いに行ったんです」

美希は急《せ》き込んで尋ねた。

「ベンチで隣り合わせたのは、どんな男だったんですか」

「ごくふつうの、眼鏡をかけた中年の男でした。黒っぽいジャケットに、グレイのズボンをはいていたと思います」

佐野の証言と一致する。

「その男に、優待券を挟んだまま、週刊誌をあげたわけですか」

「あげたというか、わたしが読み捨ててベンチに置いたのを、その男がこれいいですか、と言って取り上げたんです。わたしはもう読んでしまったし、優待券が挟んであるのも忘れてしまって、どうぞと言ったわけです」

「それは爆発が起きる、どれくらい前のことですか」

「はっきり覚えてませんが、一時間くらい前じゃないでしょうか。わたしはベンチで一服してすぐに病院を出ましたから、事件のことは夜のテレビニュースを見るまで、まったく知らなかったんです」

佐野は爆発の二十分か三十分前に、その男を見かけたと言った。もし馬場の言うとおりなら、佐野が見たのは馬場ではなかったことになる。

もう一つ確認しなければならないことがあった。

「ところでその男は、丸松デパートの紙袋を持っていませんでしたか」

馬場はちょっと口ごもった。

「ええ、赤と緑と黄色の、派手な三色の紙袋を持ってました。そのときは、丸松デパートの袋とは知りませんでしたけど」

「あとで知ったということですか」

「ええ。新聞記事に、爆弾が丸松デパートの紙袋に仕掛けられた、と見本写真つきで出てましたからね」

「その記事を見て、ベンチで隣り合わせた男が犯人かもしれないと、思い当たらなかったんですか」

「はっきりした証拠があるわけじゃないですから」

メモ用紙に渦巻きを描く。

「でもその男が犯人である可能性は、かなり高いと思います。どうして警察に届け出なかったんですか」

「その理由はさっき言ったでしょう。紙袋の中に、爆弾がはいっているのを見たならともかく、よけいなことで警察と関わりを持ちたくないんです」

美希は呼吸を整えた。

「実はこういうことなんです。気を悪くしないでいただきたいんですが、丸松デパートの紙袋を抱えたあなたによく似た男性が、週刊誌を屑籠に捨てるところを見た、という人がいるんです。その人があとで週刊誌を拾って、挟んであった優待券を見つけたわけです」

馬場が声をとがらせる。

「それはわたしじゃありませんよ。だれだか知りませんが、見た人がうそをついたか、さっき話した男とわたしを間違えたか、どちらかです」

美希は口をつぐみ、メモ用紙にいたずら書きしながら、考えを巡らせた。

聖パブロ病院の佐野が、うそをつくとは思えなかった。美希に偽情報を与えるべき、なんらかの理由と目的を持っているなら、話は別だが。

それより佐野が人を見間違える、その可能性の方がはるかに高いかもしれない。佐野は馬場によく似た小石川署の関根刑事に、なみなみならぬ恨みを抱いている。その鬱屈《うっくつ》した感情が、ある種の勘違いを起こさせることは、十分ありうるだろう。

美希は続けた。

「たぶん見間違えたのでしょうね。週刊誌をもらった男は、あなたと服装や顔立ちが似てたんじゃありませんか」

「あのときはわたしも、紺の上着にグレイのスラックスをはいてましたから、間違えられてもしかたないです。しかし顔立ちは、二人とも眼鏡をかけているというだけで、とくに似てたとは思いませんね。わたしが見たところでは、相手はわたしよりハンサムだったですよ。のっぺりした感じでね。ほかのときなら、間違えられて光栄なくらいです」

それは言いすぎだろう。美希が見たかぎりでは、馬場もさほど顔立ちの悪い方ではなかった。

「その男はどんな様子でしたか。そわそわしていたとか、緊張していたとか」

「別に変わった様子はありませんでしたね。週刊誌の競馬特集を広げて、くすくす笑ってましたよ」

「競馬特集」

「ええ。馬の名前を一人でつぶやきながらね。ペガサス、ダイキンオー、カタロニアマーチなどと」

ペガサス。ダイキンオー。競馬のことはよく知らない。

美希は話を転じた。

「ところで馬場さんは、その男をもう一度見たら分かりますか」

「分かりますよ。わたしは絵を描くのが趣味ですから、人の顔はわりとよく覚えてるんです」

胃の底が熱くなる。

「絵がお得意なんですか。だったらその男の顔を思い出して、似顔絵を描くことができますか」

馬場はあまり自信なさそうに言った。

「まあ描けないことはないですがね」

「忘れないうちに描いてくださいませんか。その男が犯人だとしたら、有力な手がかりになると思うんです」

それを佐野に見せて、確認することもできる。

「少し時間をいただければ、描いてもいいですがね。あしたから休暇で、十日ほどアメリカに行くものですから」

美希は焦燥のあまりソファから立ち上がった。

「勝手を言うようですが、十日も待つ余裕はありません。なんとか今夜中に描いて、出発前に渡していただけませんか」

「無理ですよ。まだ準備が残ってるし、あしたの朝も早いんです」

「簡単なスケッチだけでいいんです。特徴とか雰囲気をメモしていただければ、あとは専門の画家に頼んでブラッシュアップしてもらいますから」

「まあスケッチだけなら、二、三十分で描けますけどね」

「もし今から描いていただけるのでしたら、すぐにそちらへ取りにうかがいますが」

馬場は驚いたような声を出した。

「今からですか。それは勘弁してくださいよ。こんな夜中に、パトカーがどっと押しかけて来たら、近所中の評判になってしまう」

「ご心配なく。わたしが一人で、タクシーに乗って行きます。ご迷惑はかけません」

美希は必死だった。さっきまで馬場を疑っていたことなど、ほとんど頭からけし飛んでしまった。

馬場がしぶしぶのように答える。

「それじゃ、描くことは描きますが、わたしのとこは鴨下電線という会社の警備員宿舎なので、夜間に外部の人を入れるわけにいかないんです。近くに深夜スナックがありますから、描き上げたらそこに預けておきます。それでいいですか」

「分かりました。無理を言って申し訳ありません。なんというスナックですか」

「ええとあれは、そう、カルダンという店です」

「カルダン。鴨下電線の近くですか」

「ええ。工場のすぐ横手です」

「分かると思います。一時間ほどでまいります」

馬場が思いついたように言う。

「鴨下電線はご存じなんですか」

ええ、ともう少しで言いそうになり、美希は危うく言葉を飲み込んだ。

「いいえ。住所を教えてください。地図で探して行きますから」

馬場が告げた住所は、すでに美希が承知しているものだった。

急いで身支度をすませ、リビングルームを出ようとした美希は、ふと冷静にもどって足を止めた。

いたずら書きしたメモを屑籠に捨て、新しい用紙に夫あてのメッセージを残す。笠井涼子のマンションに行く、と書いた。電話をされたら一発でばれてしまうが、そうならないように祈るしかない。

書き終えて顔を上げると、柿をむいた果物ナイフが目にはいった。ふと説明しがたい不安に襲われ、衝動的にそれをハンドバッグに入れた。

電話を録音したテープを消去する。

少し迷ってから美希は受話器を取り上げ、大杉良太の事務所の番号を押した。

9

大杉良太はソファに上着を投げ捨てた。

なじみの弁護士に頼まれた急な仕事で、家出した大学教授を連れもどしに、高崎市まで行って来たところだった。その教授は市内のアパートで、一緒に逃げて来た教え子の女子大生と、習字教室を開いていた。教授の専門は、なぜか地球物理学だった。

弁護士からは、暴力以外のあらゆる手段を使って、連れもどして来いと言われていた。しかし教授と女子大生に会ってみると、たとえ暴力を使っても二人を引き離す役には立つまい、ということが分かった。大杉が訪ねて行ったとき、二人はまるで双子のように仲良く並んで、子供たちに筆の使い方を教えていた。それを見て、何も言わずに帰って来た。二人を連れもどすのは、別の人間の仕事になるだろう。

新幹線の中で食べた弁当がもたれ、胃のあたりがむかむかする。

コーヒーを飲みたくなり、湯を沸かし始めた。その間に、メールボックスから取って来た郵便物を、チェックする。ダイレクトメールばかりだった。

留守番電話を聞こうとスイッチを入れる。

弁護士から明朝一番で連絡がほしい、というメッセージ。

マンションを管理する不動産会社の社長から、九〇六号の入居者が契約名義人と別人の疑いがあるので、調べてほしいという依頼。

近所のパチンコ屋のオーナーから、景品買いを巡る暴力団とのトラブルを、なんとか収めてもらえないかという相談。

大杉はソファから身を起こした。

倉木美希の声が流れる。

『倉木です。少し前に馬場一二三と電話で話しました。聖パブロ病院の佐野が、週刊誌を捨てるのを見たという男は、馬場ではなかったようです。逆に馬場自身が、真犯人らしい男を病院で見たと言いました。似顔絵を描いてくれますので、それを受け取りにこれから鴨下電線のそばの、カルダンというスナックへ行きます。今十時五十五分、自宅を出るところです。念のためご連絡を入れました。よろしく』

耳を疑う。馬場に会いに行くとは、どういうことだ。正気だろうか。あの男こそ犯人と言い張っていたのに、突然宗旨変えをするとは納得がいかない。そもそも、なぜ馬場と電話で話すことになったのだろう。

腕時計を見ると、ちょうど午前零時だった。美希の電話から、ざっと一時間が経過している。

テープを巻きもどして、もう一度聞き直したとき、電話のベルが鳴った。

あわてて受話器を取る。

「大杉です」

「倉木です。夜分すみません」

倉木尚武だった。わけもなくどきりとする。

「おう、どうも。どうしたんだ、今時分」

自然に動悸が速まった。倉木に、今の留守番電話を聞かれたような錯覚を覚える。

「実はさっき家に帰ったら、美希がいないんですよ。笠井涼子のマンションへ行く、とメモが残っていた」

珍しく声が緊張している。

「笠井涼子。友だちの婦警だな」

「そうです。ところが彼女に電話したら、来てないし来る予定もない、と言うんです」

大杉は奥歯を噛み締めた。だしに使ったのがばれたようだ。

「今どこにいるんだ」

「聖パブロ病院です。ここじゃないかと思って来てみたんだが、やはり来てなかった。大杉さんに心当たりはありませんか。さっきから何度か電話したんですが、不在だったでしょう」

「ああ、地方へ行って、ついさっき帰ったところでね。しかし、どうしてそんなに心配するんだ。かみさんだって、夜遊びしたくなることもあるだろう」

「それならいいんだが、気になることがあるんです。実は屑籠に、新しいメモが捨ててありましてね。その中に妙なものがまじっていた」

「妙なもの」

「美希は電話で話すとき、紙にいたずら書きする癖がある。そこに渦巻きと一緒に、ペガサスという字が書いてあったんです」

大杉は驚いて背筋を伸ばした。

「ペガサスだと」

「ペガサス、ダイキンオー。競走馬の名前のようだが、美希は競馬のことはまったく知らない。ノミ屋に電話したとは思えません。ペガサスというのがひどく気になる」

冷や汗が出て来る。

「あのペガサスのことだというのか」

「分かりません。そうでなければいいですがね。ところで、どうなんですか。美希の行く先に、心当たりはありませんか。大杉さんに爆弾犯人のことで、何か相談しているに違いないと見当をつけたんだが」

大杉は言葉に詰まり、額をこすった。どうやらすべてお見通しのようだ。

「ちょっと待ってくれ。ガスの火を止めてくるから」

受話器を置き、キッチンへ行って火を消した。

その間に急いで考えをまとめる。美希には倉木に言わないと約束したが、何かいやな予感がして、黙っていられなくなった。かりにも聖パブロ病院事件に、ペガサスがからんでいるということになると、ほうってはおけない。

電話にもどる。

「あんたの言うとおりだ。あの事件のことで、かみさんから相談を受けていた。あんたに黙っててくれと言うので、しばらく様子をみようと思ったんだ。目鼻がついたら、報告するつもりだった。勘弁してくれ」

溜め息が聞こえた。

「やはりね。ご迷惑をかけました」

「それはいいんだが、おれも今留守番電話で、かみさんのメッセージを聞いた。かみさんは、馬場という男と電話で話したあと、そいつに会いに行ったんだ」

「馬場。何者ですか」

「西尾久の電線工場で夜警をしながら、王子の学習塾で働いてる男だそうだ。事件の日に聖パブロ病院で、丸松デパートの紙袋を持った馬場によく似た男を見た、という証人がいる。かみさんが病院で、佐野という清掃管理の仕事をしてるじいさんから、先週聞き込んだんだ」

馬場の正体を突きとめた経過も含めて、美希から打ち明けられた話とこれまでのいきさつを、手短に話して聞かせる。

倉木は一言も言葉を挟まず、黙って大杉の話に耳を傾けていた。

「そんなわけでかみさんは、馬場を犯人だと信じ込んでたんだ。ところが急に風向きが変わって、馬場以外の容疑者が突然現れたらしい」

「だれなんですか」

「分からん。馬場が病院でそいつを見たと言うので、似顔絵を描いてもらうために、会いに行ったようだ」

「それがペガサスかもしれない」

大杉は手の汗をズボンにこすりつけた。

「かみさんはどんな男か言ってなかった。ほんとにペガサスがからんでるとしたら、今度の一連の事件はすべてやつのしわざ、ということになるぞ」

「どこで馬場と会うか、言ってましたか。これから行ってみる」

倉木の声も切迫している。

「馬場が夜警をしてる鴨下電線のそばの、カルダンとかいうスナックだそうだ。かみさんがおれに電話をよこしたのが十一時少し前だから、もう着いてるころだろう」

「鴨下電線の場所は」

「待ってくれ」

手帳を取り出し、美希から聞いた住所を読み上げる。

「なんでも隅田川の川っぷちだそうだ。あんなとこに、たくさんスナックがあるわけもないから、近くへ行けばすぐ分かるだろう。しかしほんとに行くつもりか」

「行きます。二度と夜遊びをしないように、尻をどやしつけてやる」

大杉はソファを立った。

「それじゃ、おれも行こう。ペガサスの名前がからんできたとなれば、黙ってすわってるわけにいかない。現地で落ち合おうじゃないか」

「いや、それには及びません。これはわたしたちの問題だ」

「おい、のけ者にする気か。おれだってあんたに、尻をどやしつけてもらう権利がある」

少し間があり、倉木の声が響いた。

「分かりました。出る前にそのスナックへ電話して、わたしたちが行くまで店を出ないように、美希に言ってもらえませんか」

「分かった」

電話を切り、一〇四にかけ直して、カルダンの電話を調べてもらう。

しばらく待たされたあと、西尾久にも隣接する東尾久にも、そういう名前のスナックはない、と返事が返ってきた。

大杉は受話器を叩きつけ、上着を取り上げた。ぐずぐずしてはいられない。

念のため留守番電話をセットし直し、事務所を飛び出した。エレベーターを待たずに、階段を駆け下りる。事務所で電話が鳴り出したように思ったが、すでに引き返す余裕はなかった。

美希が《ペガサス》とメモしたのは、いったいどういうことだろう。ただ偶然のいたずら書きにすぎないのか、それとも馬場との電話で、その名前が出たのか。

強い不安が胸を衝き上げてくる。

10

倉木美希は途方に暮れていた。

鴨下電線の付近を一回りし、少し離れた路地まで足を延ばした。カルダンは見つからなかった。昼間来たときには気づかなかったが、その界隈は工場や学校、図書館、寺などが並んでいて、夜間はほとんど人通りがとだえる。スナックどころか赤提灯さえ見当たらず、酒を飲めるような店は一軒もない。

街灯の明かりにすかして腕時計を確かめる。午前零時を回っていた。

馬場一二三がうそをついたのだろうか。それともそういう店があったと、勘違いしただけなのだろうか。電話でのやりとりを、もう一度反芻《はんすう》してみる。話の筋道に不自然な流れはなかったと思う。

つい二時間ほど前まで、美希は馬場を母と息子のかたきと確信していた。にもかかわらず馬場と電話で話したあと、手の裏を返すように考えを変えてしまった。馬場を疑ったのは単なる思い込みにすぎず、真犯人は別にいるという新たな解釈に心が傾いた。そんな自分がいかにも軽率に思えて、さすがに忸怩《じくじ》たるものがある。しかし考えれば考えるほど、聖パブロ病院の佐野のバイアスがかかった証言より、ほころびを見せながらも率直な馬場の話しぶりに、説得力を感じてしまうのだ。

美希は考えるのをやめ、あたりを見回した。だれかに見られているような気がしたが、道端にひっそりと乗り捨てられた車があるだけで、どこにも人影はない。

とにかく今は馬場にすべてを託し、容疑者の似顔絵を手に入れる算段をする、それしか頭になかった。

都電荒川線の通りまでもどり、公衆便所のわきの電話ボックスにはいった。カードを入れて馬場の番号を押す。

話し中だった。少し間をおいて、もう一度かける。

やはり話し中だった。だれと話をしているのか知らないが、馬場が部屋にいることだけは間違いない。

しかし何度かけ直しても、電話がつながらないことが分かると、いらだちのほかに疑惑が頭をもたげてきた。どうも様子がおかしい。こんな夜中に、だれと長話をしているのだろう。それとも受話器が、はずれたままになっているのか。

直接工場へ行き、警備員室を訪ねてみようかと思う。しかし一人では不安だった。何かいやな予感がする。

ふと思いついてカードを入れ直し、大杉良太の事務所にかけてみた。

溜め息を漏らす。家を出る前にもかけたが、そのときと同じように留守番電話になったままだった。まだ帰っていないとみえる。

念のためまたメッセージを残した。

『倉木です。今午前零時二十分、鴨下電線の近くにいます。カルダンというスナックは見つかりませんでした。馬場の住まいに電話しましたが、話し中でつながりません。直接訪ねてみようかと思います。罠かもしれないので、無理はしないつもりです。倉木か大杉さんがいてくれたら、と思います。また電話します』

ボックスを出る。

鴨下電線まで引き返し、塀《へい》に沿って工場の横手へ回った。そばに大きな鉄塔が立ち、頭上を送電線が走っている。

塀はどだい乗り越えられる高さではないし、無理に乗り越えようとすれば自動警報システムが作動して、とんだ騒動になるだろう。

コンクリート塀の途中に、小さな通用口が見つかった。すぐ脇に白いプラスチックのプレートがかかり、《夜間急用の方は下のボタンを押してください》と書いてある。

美希は躊躇なくボタンを押した。

しばらく押し続けたが、何も聞こえず、反応もない。頑丈そうな木の扉に目をやると、わずかに隙間《すきま》があいているのが見えた。指先で押してみる。扉は音もなく内側に開いた。

美希は自分の鼓動に耳をすませながら、少しの間開いた扉を見つめた。息苦しくなるのが分かる。罠ではないか、という考えがちらりと頭をよぎった。

つぎの瞬間、自分でも気がつかないうちに、美希は通用口をくぐっていた。

一センチほど隙間を残して、扉をそっと閉じる。警報ベルも鳴らなければ、犬も吠えなかった。湿った土の匂いがむっと鼻をつき、頭の上にヤツデの葉がかぶさる。

外の街灯の光で、目の前に立つコンクリート造りの建物の輪郭が、ぼんやりと見えた。鴨下電線の保安主任、槙原に話を聞いたとき教えられた、夜間警備員の宿舎だ。あの中に馬場がいる。

美希は息を殺し、その場にしばらくたたずんだまま、あたりの様子をうかがった。遠くで電車の走る音がするほか、建物からも工場からも耳に聞こえてくるものはない。太い電線を巻きつけた、巨大な糸巻きのようなものが、ところどころに転がっている。

たっぷり一分待ち、美希はハンドバッグをしっかりつかんで、警備員宿舎に向かった。大きな窓が一つ見えるが、シャッターが下りている。明かり一筋漏れてこない。打ち放しのコンクリートの古い建物で、風雨にさらされた汚れが夜目にもはっきりと分かる。

正面に回ると、飴色《あめいろ》のペンキがはげかかった鉄のドアと、もう一つシャッターの下りた窓があった。《夜間警備員宿舎》と看板がかかり、ドアの横にボタンがついている。

ボタンを押すと、建物の中でかすかにブザーの鳴る音がした。しかし応答はなかった。ドアの取っ手を試してみる。

半ば予想していたように、鍵はかかっていなかった。動悸が速まり、美希はそっとドアをしめ直した。危険の臭いを嗅《か》ぎつけ、うなじの毛がちりちりと逆立つ。いかにも中へはいれと言わんばかりの誘いは、やはり罠と考えるべきではないか。大杉か倉木と一緒に、出直して来た方がよさそうだ。

通用口の方へ引き返そうとして、美希は足を止めた。

もし、万が一。

もし万が一真犯人が、危険を感じて馬場の息の根を止めに来るとしたら、どうなるだろうか。考えすぎかもしれないが、その危険がないとは言い切れない。話し中になったままの電話が、不吉な予感とともに頭によみがえる。もしやすでに馬場は、始末されてしまったのではないか。

美希は意を決して、もう一度ドアの取っ手に手を伸ばした。そっと引きあける。かびと金属臭の入り交じった、むっとする臭いが鼻を襲った。内側の壁を探ると、スイッチが指先に触れた。

明かりがつくと、そこはコンクリート床の小さな事務室だった。だれもいない。壁にいろいろなスイッチ盤が並び、その下に大きなコンソールボックスが置いてある。かなり古いタイプだが、それが夜間自動警報システムの操作盤らしい。いちばん大きいスイッチが《切》になっている。

そばのデスクの電話は、案の定受話器がはずれたままになっていた。

奥の壁に工場の見取り図が貼ってあり、その横にコンクリートの靴脱ぎと、狭い板の間が見えた。靴脱ぎには汚れた黒い靴が一足、斜めに脱ぎ捨てられている。板の間の奥に、閉じた木のドアがあった。

美希は自分を励まし、そっと事務室に踏み込んだ。背後でドアが自然にしまる。

「こんばんは」

呼びかけたが、返事はない。

「馬場さん。いらっしゃいますか」

もう一度呼び、上がりがまちに近づく。やはり返事はなく、物音もしなかった。汗ばんだ手でハンドバッグのベルトを握り締める。一瞬逃げ出したい衝動に駆られたが、ここまで来れば覚悟を決めるよりほかになかった。

パンプスを脱ぎ、上がりがまちに足を載せる。そり返った板の間がかすかにきしんだ。念のためドアをノックしたが、もう返事を期待してはいなかった。美希は息を吸い込み、取っ手を回して押しあけた。

事務室の明かりが斜めに畳の上を走り、丸いちゃぶ台の表面を半分切り取る。

美希はぎくりとして体を固くした。奥のふすまとちゃぶ台の間に、長く伸びた足を見たのだ。黒いズボンをはいた足だった。

「馬場さん」

思わず声を出し、部屋にはいる。ちゃぶ台の向こうの畳に、白いシャツを着た男がうつぶせに倒れていた。膝をついて足に触れたが、男の体はぴくりともしない。

天井を振り仰ぐと、蛍光灯から白い紐が垂れている。美希は立ち上がり、その紐に手を伸ばした。

そのとたん男がむくりと起き上がり、ものも言わずに美希に襲いかかって来た。

美希は心臓が止まるほど驚き、悲鳴を上げて飛びのいた。事務室の明かりに眼鏡が光り、ゆがんだ馬場の顔が浮かぶ。

愕然とする美希の首に、馬場の手にしたベルトがぐるりと巻きついた。ものすごい力で絞め上げられ、美希は舌を吐き出しそうになった。そのままずるずると、畳の上に引き倒される。馬場が馬乗りになり、美希の上にのしかかった。

やはり罠だった。

そう気づいたとたんに、猛烈な怒りが恐怖に取って代わった。美希は首の筋肉を突っ張り、食い込むベルトに力のかぎり抵抗した。ベルトは容赦なく美希の首を絞め続ける。頭の中で血が逆流し、意識が薄れかかった。目が飛び出しそうになる。

美希は左手で馬場の顎を突き上げ、顔に爪を立てて掻きむしった。馬場がうなり、ベルトの力が少し緩む。美希は大きくあえぎ、無我夢中で空気を吸い込んだ。

それも一瞬のことで、馬場は美希の左手を膝で押さえつけると、ベルトを持ち直した。新たな力が首に加わる。美希は右手のハンドバッグを手探りで開き、中を探った。果物ナイフの刃が指先に食い込み、鋭い痛みが走る。

ナイフの柄を握り直し、ハンドバッグを振り捨てると、馬場の左の太ももにぐいと突き立てた。馬場は苦痛の声を放ち、体をのけぞらせた。力任せにえぐる。馬場はまた声を上げ、やっとベルトを放した。

肺に空気がもどる。

美希は、息を吸い込み、吐き出す反動で馬場を突きのけた。馬場は美希の上から転がり落ち、畳の上をすさって逃げようとした。美希はベルトを首に巻きつけたまま、体ごと馬場に襲いかかった。脇腹にナイフを突き入れる。ほとんど分別を失い、女豹《めひょう》のようになっていた。

馬場は苦しげにうなり、体を回して仰向けになった。ナイフが抜け、畳に血しぶきが飛ぶ。馬場は足で美希の肩先を蹴った。美希は壁際まで吹っ飛び、尻餅《しりもち》をついた。

急いで体勢を立て直す。しかし馬場は襲って来なかった。片膝をたてて様子をうかがうと、馬場がちゃぶ台の後ろをすさり、ふすまにぶつかるのが見えた。脇腹を押さえている。

美希は荒い息を吐きながら、そろそろと立ち上がった。左手を伸ばして、蛍光灯の紐を引く。ちかちかと光がまたたき、部屋が明るくなった。

乱雑に取り散らかった八畳間だった。馬場はいつの間にか眼鏡を失い、苦痛に顔をゆがめていた。乱れた髪が白い額に振りかかり、肩がおこりにかかったように震えている。脇腹を押さえた指の間から、血がしたたり落ちた。太ももも血だらけだった。

美希は両手でナイフを構え、喉の奥から声を絞り出した。

「やっぱり、あんたがやったのね」

馬場は身を守ろうとするように、広げた左手を突き出した。

しゃがれ声をほとばしらせる。

「あれは間違いだった。おれの——せいじゃない。あんたの息子を、殺す気はなかった。おれは倉本をやるつもりだった。爆弾の届け先を間違えた——看護婦が悪いんだ」

やはりそうだったのか。

しかしどちらでも同じことだった。馬場の仕掛けた爆弾が、母と真浩の命を奪ったことに、変わりはないのだ。

美希は首に巻きついたベルトを、左手でむしり取った。

まんまと自分をだました馬場と、それにうかうかと乗せられた自分自身に、やり場のない怒りを覚える。美希に罠をかけて呼び寄せる作戦は、馬場にとってもいちかばちかの賭けだったに違いない。それにしてやられたと思うと、憤怒に失望が重なって気が狂いそうだった。

一歩近づく。

馬場は恐怖に駆られたようにのけぞり、ふすまに頭をぶつけた。

「やめてくれ。助けてくれ」

甲高い声で哀願する。

むらむらと殺意が込み上げ、美希は血でぬるぬるするナイフを、強く握り直した。また一歩近づく。

そのときちらりと、倉木の顔が脳裡に浮かんだ。

言葉が耳の中にこだまする。死んだ人間より、生きているおれたちのことに、目を向けてくれ――。

いや、だめだ。今ここでかたきを討たなければ、永久に機会は巡ってこない。この男を司直の手に委ねれば、かりに死刑判決が下ったとしても、自分の手で息の根を止めることはできない。

しかし馬場を殺せば、自分と倉木に未来はなくなる。いくら相手が殺人犯とはいえ、殺せばこちらもただではすまない。それはもとより覚悟の上だが、倉木のことを思うと決心が鈍った。激しい葛藤が胸の中を荒れ狂う。

雑念を振り払い、自分を励ました。やるのだ。決着をつけるのだ。しかし——。

心に空洞ができた。その瞬間を狙いすましたように、馬場の足がちゃぶ台を蹴った。

ちゃぶ台は畳の上を滑り、縁が美希の脛《すね》にぶつかった。バランスを崩して畳に片膝をつく。

起き上がった馬場が、手負いの熊のように飛びかかってきた。

第四章　消　失

1

大杉良太は、都電荒川線の宮ノ前停留所で、タクシーを捨てた。

運転手に借りた地図で調べたところでは、鴨下電線はそこから北へ少しはいったあたりにあるはずだ。電柱の住所表示も、ほぼ合致している。

大杉はあたりに目を配りながら、寝静まった住宅街を急ぎ足に歩いた。倉木尚武は、電話をかけてきたとき聖パブロ病院にいると言ったから、大杉よりいくらか早く到着しているはずだ。

ほどなく住宅街がとぎれ、正面に工場らしい建物が現れた。そばへ行って確かめると、閉じた門に《鴨下電線株式会社》と看板が出ている。

大杉は送電線の鉄塔を見上げ、塀《へい》に沿って右へ回った。

送電線と並行する長い塀の中ほどに、人影が見えた。倉木のようだった。大杉は小走りにそこへ向かった。

人影が振り向く。やはり倉木だった。

「どうした、カルダンは見つかったか」

声をかけると、倉木は首を振った。

「カルダンどころか、この界隈《かいわい》にスナックは一軒もない」

大杉はうなずいた。

「やはりな。一〇四で聞いたんだが、そんな店はないと言われたよ」

「ちょっと見てください」

倉木がしゃくった顎《あご》の先に目を向けると、塀に切り込まれた通用口の扉が、わずかに開いているのが見えた。《夜間急用の方は云々》とプレートが出ている。

大杉は遠回しに言った。

「だれか出入りしたようだな」

「そうらしい。はいってみましょう」

なぜか、ためらいの念がわく。

「所轄署に連絡した方がよくはないか」

「まだ事件が起きたと決まったわけではない。様子を見てからでも、遅くはないでしょう」

「中へはいったのかな、かみさんは」

「たぶんね。スナックが見つからなければ、当然そうするはずだ」

「しかしかみさんの話では、ここには夜間自動警報システムが設置されてるらしいぞ」

「だとしたらますますおかしい。この扉がなにごともなく、開いているのがね」

それも道理だ。大杉は心を決めた。

「よし、はいってみよう」

倉木が先に通用口をくぐり、大杉もあとに続いた。何も起こらなかった。

少し先に黒ぐろと、コンクリートの古い建物がうずくまっている。倉木は先に立って、ぐるりと建物の正面へ回った。星明かりに《夜間警備員宿舎》と書かれた看板が見える。鉄のドアの下から、光の筋が漏《も》れていた。

倉木はハンカチを出し、取っ手を握ってドアを引いた。躊躇《ちゅうちょ》なく踏み込む。大杉も肘《ひじ》でドアを支え、倉木について中へはいった。

そこはボタンとスイッチに囲まれた、狭い事務室だった。倉木は二秒ほど様子をみただけで、すぐにパネル操作盤の前を抜け、奥へ向かった。

靴を脱ぎ捨てて板の間に上がる。奥のドアに手を伸ばし、ハンカチで取っ手を包むと、無造作に押しあけた。

一瞬大杉は倉木の背中が、凍りついたように固くなるのを見た。

「どうした」

声をかけ、板の間に上がりながら、ふと異様な臭いを嗅《か》いだような気がした。

倉木は何も言わず、室内にはいった。倉木の肩越しに中をのぞいた大杉は、思わず息を詰めた。臭いの原因をそこに見て、吐き気が込み上げる。

八畳の和室が血の海だった。

部屋中が竜巻にでもあったように、めちゃめちゃに引っくり返されている。ちゃぶ台の脚は折れ、血が飛び散ったふすまには大きな穴があき、テレビの画面は割れ落ちていた。

血溜《ちだ》まりの中に、男が倒れている。顔に斜めに載《の》った眼鏡が、今にもずり落ちそうだ。真っ赤に染まったワイシャツの胸に、深ぶかと根元までナイフが突き立っている。すでに息がないことは、見ただけで分かった。まだ血が乾き切っておらず、死んでから三十分もたっていないだろう。

大杉は唾を飲み、拳《こぶし》を握り締めた。もっとすごい修羅場も目にしてきたが、これほどショックを受けたのは初めてだった。死んでいるのが美希でなかった安堵感《あんどかん》と、それとは裏腹な強い不安感が胸に広がり、膝《ひざ》が震えそうになる。

「この男が馬場ですか」

倉木の声が低く流れた。

大杉は気を取り直し、男の顔を見た。眼鏡をちゃんとかけさせれば、確かにこの前新高ビルの三階ですれ違った、サラリーマン風の男の顔になるようだ。倉木美希がつけて来たのと同一人物なら、この男こそ馬場一二三に違いあるまい。

「たぶんそうだろう」

大杉は答え、何げなくふすまを見た。

飛び散った血の一部が、文字になっていることに気づいて、ぎくりとする。指先に血をつけて、なすったような字だ。片仮名で《カタキハウッタ》と読み取れる。

かたきは討った。

めまいを覚える。美希の思い詰めた顔が、まぶたに浮かんだ。この修羅場を招いた張本人は、やはり美希なのだろうか。思い過ごしであってほしいが、状況からみてほかに考えようがなかった。

ふとわれに返ると、倉木も血文字に気づいたらしく、黙ってふすまを見つめていた。

大杉は自分に言い聞かせるように言った。

「信じられん。いくら頭にきていたとしても、かみさんがこんな真似をするとは、信じられんよ」

美希は留守番電話で、真犯人らしい男をみた馬場に似顔絵を描いてもらいに行く、と言い残している。馬場と電話でどんな話をしたか知らないが、聖パブロ病院の佐野の証言をくつがえすような、新しい進展があったに違いない。

もしかすると馬場は、美希につけ回されていることに気づき、危険を感じて始末しようとしたのかもしれない。そのためにもっともらしい話をでっちあげ、美希を言葉たくみにここへおびき寄せた。ところが土壇場で抵抗にあい、逆に美希に殺されてしまった。そう考えれば、話のつじつまだけは合う。

倉木が足を踏み出し、血溜まりを用心深く避けながら、ふすまのそばへ行った。死体の上にかがみ込んで、胸に刺さったナイフの柄をじっと見る。右手がそろそろと動き、柄に触れそうなほど近づいた。

大杉は、倉木がナイフを引き抜くのではないかと思い、反射的に止めようと口を開きかけた。殺人現場で、凶器に手を触れてはならないことくらい、駆け出しの巡査でも承知している。

倉木はしかし、途中で手を止めた。広げた指を強く握り締め、もう一度開く。しばらくそのままの姿勢でいたが、やがて体を起こして、つぶやくように言った。

「うちの果物ナイフだ。柄の模様に見覚えがある」

大杉は言葉もなく、倉木の背中を見つめた。倉木は美希が、息子と母のかたきを討った事実を嚙《か》み締めるように、じっと死体を見下ろしていた。

大杉はいたたまれなくなり、話を変えた。

「この男がペガサスだと思うか。眼鏡をかけてるし、実直なサラリーマンにも見えるし、山口牧男や石原まゆみの証言と一致するようだが」

「山口にこの男の写真をみせれば、はっきりするでしょう」

そう答えてから、倉木はふと思い出したように、もう一度死体の上にかがみ込んだ。馬場の唇の間に指を差し入れ、上下に割って歯並びを調べる。

立ち上がって、大杉を見た。

「先週白金台署の取り調べに立ち会ったとき、山口がペガサスについて重要なことを思い出した。ペガサスは一度だけ笑ったことがあって、そのとき右側の犬歯が抜けているのを見た、というんです」

「そんな大事なことを、なぜ今ごろ思い出したんだ」

「コークをやり過ぎて、記憶から脱落していたらしい」

大杉は馬場に目を移した。

「それで、こいつの歯はどうなんだ」

「犬歯も含めて全部揃《そろ》っているし、差し歯をした様子もありません。山口の話がほんとうなら、この男はペガサスではない」

「すると、かみさんがメモに残したいたずら書きは、単なる偶然だったわけか」

倉木はそれに答えず、腕時計を見た。

「美希はまだ、このあたりにいるかもしれない。自殺するとは思えないが、念のためちょっと探してきます。一一〇番してもらえませんか」

自殺と聞いて、大杉は緊張した。それも考えられないことではない。

「おれも一緒に行こう。一一〇番はあとでもいい。かみさんを探すのが先だ。この工場の裏は隅田川だし、飛び込むつもりなら簡単だからな」

二人は急いで和室を出た。倉木は事務所のデスクからフラッシュライトを取り、先に立って建物を飛び出した。

人けのない通りを左右に別れ、隅田川の堤防につながる道を探す。

大杉は中学校の前まで行ったが、中にはいれなかった。さらに足を延ばすと、区民運動場があり、グラウンドの向こうに堤防の影が見えた。

鉄柵を乗り越え、無人のグラウンドを横切る。

堤防の手前に金網のフェンスが張られ、そこで行く手をはばまれた。堤防とフェンスの間に、アスファルトの通路が走っている。立ち入り禁止らしい。金網越しに左右を見渡したが、どこにも人影はなかった。出入り口には南京錠のついた閂《かんぬき》がかかり、最上部が内側に傾斜した金網は、高さからみても乗り越えるのは不可能だった。ここにはいない。

大杉は来た道を取って返した。鴨下電線の前を抜け、送電線の鉄塔の下へ向かう。すぐ左手に観音開きの鉄の柵があり、その向こう側に堤防の方へ延びる通路が見えた。どこかの会社の敷地らしいが、この際かまってはいられない。大杉は柵をよじのぼった。建物と鉄塔の間の道を奥へ進むと、正面にコンクリートの堤防が見えた。背の低い蛇腹式の門扉があり、その向こうに車止めの鉄棒が立っている。門扉には鍵《かぎ》がかかっていなかった。

堤防下の道に出て左右を見渡すと、少し離れた場所でフラッシュライトの輪が動いた。大杉がそこへ駆け寄ると、二メートルほどの高さの堤防のフェンスから、倉木らしい人影が飛び下りて来た。

大杉は息を切らせて言った。

「どうした。見つかったのか」

倉木は黙ってライトをフェンスの下部に向けた。

アスファルトの上に、黒いパンプスとハンドバッグが、きちんと並べて置いてあった。

大杉は言葉を失い、それを見つめた。

「これも一緒に残っていた」

倉木はぞっとするほど低い声で言い、ライトを上げて広げた自分の手を照らした。そこに載っているのは、プラチナの結婚指輪だった。

大杉は足を踏ん張った。

「ここから飛び込んだのか。上から何か見えたか」

「いや」

倉木は短く答え、もう一度靴とハンドバッグを照らした。かすかに光の輪が揺れる。

大杉は拳を握った。胸がつぶれる。美希の力になれなかった自分が、どうしようもないほどみじめだった。しかしその思いは、倉木の方がはるかに強いはずだ。

何年か前、都の監察医務院で、初めて倉木と会ったときのことを思い出す。あのとき倉木は大杉に背を向けたまま、爆弾に吹き飛ばされてばらばらになった前妻の死体と、無言の対面をした。そして今また、みずから命を絶ったかもしれぬ二人目の妻の遺品と、黙って向き合っている。あまりにも厳しい試練だった。その心中を思うと、慰めの言葉など出るはずもない。

倉木がぼそりと言った。

「美希をここまで追い込んだのはわたしだ。すべてわたしに責任がある。わたしが美希より先に、馬場を見つけて殺すべきだった」

大杉は倉木の腕をつかんだ。

「そんなことを言ってる場合か。すぐ所轄署に連絡しよう。水上警察に下流を捜索してもらうんだ。まだ間に合うかもしれん」

もし美希が死ぬ気で飛び込んだのなら、間に合うはずはないと分かっていた。

2

水の底からゆらゆらと浮かび上がって来るものがある。

ぶよぶよした白い肉塊だった。顔のあたりに乱れた髪がからみつき、しだいに輪郭が明らかになる。どこかで弔鐘が鳴った。倉木美希の水死体だった。また弔鐘が鳴る。

大杉良太は、汗をびっしょりかいて目を覚ました。

インタフォンのチャイムが鳴っていた。うなりながら体を起こす。明け方、西尾久署の捜査員と一緒に事務所へもどり、美希が残した留守番電話のテープを渡したあと、ソファの上で眠ってしまったのだ。

テープには美希の、二度目のメッセージも残されていた。スナック《カルダン》が見つからなかったこと、馬場に電話したがつながらなかったこと、これから直接馬場を訪ねることなど。無理に押し殺したような口調が、緊迫した状況を物語っていた。

昨夜事務所を飛び出したとき、中でベルが鳴るのを聞いたと思ったが、あれがおそらく美希からの電話だったのだ。もしあのとき、引き返して美希と話をしていれば、こんなことにはならなかった。そう思うと、悔やんでも悔やみ切れないものがある。

『罠《わな》かもしれないので、無理はしないつもりです。倉木か大杉さんがいてくれたら、と思います』

そう結んだ美希の言葉が、頭の中で反響する。罠かもしれないと分かっていながら、なぜ一人で馬場のところへ乗り込んだりしたのだ。おれさえついていれば、そんなばかなまねはさせなかったのに。

チャイムがしつこく鳴った。

大杉はソファを立ち、体をほぐしながらインタフォンの受話器を取った。

「はい、どなた」

「警察庁の津城です」

驚きのあまり、眠気が吹っ飛ぶ。

警察庁警務局の特別監察官、津城俊輔とは長い間会っていなかった。例の稜徳会事件で、津城が頭部に銃弾を食らい、長期療養にはいってから、一度もコンタクトしていない。

その後病状が回復し、最近ようやく職場に復帰したことは倉木から聞いていたが、突然事務所にやって来るとは予想もしなかった。

大杉が口ごもりながら言った。

「これはどうも、ごぶさたしています。いったいどういう風の吹き回しですか」

津城が低い声で応じる。

「今度の倉木美希君の事件で、ちょっとお尋ねしたいことがあるのです。公安部の球磨特務一課長と、佐々木四課長も一緒です」

特別監察官津城警視正に、公安特務一課長と公安四課長。

球磨は聖パブロ病院事件の捜査責任者の一人で、佐々木は美希の直属の上司だった。二人とは明け方、西尾久署で顔を合わせたばかりだが、津城を加えた妙な取り合わせに、うさんくさいものを感じる。

「分かりました。上がってください」

受話器を置き、開扉ボタンを押した。

三人が上がって来るまでの間に、大急ぎで顔を洗って歯を磨く。奥の寝室に行こうとしたが、エレベーターのチャイムの音が聞こえたのでやめた。

最初にはいって来た球磨が、小太りの体をかがめてあいさつした。

「今朝ほどは失礼しました」

佐々木も取ってつけたように、オールバックの頭を下げる。大杉はおざなりにあいさつを返し、後ろに控えて立つ津城に目を移した。

プレスのあまりきいていない、濃紺のスーツに身を包んだ津城は、体が一回り小さくなったように見えた。後遺症のせいか顔の左半分がわずかにゆがみ、頬《ほお》の筋がときどきぴくりとひきつる。

何より変わったのは、黒く濃くなった頭髪だった。以前は地肌が透けてみえるほど、薄かったのだ。

津城はかつらをかぶっていた。

しかしそれは、薄くなった髪をカバーするというよりも、頭部に受けた手術のあとを隠すためだろう、と大杉は善意に解釈した。

津城は、例によって両手を体のわきに揃え、気をつけをして言った。

「お疲れのところを、突然おじゃまして申し訳ありません」

言葉遣いのていねいなところは、昔と少しも変わっていない。

「いや。お元気そうで何よりです。お体の具合はいかがですか」

「まあ八十パーセントぐらいは、回復したようです。大杉さんもお変わりないようで、安心しました」

「変わりないと言われると、わたしは不安になりますがね」

津城は短く笑い、すぐ真顔にもどった。

「今日はたまたま、このお二人に同行を求められたので、お供したしだいです」

すると用事があるのは、佐々木と球磨というわけだ。

大杉は三人にソファをすすめ、自分はデスクの椅子《いす》を引っ張ってきた。

「何を聞きたいとおっしゃるんですか。必要なことは西尾久署で、全部お話ししたつもりですがね」

切り口上で言うと、球磨が咳払《せきばら》いをして口を開いた。

「倉木警視が今どこにいるか、ご存じありませんか」

大杉は眉をひそめた。

「倉木とは今朝、西尾久署で別れたきりですよ。自宅にもどってないんですか」

佐々木が同じように咳払いをして言う。

「どうやら、そうらしいんです。電話しても応答がないし、捜査員に様子を見に行かせたんですが、だれも出て来ないということでした」

「それじゃ、わたしにも分かりかねますな。しかしなぜ、倉木を探しておられるんですか。彼も知っていることはすべて、西尾久署で話したと思いますが」

球磨と佐々木は、わざとらしく視線を交わした。

球磨が溜め息をつきながら言う。

「昨夜の事件については、倉木警視にも責任があるのです」

大杉は顎を引いた。

「それはどういう意味ですか」

「わたしたちは倉木警部補、つまり奥さんの方ですが、彼女が聖パブロ病院事件に関して捜査本部の了解も得ずに、独自に捜査をしていることを耳にしました。家族を亡くされた心中を考えれば、そうした気持ちになるのも無理はないが、それでは捜査の統制というものが取れなくなる。そこでわたしたちは、ご主人である倉木警視を個人的に呼び出して、奥さんの独断的行動をやめさせるようお願いしたのです」

佐々木が言葉を引き継ぐ。

「しかし倉木警視は、耳を貸そうとしなかった。奥さんの好きにさせる、と言うんですよ」

大杉は立ち上がり、デスクのたばこを取って火をつけた。

美希は倉木が、自分の独走に反対していると言った。しかし倉木はその裏で、美希の行動を認めていたのだ。心を動かされる。

椅子にもどった。

「だからどうだと言うんですか」

佐々木はむっとしたように胸をそらした。

「説明するまでもないでしょう。もし彼が奥さんの手綱を引き締めていたら、昨夜の事件は起こらなかった。現職の警察官が司直の手を通さず、みずから私怨を晴らすという行為がどれほどマスコミの反発を買うか、言わなくてもお分かりのはずです」

「いや、分かりませんな。捜査本部が束になってもできなかったことを、彼女は一人でやったんですよ。マスコミの非難は彼女の行為より、捜査本部の無能に向けられるに違いない。あなたたちは、それを恐れているだけじゃないんですか」

佐々木も球磨も顔色を変え、大杉を睨《にら》みつけた。津城だけがわれ関せずというように、黙って爪《つめ》の具合を調べている。

馬場の部屋の床下から、爆弾を作るのに必要な原料や部品が、大量に発見された。それも聖パブロ病院で使われた爆弾と、成分も構造も同じものであることが、ほぼ判明していた。球磨によれば、かつてＭＬ革命戦線がテロ闘争で使用した、ＭＬ式時限爆弾だということらしい。いずれ詳しい分析結果が出るだろうが、美希が捜査本部の手を借りずに真犯人を突きとめたことは、否定しようがない事実なのだ。

球磨が唇《くちびる》をゆがめて言った。

「あなたは捜査一課のＯＢと聞いたが、そんな考え方でよく仕事ができたものだ」

「できなかったから首になったんです。それはともかく、わたしの留守番電話のテープを、よく聞いていただきたい。倉木美希は、馬場一二三にだまされて、現場へ出向いたんだ。馬場は彼女を危険な存在とみなし、おびき寄せて殺そうとした。しかし彼女は、あんな腰抜けにおとなしくやられるような、やわな女じゃなかった。根性を出して返り討ちにしたんだ。いわば正当防衛ですよ。わたしは彼女をほめてやりたい。彼女は自殺なんかする必要はなかった。川へ飛び込んだのは、無能な捜査本部に対する抗議ですよ。だからあなたたちも、こんなところで愚痴をこぼしてないで、隅田川の捜索を進めてください。川をせき止めてでも、彼女の遺体を発見するのが、せめてもの供養じゃないですか」

しゃべっているうちに、大杉はしだいに怒りが込み上げてきた。

佐々木は矛先をそらすように、たばこを取り出してくわえた。火をつける手がかすかに震えている。

「隅田川に飛び込んだとしたら、遺体を発見するのはむずかしい。いずれは東京湾に流れ出て、魚のえさになるのがおちでしょう」

大杉はたばこを灰皿に投げ捨て、ゆっくりと立ち上がった。テーブルを裏返しにして、二人の頭に叩《たた》きつけてやりたくなる。

「そろそろお引き取り願いましょうか。その方がお互いのためだと思いますよ」

球磨はとまどったように大杉を見上げた。

「まだ話は終わってないんですがね」

「こっちはもう終わった。話すことはありません」

佐々木が急に声をとがらせ、挑戦するように言う。

「あなたは昨夜、現場でずっと倉木警視と一緒だった。彼の行動に何か不審な点はありませんでしたか」

大杉は佐々木を睨んだ。

「不審な点とは」

「つまり倉木警視が、何か工作をしたような形跡がなかったか、ということです」

思わずすわり直す。

「持って回った言い方はやめてください。ご意見があるなら恥ずかしがらずに、さっさと発表したらどうですか」

　黙って聞いていた津城が、のんびりした口調で言う。

「馬場を殺したのは奥さんではなくて、倉木警視ではないかと疑っておられるんですよ、このお二人は」

　大杉は笑おうとしたが、顔がこわばってうまくいかなかった。

「ばかな。何を根拠に、そんなことを考えるんですか」

　球磨が怖い顔をして言う。

「西尾久署で会ったとき、彼の服に血がついていました」

「それはつきもするでしょう。あの血溜まりに踏み込んだんだから」

　佐々木も怖い顔をした。

「彼がやったとは断定しません。しかし現場の状況をみると、なんらかの工作が行なわれた可能性がある」

「倉木は何もしてませんよ。請け合ってもいい」

　ただ馬場の歯を調べただけだ。

　球磨は虚勢を張るように、腕を組んで胸をそらした。

「彼はあなたより先に、鴨下電線に到着していた。一緒に現場へ踏み込む前に、一人で中へはいることもできたでしょう」

「そんな余裕はなかった。倉木は、聖パブロ病院から電話してきたんです。わたしもその直後に、ここを出て鴨下電線へ向かった。千石と池袋なら、西尾久までタクシーを飛ばして、時間的に十分とは差がないはずだ。倉木が先に着いたとしても、スナックを探すのに何分か費やしてるし、現場を細工する時間なんかありませんよ」

「彼があなたに電話したのが、聖パブロ病院からだったという確証がありますか。彼がそう言っただけでしょう」

大杉はぐっと詰まった。そこまでは考えなかった。

「しかしうそをつく理由がない。電話してきた時点では、倉木はかみさんが鴨下電線へ行ったことを、まったく知らなかったんだから」

球磨はなおも胸を突き出した。

「とにかく彼は先に現場に着いた。ということは、彼が奥さんに代わって馬場を殺さなかったにしても、そこにいた奥さんと鉢合わせした可能性がある。奥さんが馬場を殺したと知って、奥さんを逃がすために工作をしなかったとはいえない」

大杉はあっけにとられた。

「かみさんが自殺したように見せかけて、どこかにかくまったとでもいうのか」

佐々木がたばこをもみ消し、膝を乗り出した。

「堤防に靴とハンドバッグが残されていたからといって、隅田川に飛び込んだとはかぎりませんよ。現に遺体も上がっていない」

「結婚指輪も残っていた。あれがお芝居だというなら、倉木はたいした役者ですよ」

大杉の言葉にも、佐々木は動じなかった。

「彼はその気になれば、そこまで神経の回る男だ。ご存じでしょう」

大杉は口をつぐんだ。それは認めざるをえない。

球磨が言葉を引き継ぐ。

「とにかく、そういうことが現実に行なわれたとしたら、これはたいへんな問題だ。妻が爆弾犯人を処刑し、夫が妻の自殺を偽装する。夫婦揃って、警察官にあるまじき行為と言わなければなりません。特別監察官の津城警視正にご同行願ったのも、そういう事情があるからです。警察官の不祥事を取り締まるべき監察官が、みずから法を犯したとなると、われわれも世間に顔向けができませんからね」

大杉はまた立ち上がった。がまんもほとんど限界に達していた。

「これ以上、あなたたちと付き合っていられない。もう帰ってください。わたしが窓をあけて、あなたたちをほうり出さないうちにね」

球磨と佐々木は顔を見合わせ、しぶしぶという感じで腰を上げた。

球磨が念を押すように言う。

「もし倉木警視から連絡がありましたら、即刻捜査本部に出頭するように伝えていただきたい。やましいところがないなら、応じてくれるはずです」

「そんなことより、馬場の背後関係を調べたらどうですか。ML革命戦線が活発に動き出したのなら、また別の爆弾テロが発生するかもしれない」

球磨はためらいがちに言った。

「実はここへ来る前、馬場の部屋の天井裏から新たに、コカイン入りの缶詰が発見されました。青梅の刑事殺しの現場から持ち去られたものらしい。一連の事件と、馬場やML革命戦線の関係を、これから調査するつもりです」

大杉は内心の驚きを、とっさに咳をすることでごまかした。

もしあの部屋から、青梅のコカインが見つかったのなら、馬場がペガサスだった可能性はますます強まる。倉木は馬場の歯並びを調べて、山口牧男の証言と合わないことを指摘したが、例の缶詰とやらが出て来たとなると、話は別だ。

大杉はわざとらしく、だめ押しの咳払いをして言った。

「どっちにしても、わたしには興味がない。お引き取りください」

球磨と佐々木は、津城を見下ろした。

津城はかつらに手をやり、すわったままで言った。

「わたしは、コーヒーを一杯ごちそうになってから、引き上げます。どうぞお先に」

3

二人だけになると、津城俊輔はやっとくつろいだように、にっと笑って言った。

「いや、どうもお騒がせしました」

大杉良太は津城を見据えた。

「津城さんもあの二人と同じように、倉木を疑ってるんですか。返事によっては、コーヒーをごちそうしないかもしれませんよ」

津城はかつらの具合を直した。

「わたしは逆の意味で、倉木君を疑いたいのです。つまり彼が何か工作をしたのなら、それは美希君が生きていることを意味する。わたしは彼女に死んでほしくないのです」

大杉はソファを立ち、ガスにやかんをかけた。

その間に津城が続ける。

「しかし、靴とバッグが見つかった堤防の上には、馬場のものと思われる血痕《けっこん》が残っていたそうです。あれだけめった突きにすれば、美希君も当然返り血を浴びているはずだ。いくら夜中とはいえ、血だらけで逃げおおせるものではない。やはり、堤防から隅田川へ飛び込んだとみるのが、妥当でしょう。前まえから計画してでもいないかぎり、倉木君にそこまで偽装できるわけがありませんからね」

大杉は無力感と戦いながら、ソファにもどった。

「この時間まで行方が分からないとなると、やはり彼女は川に飛び込んだんでしょうな。佐々木が言ったように、魚のえさになっちまうんだ。捜査本部さえしっかりしてりゃ、こんなことにはならなかったのに」

津城はとがった鼻を、指でつるりとなでた。

「このところ、警察のたがが緩んでいることは、ご存じのとおりです。同時に刑事部と公安部の確執が強まっています。小石川署の捜査本部も、二つの勢力が牽制《けんせい》し合うために、なかなか仕事がはかどらない。あなたが退職する前と、警察の状況はほとんど変わっていません」

「それどころか、いろいろな問題が顕在化してきたように思える。青梅の権藤殺し、白金台の婦警殺し、荒川の河原の殺し合いと、警察官を巻き込んだ事件が目白押しだ。しかもそのすべてに、ペガサスという正体不明の男がからんでいる。ペガサスのことは知ってますか」

津城は重おもしくうなずいた。

「話は聞いています。倉木君から報告を受けました」

「実は聖パブロ病院事件にも、ペガサスが関係している可能性が、大いにあります。さっき球磨課長が、馬場の部屋からコカインの缶詰が見つかった、と言いましたね。あの缶詰はペガサスが、青梅の桃源会の秘密工場から持ち去ったものだ。つまり馬場こそペガサス、ということになるわけです。球磨がどこまで承知しているか、知りませんがね」

津城の目が光る。

「なるほど。ほかにも何かありますか」

「もう一つ、情況証拠らしきものがあります」

大杉は、倉木美希が馬場一二三と電話で話しながら、メモ用紙に《ペガサス》と書き残したという、倉木の話を伝えた。

「これはただのいたずら書きじゃない。おそらく何かの拍子に、馬場がその名前を出したんだ。彼女はペガサスのことを知らないから、警戒心を抱かなかったんでしょう」

津城は頬の筋をぴくりとさせた。

「ほんとうに馬場がペガサスだと思いますか」

「分かりません。倉木に聞いた話では、ペガサスは眼鏡をかけた、サラリーマン風の男だったらしい。馬場は一応その条件に合ってるが、それだけではあまりに漠然としすぎていて、証拠になりません。ペガサスを見た石原まゆみは、モンタージュを作る前に、名古屋で殺されてしまった。たぶんペガサス本人にね」

津城がうなずく。

「その女性は、権藤のパートナーだった池野巡査部長の、愛人ですね」

「そうです。ただしもう一人、ペガサスを知る証人がいます。婦警殺しで白金台署に勾留《こう》留《りゅう》されている、山口牧男です。山口は犯行を否定して、剣持という男にはめられたと供述した。剣持は不法入国した台湾人ですが、桃源会に雇われて青梅の秘密工場に詰めているとき、権藤警部補と一緒にペガサスに殺されました。ところが、山口が剣持として知っていた男は、本物の剣持ではなかった。ペガサスは秘密工場から、コカインと一緒に剣持の前の職場の名刺を持ち去り、本人になりすまして山口をはめたに違いないんです。山口に馬場の写真を見せれば、やつが剣持と名乗った男と同一人物かどうか、すぐぐに分かるでしょう」

「もし山口がイエスといえば、馬場がペガサスということになるわけですな」

「そうです。しかし、たぶん答えはノーでしょう。倉木の話によれば、山口が会ったペガサスは、右の犬歯が抜けていたそうです。ところが昨夜現場で馬場の口を調べたら、歯が全部揃っていた」

「なんとね」

津城は言い、かつらの具合を直した。

大杉はガスの火を消しに行き、コーヒーをいれる用意を始めた。

「倉木は、こうした一連の事件を調べてたんでしょう。そして津城さんも」

「まあ、そういうことです。わたしはまだ体も頭も本調子でないので、ほとんど彼に任せ切りでしたがね」

「警察内部の様子はどうなんですか」

津城は少し間をおいて答えた。

「これだけ不祥事やテロが続くと、またぞろという感じで公安部門を独立させる話が出てくる。いくら芽を摘んでも、もぐら叩きのもぐらのように性懲りもなく、新しい勢力が姿を現すんです」

「やはりね。森原《もりはら》が死んでも、あとがまはたくさんいるわけだ」

前法務大臣の森原研吾《けんご》は、稜徳会事件で百舌《もず》と呼ばれる殺し屋に殺され、一派の陰謀は打ち砕かれたかに見えた。森原のあとを引き継いだ、現法相の柴野悟郎《しばのごろう》は最高裁の判事を務めたハト派だが、法務次官に収まった倉本真造はタカ派といわれている。その倉本と間違えられて、倉木の息子真浩が爆破されるはめになったのだ。

倉本は民政党幹事長の馬渡久平《まわたりきゅうへい》子飼いの警察官僚で、馬渡は森原の後継者と目される将来の首相候補だった。

「天皇の即位の礼や大嘗祭のときに、過激派がちょろちょろと動きまわったでしょう。それに今度は倉本が狙《ねら》われた。たまたま行き違いで命拾いをしたが、代わりに倉木君のご子息がやられてしまった。どちらにしても、治安体制を強化する絶好の口実ができたわけです。この機会を連中が逃すはずはない」

津城が自分に言い聞かせるように言う。

大杉はコーヒーをテーブルに運んだ。

「連中は何を考えてるんですか」

「わたしの調べたところでは、警視庁の公安部と公安調査庁を合体させて、公安庁を設置する狙いのようです」

「公安省ではなくて、公安庁ですか」

「そうです。少し格は落ちるけれども、その方が法的にも実現性が高い。おりを見て省に昇格することもできますしね」

「公安調査庁か」

大杉はどこかでそれを耳にしたような気がしたが、すぐには思い出せなかった。

津城が口をすぼめてコーヒーを飲む。

「うん、これはいけますな。大杉さんにこんなわざがあるとは知らなかった」

大杉は苦笑した。

「倉木も倉木のかみさんも、そこにすわって同じようなことを言いましたよ」

「そうですか。この事務所もこぢんまりして、なかなか居心地がよさそうだ。もし退職したら、ここで雇ってくれますか」

「冗談でしょう。津城さんならいくらでも、ちゃんとした天下り先があるはずだ」

津城はいやな顔もせず、声を出して笑った。

「わたしは同じ天下りでも、堅い会社には行きたくない。何か文化的な仕事をしたいんですよ。出版とか広告とかね」

「文化的な仕事ですか。それも悪くないが——」

大杉は途中でやめた。文化という言葉が記憶を呼び起こした。

「待ってください。そういえば公安調査庁で、一つ思い出したことがある」

倉木に頼まれて桜田書房の周辺を洗うために、西早稲田の新高ビルにある大東興信所へ行った話をする。そのときたまたま美希も、馬場を尾行して同じビルまで来ていた。

馬場は大杉と入れ違いに、三階から下りて行ったのだ。

「そのとき馬場は、日本文化調査会というところから出て来たように見えました。歩いて来た廊下には、それしか事務所がないのでね」

津城は顎をなでた。

「日本文化調査会ですか」

「そうです。あとで倉木のかみさんから、その男をつけて来たと聞いたものだから、近所の不動産屋で様子を探ったんです。いろんなことが分かりましたよ。新高ビルのオーナーは大東興信所の所長のおやじだとか、日本文化調査会は公安調査庁の下請け調査をやってるらしい、とか」

ふんふんとうなずく。

「公安調査庁ですか。それはいささか引っかかりますな」

「もちろん馬場は、調査会の前にあるトイレに寄っただけかもしれません。しかしわたしの勘では、あの事務所から出て来たことは間違いないと思います」

「過激派のテロリストと、公安調査庁の下請け機関か。面白い取り合わせだ。しかしありえないことじゃないですな。公安筋が過激派を泳がしたり、過激派が公安筋にスパイを送り込んだりするのは、別に珍しくないことです。それはただの偶然ではないかもしれませんよ」

「法務局で調べたところ、日本文化調査会は有限会社組織になっています。調査や出版を業としてるようですが、その方面の名簿には載っていません。代表者は大堀泰輔という七十のじいさんです。不動産屋の話では、だれも社員の姿を見た者がいなくて、いつも鍵がかかったままらしい」

「わたしもちょっと調べてみましょう。ところでもう一杯いいですか」

津城がカップを持ち上げてみせる。

大杉はまたコーヒーを二ついれて来た。津城はそれをうまそうに一口飲み、カップを宙に浮かせたまま言った。

「実はもう一つ、これは大杉さんに話しても始まらないかもしれないが、警視庁内部に不穏な動きがあります」

「不穏な動き」

「そうです。ノンキャリアの間に、労働組合を作ろうとする動きがあるのです」

大杉はコーヒーを飲み、たばこに火をつけた。

「労働組合か。それを不穏な動きととらえるのは、いかにもキャリア的な発想ですな」

津城は瞬きして、鼻をつるりとなでた。

「これは失礼。おっしゃるとおりでした」

「わたしはノンキャリアですから、下級警察官が労働組合を結成することには、かならずしも反対ではない。現にわたしが在職していたころにも、そういう動きが陰に陽にありましたよ。いつも上からつぶされましたがね」

「正直なところ、わたしもいずれは警察に労組ができる、いや、必要になるだろうと考えています。欧米では珍しくないし、それなりに機能もしてますからね。ただ、さっきわたしが不穏な動きと言ったのは、今言った運動が一部の不良警官の間で、隠密裡《おんみつり》に進められているからなのです」

「不良警官。それはどういうことですか。一般の警察官の間で、自然に結成の気運が盛り上がりつつある、ということじゃないんですか」

「残念ながら違います。労組結成の噂《うわさ》をたどると、とどのつまりはほとんど例外なしに、札つきの不良警官に行き着くのです。競輪、競馬、酒、女。それにからむ借金の山。いつなんどき、われわれ監察官の世話になってもおかしくない、にっちもさっちも行かなくなった連中ばかりです。そういう輩がひそかに集まって、労組結成の談合をしているのですよ」

「津城さん得意の情報網は、その中に届いてないんですか」

「わたしの情報網は、長期入院している間にほとんど壊滅しました。また一からリクルートし直さなければなりません」

大杉はたばこの火先を見つめた。

「連中はなんの目的で、労組を作りたがってるんだろう」

「分かりませんな。自分たちの不始末を、カバーしてくれる組織がほしいのかもしれない。しかし、そんな目的で労組を結成されたのでは、一般の警察官もたまったものではない」

たばこを消す。

「まったく内憂外患もいいところだ。ご苦労はお察ししますよ。ともかくわたしは、もう警察をやめた人間です。そうした話に興味はないし、お役にも立てませんね」

津城はコーヒーを飲み干し、膝に手をついて立ち上がった。

「いや、話を聞いていただいただけで、だいぶ気が楽になりました。またちょくちょく愚痴をこぼしに来ます。ご迷惑でなければですが」

「かまいませんよ。もし日本文化調査会のことで何か分かったら、電話をいただけませんか。今さらどうなるものでもないが、なんとなく気になるのでね」

「美希君の弔い合戦をするつもりですか」

大杉は少し考えて言った。

「そう言われて初めて気がつきましたよ。自分がそのつもりになってるってことが」

4

疲れが溜まっていたのか、もう一眠りしようとはいったベッドで、大杉良太はぐっすり眠り込んでしまった。

電話のベルで起こされたとき、寝室はすでに真っ暗だった。事務所へ出て明かりをつける。壁の時計は六時半を指していた。

受話器を取り上げると、男の声が流れて来た。

「倉木です。今朝ほどはどうも」

「おい、どこにいるんだ」

噛みつくように言うと、倉木尚武は固い声で応じた。

「今お一人ですか」

「そうだ。この電話は心配ない。連中も盗聴器を仕掛ける暇はなかったからな」

「飯田橋のホテル・エドモントにいます。連中とはだれのことですか」

「公安の球磨と佐々木さ。あんたを探し回ってるぞ」

「球磨と佐々木か。そちらへ行ったんですか」

「雁首《がんくび》を揃えてやって来たよ。あんたが姿を消したと言ってな。驚くなかれ、あの津城警視正も一緒だった」

「津城さんが。彼がこの一件に乗り出したんですか」

倉木の声が緊張する。

「そうらしい。二人に一緒に来てくれ、と頼まれたそうだ。球磨たちは馬場殺しの一件で、あんたからもう一度話を聞きたがっている。だから津城さんを引っ張り出したんだろう」

「ほう、もう一度ね」

「そうだ。あんた自身が馬場を殺したか、そうでなければ馬場を殺したかみさんを逃がすために、現場で何か工作したんじゃないかと疑ってるんだ」

倉木は小さく笑った。

「工作か。連中の目も節穴じゃないな」

大杉はそろそろとソファにすわった。

「するとおれが着く前に、実際に何かやったのか、あそこで」

「いや、何もしていません。細工するつもりなら、うちの果物ナイフを始末していた」

馬場の胸に突き立ったナイフのことだ。

大杉は体の力を抜いた。

「朝方、西尾久署の連中と事務所へもどったら、留守番電話にかみさんの二度目のメッセージが残っていた。おれがあんたと電話で話して、事務所を飛び出した直後にかけてきたんだ」

「なんと言ってましたか」

「やはりスナック《カルダン》が見つからなくて、馬場に電話したが話し中でつながらなかったらしい。直接訪ねるつもりだ、と言っていた。罠かもしれないことは、承知していたようだ」

「承知の上で乗り込んだんですか」

「そのようだな。無理はしないと言ってたが、結局裏目に出ちまったわけだ」

「テープはどうしましたか」

「西尾久署が持って行った。いずれもどってくるから、そのときに聞かせてやる。もし聞きたければだが」

倉木はちょっと黙り込み、それから話を変えた。

「あの現場で一つ、引っかかったことがある。気がつきませんでしたか」

「引っかかったこと。いや、気がつかなかったな」

「馬場の眼鏡ですよ。ちょっと位置がずれていたが、とにかく顔の上に載っていたでしょう」

「それがどうしたんだ」

「あれだけ血みどろの攻防を展開すれば、眼鏡はどこかへ吹っ飛ぶはずだ。ダンスを踊ったわけじゃありませんからね」

現場の様子を思い浮かべる。なるほど倉木の言うことにも一理あった。

「すると馬場を殺したあとで、だれかが落ちた眼鏡を拾って載せた、とでもいうのか――つまり、かみさんがだ」

「まあね。もしそうだとしたら、美希はなぜそんなことをしたのか。眼鏡を載せることにどんな意味があるのか。まさか眼鏡なしでは三途《さんず》の川《かわ》が渡れまいと、仏心を出したわけでもないでしょう」

大杉はうなった。

「おれにはよく分からん。激しい立ち回りがあったことは確かだが、かならずしも眼鏡が吹っ飛んだとは断定できないだろう。考えすぎじゃないのか」

倉木はそれに答えず、話を変えた。

「ところで、NHKの六時のニュースを見ませんでしたか」

「見てない。この電話で起こされるまで、ぐっすり寝てたんだ。何か新しいことでも分かったのか」

「ペガサスのことが公表されましたよ」

受話器を握り締める。

「ほんとか。どんな具合に」

「青梅のコカイン工場から始まって、荒川の河原の殺し合い、山口牧男の婦警殺し。聖パブロ病院の爆弾事件に石原まゆみ殺し。それから昨夜の事件。要するに一連の警察がらみの事件に、すべてペガサスなる正体不明の男が関与していたことを、初めて警察が公にしたんです」

たばこを取って火をつけた。

「どうして公表に踏み切ったんだ」

「馬場をペガサスと断定する、目星がついたからでしょう。馬場の部屋の床下から、例の爆弾を製造するのに使われたと思われる、化学薬品や部品が見つかりました。また天井裏からは、青梅の秘密工場のものとみられるコカインが見つかった」

「そのあたりは、おれも聞いてるがね」

「それから山口が馬場の写真を見て、自分にコカインをくれた剣持という男だ、と証言したそうです。その剣持は実はペガサスだったわけだから、馬場すなわちペガサスということになる」

「それならもう間違いないだろう。津城さんともそんな話をしてたんだが」

「ただ一つ気になるのは、山口がこの間の尋問で、ペガサスには右の犬歯がなかった、と証言したことです」

大杉は頭を掻《か》いた。

「なるほど。あんたが現場で確かめたら、馬場の歯は全部揃っていた。そうだったな」

「そうです。にもかかわらず、山口は馬場を剣持、すなわちペガサスと認めた。馬場とペガサスは、歯を別にすれば双子のようにそっくりだ、ということだろうか」

「おれにはまるで見当がつかん。あんたの考えを聞かせてくれ」

倉木は少し間をおいて言った。

「球磨か佐々木が山口に因果を含めて、無理やり馬場をペガサスと認めさせた、ということも考えられます」

たばこの灰を床に叩き落とす。

「なんのために」

「一連の不祥事に決着をつけるためです。すべてをペガサス、つまり馬場のせいにしてしまえば、警察に対する世論の疑惑、反発をかわすことができる。権藤も池野も、それから山口も、すべて馬場にはめられた犠牲者であり、聖パブロ病院の爆弾も馬場が仕掛けたものであると結論づければ、話の筋はきわめて明快になる。さらに馬場つまりペガサスは、復讐《ふくしゆう》に燃える倉木美希に殺された、という推測も成り立つわけです。これ以上説得力のある解決はない」

「しかしいくら球磨や佐々木が単細胞でも、一連の事件を全部馬場のせいにできると本気で考えるほど、ばかじゃない気がするがね」

「できないことじゃないでしょう。馬場は夜間、鴨下電線の警備員宿舎に一人でいたわけだから、アリバイを確認するのがむずかしい。しかも死人に口なしで、今さら弁解のしようがない。球磨たちにとって、警察に対する批判をかわすことさえできれば、真相はどうでもいいんです。要するに早く決着をつけ、それを口実にして治安体制の強化を図る、それが彼らの狙いなんだ」

「治安体制の強化ね。それについては、津城さんも同様の指摘をしていたよ」

警視庁公安部と公安調査庁を合体させて、公安庁を新設する計画があるという津城の話を、かいつまんで説明する。ついでに警視庁内部で、労働組合を結成する動きがあることも、併せて伝えた。

「その話はわたしも耳にしてますよ。ほかにどんな話が出たんですか」

「すでにあんたに話したようなことだ。新高ビルの持ち主が、大東興信所の所長のおやじだとか、馬場が日本文化調査会と接触があったらしいとか、そこが公安調査庁の下請けをしてるらしいとか、そんな話だよ。彼は彼なりに、何か調べてくれるかもしれん」

「あまりあてにしない方がよさそうだ。頭も体も本調子じゃないですからね」

時計を見る。七時になろうとしていた。

「ところでどうだ、こっちへ来ないか。少しの間なら、かくまってやってもいいぞ。それがいやなら、おれの方から出向いて行くが」

「どちらにしても、今接触するのは避けた方がいいと思う。球磨たちが事務所の周辺に、網を張っているかもしれない。疑いを晴らすのは簡単だが、そのために時間を取られたくないんです」

「これからどうするつもりだ」

「馬場のことも含めて、もう少し調べてみるつもりです」

「そうか。かみさんのことについては、おれにも責任がある。かみさんは二度目の留守番電話の最後で、あんたかおれが一緒にいてくれたら、と言い残していた。あんたに手を貸すというより、おれ自身のためにも、この一件をほうっておくわけにいかない。こっちも勝手にやらせてもらうぞ」

大杉が言うと、倉木は無感動に応じた。

「美希はもう生きていないでしょう。少なくとも、へたな期待を抱くより、死んだと考えた方がいい。わたしはその覚悟で動くつもりです」

大杉が口を開く前に、電話はぷつりと切れた。急に喉《のど》の渇きを覚える。

冷蔵庫から缶ビールを取り出した。立ち飲みしながら、倉木とのやり取りをもう一度反芻《はんすう》する。

倉木が言うように、球磨をはじめとする捜査本部の連中は、すべてを馬場の犯行にしてしまうつもりだろうか。確かに犬歯の問題をのぞけば、それは筋の通った考えのように思える。

しかし深読みをすれば、ペガサスが別に存在していて、美希や警察の目をくらますために馬場を身代わりに差し出した、と考えることもできる。球磨たちはそうと知りつつ、事件に決着をつけるために、目をつぶろうとしているのかもしれない。

ペガサスは、元警察官の山口牧男に婦警殺しの罪をきせ、裁判所と警察に対する世論の反発をあおろうとしたようにみえる。ここへきて、それが山口の供述どおり実は罠であったことを認め、馬場のしわざだったと思わせるように方針を変更したとすれば、ペガサスも自分の身を守るために、そうせざるをえない状況に追い込まれたのではないか。

一連の事件と馬場との関連を調べ、一つでも馬場のアリバイが成立するなら、馬場すなわちペガサスという説は否定されるだろう。しかし決着を急ぐ警察が、そこまで裏をとるかどうか疑問だった。

大杉は頭が混乱して、もう一本缶ビールを抜いた。

それにしても美希は、どこへ姿を消したのだろうか。もし馬場がペガサスでないとすれば、馬場の顔に眼鏡を載せたのは美希ではなく、ペガサス自身である可能性が強い。その場合はペガサスが、美希を自殺に見せかけて隅田川に投げ込んだ、とみるのが妥当だ。しかしそれならそれで、なぜ死体が上がらないのか。

いらいらしながらテレビをつける。

七時のニュースに合わせたとたん、まるで大杉の疑問に答えるように、アナウンサーの緊迫した声が耳に飛び込んで来た。

「今夜六時過ぎ、東京湾の隅田川河口付近で、身元不明の女性の水死体が上がりました。西尾久署と水上警察署の調べでは、この女性は昨夜殺人事件があった、荒川区西尾久の鴨下電線の現場から姿を消した、警視庁公安部の倉木美希警部補ではないかとみられています」

5

三宅卓二《みやけたくじ》はたばこを投げ捨てた。

賭けマージャンにのめり込んで三年になるが、これほど長いスランプは初めてだった。注ぎ込んだ金は、もう四百万を超えるだろう。

そろそろ足の洗いどきだと思う。しかしまだ百万ほど借金が残っており、その分を取り返さないことには、やめるにやめられないのだ。先週もう少しで、その借金をちゃらにするチャンスが巡って来たのに、惜しいことをした。うまくいっていれば、すっぱりマージャンと手を切るつもりだったのに、功を焦って失敗してしまった。もう一度試すことができるだろうか。それが許されるなら、今度こそうまくやるのだが。

賭場に使われているマンションを出て、京王井《い》の頭《かしら》線の三鷹台《みたかだい》駅へ向かった。

そのとき、向かいのラーメン屋とたばこ屋の間の路地から、黒っぽいスーツを着た中肉中背の男が、三宅の方へ歩いて来た。

本能的に警戒心がわき、足を止めて身構える。

男は三宅の前に立《た》ち塞《ふさ》がり、抑揚のない声で言った。

「警視庁捜査四課の三宅警部補だな」

その口調にむっとして、三宅はぶっきらぼうに聞き返した。

「だれだ、あんたは」

「警察庁警務局、特別監察官の倉木警視だ」

ぎくりとする。

監察官、倉木、警視という三つの単語が、鋭く耳に突き刺さった。三宅は動揺を押し隠し、言葉だけはていねいに応じた。

「身分証明書を見せていただけませんか」

倉木と名乗った男は、内ポケットから黒い手帳を出し、中を開いて三宅に示した。街灯の明かりを頼りに確認すると、どうやら倉木本人に間違いないようだった。

三宅は無意識に気をつけをした。

「確かに自分は捜査四課の三宅です。何かご用でしょうか」

「聞きたいことがある。ちょっと顔を貸してもらいたい」

じわりと冷や汗がにじみ出る。

「明日は早出なので——どういったことでしょうか」

「あんたが夢中になっている、賭けマージャンのことだ。それでも早出したいかね」

三宅はたじろぎ、弁解しようとした。しかし街灯の光を受けた相手の顔を見て、この男には弁解も釈明も通用しないと悟った。肩の力が抜ける。

三宅が観念したのを見てとったらしく、倉木は黙って背を向けると、出て来た路地にはいって行った。

しかたなく三宅もあとに続いた。どうやって言い抜けようかと、忙しく頭を働かせる。

路地の奥は、線路沿いの空き地だった。街灯の明かりはほとんど届かない。

倉木は線路の手前の、柵のところで振り向いた。

「ここでいいだろう」

三宅は急いで言った。

「おっしゃるとおり賭場に出入りしていますが、それは賭けマージャンを摘発するための内偵なんです。機会を与えていただければ、納得のいく説明ができます」

倉木はそっけなく応じた。

「賭けマージャンには興味がない。聞きたいのは別のことだ」

三宅は面食らい、握った拳を緩めた。少しほっとしたのは事実だが、今度は別の不安が頭をもたげる。

「とおっしゃると」

「へたな言い訳はしないように、あらかじめ警告しておく。あんたはつい先日、世田谷代田でわたしの家内を轢《ひ》き殺そうとしたな」

三宅は愕然《がくぜん》として、両足を踏ん張った。驚きを隠さずに言う。

「警視の奥さんを——冗談はやめてください」

「冗談など言ってる暇はない。あんたが北沢八幡神社の近くで乗り捨てた車は、その二日前に届けが出ていた盗難車だった。届けを出したのは、新宿でスナックを経営する脇坂という男だ」

「待ってください。自分は北沢八幡なんか行ったことがないし、そんなところへ車を乗り捨てた覚えもありません。お話の趣旨がよく分かりませんが」

倉木は三宅の抗議を無視して続けた。

「脇坂は大久保一丁目の、自宅マンション前の路上に車を停めて、エンジンをかけたま ま二分ほど離れた間に盗まれた、と所轄署に申し立てていた。夜中の一時過ぎ、店のホステスと食事して送り届けたあと、帰宅したときのことだそうだ。脇坂の説明によれば、駐車場の用心鎖をはずそうとして、車を離れたすきにやられたということらしい。しかしわたしが調べたところでは、鎖はそれより二時間ほど前に別の車が引っかけて切れたために、その夜は地面に落ちたままになっていたことが分かった。届けを受けた所轄署も下北沢署も、脇坂の説明を真に受けて裏を取らなかったので、うそを見抜けなかったのだ」

言葉を切り、三宅の顔を見つめる。

三宅は何か言おうとしたが、喉が詰まって声が出なかった。

「しかも脇坂が所轄署に届け出たのは、翌朝のことだ。なぜすぐに届けなかったか聞かれて、脇坂は少し酒がはいっていたのでまずいと思い、翌朝まで待ったと説明した。ところが一緒に食事をしたホステスによると、脇坂は医者にアルコールを止められていると言って、一滴も酒を飲まなかったそうだ」

三宅はやっと口を開いた。

「自分には関係のない話です」

倉木はそれにかまわず、なおも続けた。

「脇坂が二つもうそをついたとすれば、それなりの理由があるに違いない。そこで脇坂の身辺を洗ったら、あんたがさっき出て来たマンション賭場に、ときどき出入りしていることが分かった。あとは簡単だった。ちょっと締め上げただけで、脇坂はすぐあんたに頼まれて車を貸したことを吐いた。盗難届を出すように言われたこともな。もし使用目的を承知の上で貸したとすれば、脇坂も殺人未遂の共同正犯になる。そっちの方が、うその盗難届や賭けマージャンより、よほど罪が重いと脅かしてやったら、ぺらぺらしゃべってくれたよ」

三宅は唇をなめ、手の汗をそっと上着の裾にこすりつけた。脇坂の腰抜けめ。今度会ったら締め殺してやる。

一年ほど前脇坂は、未成年者をホステスに雇ったことがばれて、新宿中央署の事情聴取を受けた。そのとき脇坂に泣きつかれて、マージャン仲間のよしみで三宅が、担当の刑事と話をつけてやった。その借りを返してもらうつもりで、因果を含めて車を提供させたのに、なんというざまだ。

それにしても、そこまでしつこく調べるとは、この男はいったい何を考えているのだろう。とにかくこうなった以上、そらとぼけてもしかたがない。この場だけはなんとか取り繕い、すぐにしかるべき筋に相談するしかあるまい。

三宅は開き直って言った。

「警視は自分をどうするおつもりですか。逮捕して下北沢署へ突き出すとでも——」

突然倉木が踏み込んで来る。

身構える間もなく、三宅は腹をしたたかに殴りつけられ、後ろざまに吹っ飛んだ。草むらの中で体を折り曲げ、うなりながらのたうち回る。

頭の上で倉木の声がした。

「なぜ家内を殺そうとした」

三宅は胃の中身を吐きもどし、必死に首を振った。その顔を倉木の靴が容赦なく踏みつける。

「なぜ家内を殺そうとした」

もう一度同じ言葉が降ってくる。ぞっとするほど無感動な口調だった。三宅は、生温かい自分の吐瀉物《としゃぶつ》を頬に感じ、さっき食べた餃子《ギョウザ》のにおいを嗅いだ。

やっと息をつき、かろうじて声を絞り出す。

「や、やめてください。こんな事情聴取があるもんか」

倉木がかがみ込む気配がした。

「だれが事情聴取をすると言った。そんな手間をかけるつもりはない。おれはおまえを半殺しにしようとしてるんだ。勘違いするな」

三宅はかっとして、倉木につかみかかろうとした。

倉木はその腕を無造作に払いのけ、三宅の鼻に拳を叩きつけた。三宅は悲鳴を上げ、仰向けに倒れた。鼻を押さえ、歯を食いしばって苦痛をこらえる。目に涙がにじんだ。

仕事がら、やくざと殴り合うのも珍しいことではないが、これほどおじけづいたことは一度もなかった。倉木に対して、単に階級の違いからくる畏怖感と異なる、底の知れない恐怖を感じた。この男は今、監察官として尋問しているのではないのだ。

倉木の妻が、荒川区の工場の殺人事件に関わりを持ち、現場から姿を消したことは三宅も夕刊で読んだ。そのこととこれと、関係があるのかどうか分からないが、倉木の心理状態が尋常でないことは察しがつく。もしかすると、半殺しではすまないかもしれない。

倉木が倒れた三宅の頭の方に回った。

同じ質問を繰り返す。

「なぜ家内を殺そうとした」

三宅はあわれっぽい声を出した。

「勘弁してください。自分は――自分は、奥さんをどうかする、そんなつもりはありませんでした」

「では、どういうつもりだったんだ」

「奥さんであることさえ、知りませんでした――あとで新聞を見るまでは」

「ではなぜ、車で追いかけ回した。奥さんじゃない。女を轢き殺すのが趣味なのか」

「自分がやろうとしたのは、笠井涼子をやるつもりだったんです」

一息に言ってのける。それから三宅は、肘をついて上体を起こした。地面にすわり込んだまま、腹を押さえる。

背後から倉木が言った。

「なぜだ」

その声には、毛ほどの変化も感じられなかった。まるで三宅の返事を、予測していたとでもいうようだ。

三宅は心配になって、もう一度繰り返した。

「奥さんを轢くつもりはなかった。笠井涼子をやるつもりで、あとをつけてたんです。レストランから出て来たとき、たまたま奥さんが一緒だったのが計算違いでした。あのときを逃したら、当分チャンスはないと思って、いちかばちかでやっちまったんです」

「金を借りていたのか」

　三宅は驚き、首を上げた。

「警視は、その、ご存じだったんですか」

「笠井涼子が金貸しをしてることは、先刻承知だ。賭けマージャンで首が回らなくなって、あの女から借金したんだろう」

　溜め息をついてみせる。

「そうです。あれは血も涙もない守銭奴だ。借金を取り立てるためなら、首吊りの足でも引っ張りかねない女ですよ」

「その借金を帳消しにするために、始末しようとしたわけか」

　三宅はしおらしくうなずいた。

「そのとおりです。今思えば、ばかなことをしたもんだ。奥さんにもすっかり迷惑をかけちまって。勘弁してください」

「おまえがいくらばかでも、借用証を取り返さぬうちに始末しようとするほど、ばかじゃないだろう」

　三宅は体を固くした。

「それは――どういうことですか」

「たとえ笠井涼子を始末しても、あとでおまえの借用証が出て来たら、かならず足がついてしまう。たとえ借りたのが何百人いても、いずれは捜査の手が伸びるということさ」

鼻血をぬぐい、時間を稼ぐ。

「そこまでは考えませんでした。いや、あとから取りもどせると思ったんです」

いきなり髪をつかまれ、三宅はのけぞった。

「うそをつけ。けつの青い新米でもあるまいし、一人前のデカがそんな場当たりの計画を立てるか」

「ほんとです。借用証のことなんか、二の次だった。あの女を始末すれば、すべて解決すると思ったんです」

「そうじゃないだろう。なんの根回しもせずに、笠井涼子を始末しようとしたからには、あとで借用証が見つかってもそれを握りつぶしてくれる、強い味方が警察内部にいるに違いないんだ。そいつの正体を聞かせてもらおうか」

「な、何を言っておられるのかわかりません」

「もしかするとそいつが、おまえに笠井涼子を始末するように、命令したのかもしれん。おまえは渡りに船とばかり、その仕事を引き受けたわけだ」

三宅は必死で声の震えを抑えた。

「自分は個人の判断で、あの女をやろうとしたんです」

「おまえはそれほどばかな男か」

「そうです。自分は見かけどおりのばかなんです」

半ばやけくそになって言う。

「そうか」

倉木は髪を放し、ゆっくりと前へ回った。両手を下ろして立ちはだかる。

「どれだけばかか、試してやる。根性を据えてかかってこい」

三宅はそっと唾を飲んだ。

倉木が自分を挑発していることは分かったが、それに乗っていいものかどうか、判断に迷う。根性のない、ばかな刑事を演じ続けるべきだろうか。しかしこの男のやり方には、腹に据えかねるものがあった。

そろそろと体を起こす。持ち前の負けん気が、むらむらと頭をもたげてきた。倉木の背丈が小さくなったように見え、こんな男を恐れた自分が急に恥ずかしくなる。

三宅は腰をかがめたまま、倉木の腰に猛烈な体当たりを食わせた。

やった、と思った瞬間、目の前から倉木が消え、逆に火の出るような一撃を首筋に食らった。三宅はたたらを踏み、線路との境のコンクリート柵に、勢いよく頭をぶつけた。一瞬意識が遠のく。

気がつくと、地面にはいつくばっていた。額が裂けたらしく、生温かいものが目に流れ込む。体勢を立て直す間もなく、脇腹に衝撃を受けて仰向けに転がった。

倉木の声が響く。

「おまえをバックアップしているのはだれだ」

三宅は苦痛のあまりうなった。それを言うわけにはいかない。

「知らん。なんの話だ」

上着の襟首《えりくび》に手がかかり、地面を引きずられる。

コンクリートの柵と柵の間に、頭を押しつけられるのが分かった。息を吸おうとしたとたん、後頭部を靴の底で蹴《け》りつけられた。頭が柵の隙間《すきま》にめり込む。耳がそげ、三宅は悲鳴を上げた。頭蓋骨がきしむような激痛に、われを忘れて泣きわめく。

「言うんだ。だれがおまえの後ろにいるのか、白状するまで頭を蹴り込んでやる。耳がちぎれても知らんぞ」

三宅は必死で頭をはずそうとした。それはしっかりと柵の間にはまり込み、力を入れればそれだけ苦痛が増した。このままでは殺されてしまう。

そう思ったとたん、最後のたががはじけ飛んだ。

「や、やめてくれ。言うよ、言うからやめてくれ」

6

都の監察医務院へ来るのは久しぶりだった。

大杉良太は解剖室の前の廊下で、公安四課長の佐々木幸雄を見つけた。佐々木と顔を合わせるのは、その日三度めだった。

大杉が来るとは思わなかったらしく、佐々木はいくらか当惑したように見えた。

「どうも。水死体の身元は判明しましたか」

大杉はそう言いながら、解剖室のドアの上についた検体中の赤ランプを見た。不安に胸が高鳴る。

佐々木はそれに答えず、切り口上で聞き返した。

「倉木警視から連絡がありましたか」

大杉は首を振った。

「ありません」

テレビのニュースを見た直後、飯田橋のホテル・エドモントへ電話したが、宿泊者の中に倉木尚武という名前はない、と言われた。

倉木もそこにいると言っただけで、部屋を取ったとは言わなかった。かりに取るつもりなら、用心して偽名を使うだろう。実際には別の場所にいて、大杉にうそをついた可能性もある。倉木はそういう男だ。念のため館内のレストランや、カフェテラスで呼び出しをしてもらったが、やはり倉木はつかまらなかった。

佐々木は皮肉っぽい笑いを浮かべた。

「自分の妻かもしれない水死体が上がったことは、テレビのニュースを見れば分かるはずだ。そういうときは何をさしおいても、所轄署かここへ駆けつけるのが普通だと思いますがね。あなたでさえ、こうして来たんだから」

大杉は焦燥感に駆られて言った。

「倉木は普通の男とは違うんです。それより水死体はだれだったんですか」

佐々木はポケットからカラー写真を取り出した。

「引き上げた直後の写真です」

引ったくるように受け取る。

コンクリートの上に寝かされた、女の写真だった。だいぶ水を吸っているが、人相はさほど崩れていない。

大杉は安堵の息を漏らした。一目で倉木美希でないことが分かる。

写真の女は、おそらく美希より若く、髪を茶色に染めていた。グリーンのセーターに、黒いミニスカート、黒いストッキング。ストッキングの膝が伝線して破れ、魚の腹のような白い肌が露出している。

「倉木のかみさんじゃないようですな」

大杉が言うと、佐々木はうなずいた。

「わたしも同じ意見です。後頭部に挫創《ざそう》があるが、その原因はまだ分かっていない。他殺にしろ自殺にしろ、あるいは事故にしろ、今回の事件とは直接関係ないでしょう」

そうだといいのだが。

大杉は写真をひらひらと振った。

「これを貸してもらえませんかね。当たってみたいところがあるので」

佐々木は目を光らせ、写真と大杉を見比べた。

「身元に心当たりがあるとでも」

「いや、ちょっと勘がひらめいただけです。もし何か分かったら、真っ先にそちらに連絡を入れます」

佐々木は少し考えてから、踏ん切りをつけるように言った。

「いいですよ、お持ちなさい。プリントはほかにもある。そのかわり手掛かりをつかんだら、かならず西尾久署に電話してください。捜査本部にはわたしから言っておきます」

写真をしまう。この男は公安特務一課長の球磨より、いくらか話が分かるようだ。

「テレビで見たんですが、最近の警察がらみの事件にはすべて、ペガサスという正体不明の男がからんでいたそうですね」

佐々木はかすかに、ためらいの色を見せた。

「そうです。そして殺された馬場一二三が、そのペガサスだったとみられている。部屋から押収された爆弾の原料とコカイン、それに婦警殺しの山口牧男の証言もあるから、ほぼ間違いないでしょう」

そうは言ったものの、浮かない顔つきだった。

「水死体が別人だったからといって、倉木のかみさんが隅田川に飛び込まなかったことにはならない。捜索を続行するようお願いします」

大杉が念を押すと、佐々木は憮然《ぶぜん》として応じた。

「もちろん続行してますよ。わたしも直属の上司として、彼女を発見することに最大限の努力を払うつもりです。生きているにせよ、死んでいるにせよね」

「よろしく」

きびすを返そうとする大杉を、佐々木が呼び止めた。

「倉木警視から連絡があったら、かならずわたしか球磨課長に連絡するように、あなたから言ってください。もちろん津城警視正でもかまわないが」

「念には及びませんよ」

佐々木は探るように大杉を見た。

「倉木警視がここへ駆けつけて来ないところをみると、やはり彼が奥さんをどこかへかくまってるんじゃないか、と疑いたくもなる。そのことを覚えておいてください」

大杉は反論しなかった。

佐々木や球磨がそう考えるのも、無理からぬことだという気がしたからだった。


大杉はＪＲの大塚《おおつか》駅まで歩き、電車に乗って上野へ向かった。

和風パブ《アスカ》の場所は、美希から聞いて手帳にメモしてある。着いたのは九時ちょうどで、店は混雑のピークにあった。

クロークまでマネージャーを呼び出す。

マネージャーは、昔の東映の時代劇に出て来る殿様のような、のっぺりした顔つきの中年男だった。

大杉は身分を告げ、両親に頼まれて尾形江里子を探している、とうそをついた。

「ここでホステスをしてると聞いたんですが、今日は店に出ていますか」

マネージャーは尊大に胸を張って言った。

「今日は来てません。休みを取ったんです」

「本人から連絡があったんですか。鶯谷のアパートにはいないんですがね」

それもうそだった。

マネージャーはうさん臭そうな目をした。

「特に連絡はなかったですね。ときどき無断で遅刻したり、休んだりする子だから」

大杉はポケットから写真を出した。

「あまり気持ちのいい写真じゃないが、これを見てください」

マネージャーは写真を受け取り、天井のスポットライトの下に突き出した。

たちまち顔がこわばる。

「これは——江里子じゃないですか。なんですか、この写真は」

「尾形江里子に間違いありませんか」

マネージャーは呆然《ぼうぜん》として、写真を見つめた。吐き気をこらえるように、何度も唾を飲み込む。

「ええ、江里子だと思います。まさかこれは——」

大杉はそっと息をついた。どうやら勘が当たったようだ。

美希から相談を受けたときに聞いた話では、江里子は髪を茶色に染めていたということだった。もしかすると、と思って確かめに来たのだが、それが幸か不幸か的中した。

写真を取り返す。

「今日の夕方、隅田川で上がった水死体です。テレビを見ておられないようだが、あしたの朝刊に詳しく載るでしょう」

マネージャーは、写真を抜かれたことに気がつかないように、手を宙に浮かせたまま大杉を見た。

「どういうことですか、これは。事故ですか、それとも自分で飛び込んだんですか」

「まだ分からない。ところで、ゆうべはどうでしたか。彼女は店に出て来たんですか」

マネージャーはゆっくりと手を下ろした。

上の空のように答える。

「一応時間どおり出勤したんですが、九時ごろに早引けしました。外から電話がかかって来たので」

「あなたが受けたんですか」

「ええ」

視線が揺れた。

「だれからでしたか」

「男の声でした。江里子は相手とちょっと話したあと、友だちが急病で倒れたから早引けしたい、と言って出て行ったんです」

「その男は馬場一二三だったんじゃないですか」

マネージャーは唾を飲んだ。

「馬場――といいますと」

「尾形江里子のなじみ客ですよ。ゆうべ殺されたのを知らないんですか。テレビのニュースでもやったし、今日の夕刊にもでかでかと出てたでしょう」

唇を手の甲でこする。

「ええ、それは読みましたけどね。馬場さんは店で見かける程度で、ほとんど口をきいたことがないものだから」

「電話の相手が馬場だったかどうか、思い出してくれませんか。いずれは警察が聞き込みに来るはずだ。いいかげんなことを言うと、納得がいくまで絞られますよ。それは保証してもいい。わたしももとはデカだったからね」

マネージャーは泣き笑いするように、口元を歪《ゆが》めた。

「名前は言いませんでしたが、馬場さんだったと思います。いや、間違いなく馬場さんでした。言葉のアクセントで分かるんです。馬場さんもわたしも、沖縄出身なので」

「なるほど。それで尾形江里子は、そのあと店に連絡を入れてきましたか」

「いいえ、それっきりです。前にも何度かそういうことがあったので、たいして気にも留めなかったんですが、まさかこんなことになるとは思いませんでした」

大杉は店を出て、公衆電話から西尾久署へ電話した。

今朝まで一緒だった、捜査本部の田辺という刑事を呼んでもらう。隅田川の水死体が、尾形江里子というホステスであることを告げ、《アスカ》の場所を教えた。馬場と江里子の関係についても、美希から聞いた範囲でざっと説明した。

ラーメン屋にはいり、ラーメンと餃子を食う。

馬場が昨夜、江里子を店から呼び出したと聞いて、気になっていた疑問の一つが解けたような気がした。

最初の留守番電話のメッセージで、美希は馬場と電話で話をしたと言ったが、どういうかたちで接触したかは説明していなかった。あれだけ美希が、馬場を爆弾犯人だと疑っていたことを思えば、いきなり自分から電話したとは考えにくい。馬場の方もまた、美希が自分の存在に気づいているとは知らなかったはずだから、電話をかけてくることはないだろう。

となると、二人をつなぐのは江里子しかいない。

馬場は江里子を店から呼び出し、美希をおびき寄せる手伝いをさせたのではないか。江里子が馬場の指示で中継ぎ役を務め、馬場と美希が電話で話すようにアレンジしたのではないか。そしてお膳立てができあがったあと、じゃまになった江里子を馬場が隅田川にほうり込んだ、と考えれば話の筋道は立つ。

しかしそんなことが分かったところで、美希の行方を突き止める役には立たない。美希のことを考えると、胸が締めつけられるように痛くなった。

ふと箸《はし》を下ろす。もしかしておれは、美希に惚《ほ》れていたのではないか。

そのことに思い当たって、大杉は愕然とした。

7

ランチタイムの喧噪《けんそう》が一段落した。

池上雅代はプライベートルームにコーヒーを運ばせ、その朝仕入れた食料品の伝票を整理し始めた。マネージャーを雇えば、楽なことは分かっている。しかし自分で忙しく働いていないと、よけいなことをくよくよ考えて、早く老け込んでしまう。

雅代は夫を早く失ったうえに、女手一つで育ててきた一人娘を、いまわしい事件で亡くす不幸にあった。それからもう十年になる。雅代にとって生きがいといえば、今ではこのレストラン《シエラネバダ》しかない。

ドアにノックの音がして、ボーイの佐久間《さくま》正《ただし》が顔をのぞかせた。

「すみません。お客さまが見えてますが」

雅代はデスク・カレンダーをチェックした。来客の予定はない。

「どなたかしら。アポイントははいっていないけれど」

「倉木さんという男性のかたです。東京から見えたとおっしゃってますが」

「東京から」

ちくりと胸が痛む。東京の会社に勤めさせさえしなければ、娘の友里子は死なずにすんだのだ。

「どんなご用か聞いたの」

佐久間はもじもじして、蝶《ちょう》ネクタイを引っ張った。

「それがその、亡くなったお嬢さんのことで、何か聞きたいと――」

言いかけて、途中で言葉を飲む。

雅代は眉根を寄せた。

「娘のことで。また週刊誌かしら」

つい最近、友里子のことで二、三の週刊誌が、取材に来た。

友里子は十年と少し前、白金台署の巡査だった山口牧男という男に強姦《ごうかん》され、絞殺された。その山口が、三年ほど前に刑期を終えて出所したことは、風の便りで耳にしていた。もっともそれ以後は噂を聞かず、聞きたくもなかったのだが、最近になって今度は婦人警官を刺し殺し、同じ白金台署に逮捕されたことを新聞で知った。

やはり、という思いが胸を駆け巡り、雅代は怒りを新たにした。それは、山口が裁判のときに心神耗弱を主張して認められ、現職警官による強姦殺人事件としては異常に軽い、懲役七年という判決を勝ちとった経緯があるからだった。

山口がふたたび殺人を犯したことで、マスコミ、世論は警察と裁判所に改めて非難を浴びせた。裁判所が心神耗弱を認めたのは、警察を意識したあげくの判断ミスだった、とする声が強かった。

そうした騒ぎの中で、最初の被害者の母親から談話を取ろうと、週刊誌の記者が何人かここ佐倉市までやって来たのだ。

佐久間がおずおずと言う。

「週刊誌じゃなくて、警察の人らしいんです」

雅代は驚いた。

「警察。刑事さんなの」

「じゃないかと思います。黒い手帳を見せましたから」

雅代は額に手を当てた。

刑事が訪ねて来るとは、いったい何の用だろう。娘の事件を担当した刑事の中に、倉木という名前があったかどうか記憶をたどったが、思い出せなかった。

佐久間が声をひそめて言う。

「どうします。居留守を使いましょうか」

そのとき、佐久間の背後で声がした。

「もう遅い。たいしてお時間はとらせませんよ」

佐久間を押しのけるようにして、中肉中背の男が部屋にはいって来た。

顔を赤くして抗議しようとする佐久間を、雅代は手を上げて止めた。

「いいわ。コーヒーをお出しして」

佐久間が出て行くと、雅代は男に応接セットのソファを示した。

男が名刺を出す。

雅代もデスクの名刺を取って交換した。向かい合って腰を下ろす。

男は四十代の前半か、グレンチェックのスーツをきちんと着こなし、靴もきれいに磨き上げていた。頰にかなり目立つ傷痕があるが、それがとくに人相を悪くしているわけではない。

「無理を言ってすみません。どうしてもお目にかかる必要があったものですから」

雅代は名刺を見直した。

警察庁警務局、特別監察官、警視、倉木尚武とある。どこかで聞いたような名前だ。捜査畑ではないようだし、どういう仕事をする刑事だろう。

雅代の疑問に答えるように、倉木が言った。

「わたしは警察官の不法行為や、不祥事を調べる仕事をしています。今日おじゃましたのは、元白金台署の巡査だった山口牧男のことで、二、三お尋ねしたいことがあるからなのです。ご記憶と思いますが、山口は十年ほど前お嬢さんを殺害して、七年の刑を食らった男です。すでに刑期を終えて、出所していますが」

山口の名前を聞いて、雅代は鳥肌が立つのを覚えた。

「承知しております」

そっけなく答えると、倉木は無表情に続けた。

「その山口がつい先日、今度はコカインを使用したあげく、婦人警官を刺殺した容疑で逮捕されました。それもご存じですね」

雅代は膝の上で、拳を握り締めた。まるで調書でも読み上げるような、感情のこもらぬ相手の口調に、少し反発を覚える。

「存じております。娘の事件のときの判決が、甘すぎたことを弁解しにいらしたのでしたら、その必要はございません。今さらどうしようもないことですから」

「弁解に来たわけではありません。今度の婦人警官殺しは、どうやら山口のしわざではないようなので」

佐久間がコーヒーを二つ運んで来た。それをテーブルに置き、デスクの上のカップを取って出て行く。

雅代は言った。

「新聞によりますと、山口はペガサスという男にはめられた、と主張していたようですわね。コカインで眠っている間に、その男が婦人警官を刺し殺して、ナイフを山口の手に握らせたのだとか」

「そのようです」

「そしてそのペガサスは、昨日かおととい殺された塾の講師の、馬場という男だそうですね。テレビのニュースで知りましたが」

そのとき雅代は突然、倉木という名前に思い当たった。

馬場を殺したのは、確か倉木という名前の、婦人警官ではなかったか。確かテレビでそう言ったし、新聞でも読んだ覚えがある。子供と母親を殺された復讐のため、うんぬんと書いてあった。

それを見透かしたように、倉木が薄笑いを浮かべて言う。

「馬場を殺したのは倉木美希、つまりわたしの家内ではないか、とみられています」

雅代はどぎまぎして、いつもはブラックで飲むコーヒーに、砂糖を入れてしまった。

気持ちを落ち着けて言う。

「奥さまとは存じませんでした。お気持ちはお察しいたします。でもそのことと娘のことと、どういう関係があるのでしょうか」

倉木の目がかすかに光る。

「池上さんは、殺された馬場一二三という人物に、お心当たりがありませんか。名前でもいいですし、新聞やテレビに出た顔写真でもいいんですが」

「存じません。初めて聞く名前ですし、顔にも見覚えはございません。どうしてそんなことをお聞きになるのですか」

倉木は雅代をじっと見た。

「もしペガサスが山口牧男をはめたとするなら、ペガサスは山口と警察の両方に恨みを持つ人物、とみることができます。山口に恨みを抱くだけなら、山口を殺せばすむことです。そうしなかったのはおそらく、殺せば自分が疑われる立場にあるからだ。婦人警官を殺して罪をなすりつければ、山口を今度は永久に刑務所に閉じ込めることができるし、警察に対する恨みもはらせる。山口には前科があるので、自分に疑いはかからないと読んだのです。ペガサスはそういう立場の人物だと思います」

雅代は顎を引き、微笑した。

「わたしが男でしたら、ペガサスになっていたかもしれませんわね」

倉木はにこりともせずに応じた。

「ペガサスが男だという、決定的な証拠はまだありません」

雅代が言葉を失うと、倉木はかすかに頬を緩めた。

「殺された恨みをはらしたいと思うほど、お嬢さんを愛していた人物が当時、周囲にいませんでしたか。もちろん池上さんは別としてです。もしそういう人物がいて、それが馬場だったとすれば、馬場こそペガサスということになるでしょう」

雅代は少し考え、首を振った。

「友里子がお付き合いしていた中に、馬場という名前の男性はおりませんでした」

倉木はポケットから写真を取り出した。

「別の名前を使っていた可能性もあります。これが死んだ馬場の写真ですが、この人物と同一人か、あるいはよく似た男性と、お嬢さんが付き合っていた形跡はありませんか」

雅代は写真をのぞき込み、首を振った。

「覚えがありません。娘がわたしに隠れて、お付き合いをしていたのなら別ですが。でも友里子は、そういうことをする娘ではありませんでした」

「お嬢さんには、厳密な意味で恋人がいらしたのですか」

「いいえ、そこまで深いお付き合いをした男性は、おりませんでした」

倉木の目がかすかに笑ったように見えた。自分が知らなかっただけではないか、と指摘されたようで、雅代は少し気分を害した。

「ボーイフレンドはいらっしゃったでしょうね」

「ええ、何人かは」

「お会いになったことがありますか」

「三人ほど会った覚えがあります。娘を送ってくださったときなどに」

「名前や勤務先をご記憶でしたら、教えていただけませんか」

雅代は溜め息をついた。

「どの男性もかたきを討つほど、娘を愛していたとは思えませんわ」

「かもしれませんが、万一ということがあります」

あまり気が進まなかったが、雅代は記憶をたどって言った。

「一人は若林《わかばやし》徹《とおる》さん。娘が勤務しておりました、金森商事の営業マンです。もう一人は、東都銀行白金台支店の、斎藤《さいとう》道夫《みちお》さん。最後は島村不動産という不動産屋さんに勤めていた、高柳憲一《たかやなぎけんいち》さんという人です」

すらすらと出てきたことに、自分でも驚く。

倉木はそれを手帳にメモした。

「その中で、だれといちばん親しくしておられましたか」

「存じません。それに三人ともまだ、そこに勤務してらっしゃるかどうか。娘が死んだとき、葬儀に顔を出してくださったのは、若林さんだけですし」

その若林も今ではすっかり音信不通になっている。

雅代は急に悲しくなり、あわててハンカチを探った。

8

大杉良太は九時過ぎに目を覚ました。

マンションの前の喫茶店へ下りて、モーニングサービスを頼んだ。トーストを頰張りながら、朝刊に目を通す。隅田川から水死体が上がったことは載っていたが、それが尾形江里子だという指摘はどこにもない。締め切りに間に合わなかったのだろう。

新聞はこぞってペガサスのことを書き立て、一連の警察がらみの事件をさらい直していた。ペガサスの正体を、馬場一二三と断定する新聞もあった。警察発表をそのまま、鵜呑《うの》みにしたらしい。少なくともそれを否定する材料は、まだ出て来ていないようだ。

馬場の過去についても、いくつか報告がなされていた。馬場は那覇大学時代、当時の皇太子の沖縄訪問反対デモに加わって、逮捕された経歴があるらしい。その後過激派のML革命戦線に加わったとみられ、馬場が聖パブロ病院で使用した爆弾の種類から、それが明らかになったという。

新聞の論調は全体に、最近とみに関心が薄れてきた過激派対策について、警鐘を鳴らすものが多かった。それはある意味では、津城俊輔が危惧《きぐ》した治安体制強化を推し進める、警察側のキャンペーンの成果かもしれなかった。

事務所へもどったとき、電話のベルが鳴り始めた。

急いで出ると、相手は昨夜大杉が尾形江里子のことを通報した、西尾久署の田辺刑事だった。水死体が江里子であることが、山梨から呼ばれた両親の証言で、最終的に確認されたという。田辺は続けて、馬場と江里子の関係を詳しく聞きたいので、すぐに捜査本部へ出頭してほしいと言った。

「ゆうべ電話で話した以上のことは知りませんよ。倉木美希から聞いた話は、全部伝えたつもりです」

田辺は食い下がった。

「供述調書を作りたいんです。なんとか協力してください」

大杉はためらった。これから何をするというあてもなかったが、そんなことで時間を取られるのは気が進まない。

「今日は今から地方出張なんです。絶対にはずせない仕事でね」

「何時ごろおもどりですか」

「まあ夜までかかるでしょうな」

答えてから、田辺の誘導尋問に引っかかったことに気がついた。日帰りではなく、二、三日留守にする、と言うこともできたのだ。

「それじゃ、もどられたあとでいいですから、こっちへ回ってもらえませんか。なんでしたら、お迎えに上がりますよ」

大杉はしぶしぶ答えた。

「こっちから行きます。たぶん八時くらいになるでしょう」

電話を切ったとたんに、またベルが鳴り出した。

受話器を耳にもどすと、なじみの弁護士の浜田宗一郎《はまだそういちろう》からだった。

浜田の依頼で一昨日、駆け落ちした大学教授を連れもどしに、高崎まで行って来た。留守番電話のメッセージに、連絡をくれとあったことを思い出す。

「昨日の朝一番で、電話をほしいとメッセージを残しておいたんだがね」

声がとがっている。

「どうもすみません。おとといの夜から、取り込みがありましてね。新聞でお読みになったと思いますが、西尾久で殺人事件に巻き込まれてしまったものですから」

「ああ、それは承知している。さぞかし忙しかっただろう。だから電話するのを控えていたんだ。しかしまる一日たったわけだし、そろそろ連絡をよこしてもいいころじゃないかね」

「今かけようとしたところへ、電話をいただいたようなしだいで。申し訳ありません」

浜田は気むずかしい男だが、大杉にとっては貴重な依頼人の一人なのだ。

「ところで、高崎の方の首尾はどうだったのかね」

「結論から言うと、不首尾に終わりました」

大学教授が一緒に逃げた女子大生と、仲睦まじく習字教室を開いていることを告げ、とても連れもどす気になれなかった、と正直に認める。

浜田は声を一オクターブ高くした。

「わたしはあんたに、二人が仲良く暮らしてるかどうか見て来い、と頼んだ覚えはない。首に縄をつけてでも、連れもどせと言ったつもりだ」

「しかし暴力はいかん、とおっしゃったでしょう」

「子供の話を持ち出すとか、相手の親の気持ちになってみろとか、週刊誌に書き立てられたらどうするとか、いくらでも説得する手立てはあるはずだ」

「そういうやり方は、あまり性に合わないんです」

浜田はうなった。

「するとあんたは、どだい調査員の仕事に向いてない、ということだな」

「恐れ入ります。この埋め合わせはきっとしますから」

「今度ベビーシッターの仕事が来たら、頼むことにするよ」

電話が切れた。

サイドボードからウィスキーを出し、ショットグラスに注いだ。朝から飲むのは久しぶりだった。少し気分がよくなる。

また電話が鳴り出した。

「大杉調査事務所です」

「週刊アフェアズといいますが、大杉さんはいらっしゃいますか」

女の声だった。

「わたしですが」

「どうも。わたくし、週刊アフェアズでライターをしている仁科《にしな》といいますが、大杉さんが関係された西尾久の殺人事件と、隅田川の水死体事件について詳しい背景や、ご意見などを聞かせていただけないでしょうか」

「詳しい背景など知らないし、発表するほどの意見もありませんね。来客中なので失礼しますよ」

「ご来客といいますと、ほかの週刊誌か何かですか」

「そうです。あまりうるさいので、絞め殺してやったとこです。これから死体を始末しに行くので、もう電話には出られませんよ」

受話器を叩きつける。

それからしばらくの間、断続的に何本か電話がかかったが、いずれもマスコミからの取材申し込みだった。大杉はうんざりして、しまいには電話に出るのをやめ、留守番電話に切り替えた。

テレビをつけ、ニュースにチャンネルを合わせる。

暗い顔をしたアナウンサーが、隅田川から上がった水死体が尾形江里子であること、捜査本部が江里子と馬場の関係を捜査中であること、などを暗い声で伝えた。チャンネルを回してみたが、どこのニュースも大同小異の内容だった。

気を紛らせるために、別件の調査の報告書に取りかかった。

倉木美希のことを考えると、筆がぱたりと止まってしまう。事務所に尻を落ち着けている場合ではないと思いつつ、具体的にこうしようという目当ても立たぬまま、いたずらに時間が過ぎた。気ばかり焦って能率が上がらない。

そうこうするうちに、たちまち昼どきになった。

大杉は報告書を投げ出し、ソファに寝転がって天井を睨んだ。

かりに美希が隅田川に飛び込まず、そう思わせるように細工しただけ、という可能性を考えてみる。その場合、ハンドバッグを持たずパンプスもはかずに、血だらけのままどこへ行けるだろうか。電車はもちろん、タクシーにも乗れないはずだ。

もしかすると、意外に現場の近くに潜んでいるかもしれない。

都内の地図を取り出し、西尾久近辺の道筋と建物をチェックする。鴨下電線の付近は工場や寺がかなり多く、ひと一人隠れるスペースを見つけるのはむずかしくないように思われた。しかし普通の地図では、詳しいことは分からない。確かどこかの出版社から、一軒ずつすべての建物の名称を記入した、細かい地図が出ていたはずだ。池袋駅周辺の大きな書店なら、たぶん置いてあるだろう。

事務所を出て、駅前の書店へ行った。目指す地図はすぐに見つかった。

帰りにそば屋へ寄って、軽く腹ごしらえをする。

事務所へもどり、買って来た地図帳を広げた。工場、寺、学校、保育園、図書館、運動場と、大きな建物や広いスペースが目立つ。ふだん使われていない物置など、いくらでもありそうだ。試しに一歩きしてみるか。

そう思ったとき、インタフォンのチャイムが鳴った。週刊誌やテレビなら、追い返すつもりで受話器を取ると、津城俊輔の声が流れてきた。

「津城です。昨日の今日で申し訳ありませんが、おじゃましていいでしょうか」

大杉は救われたような気分になった。ちょうど話し相手がほしいと思ったところだ。

「どうぞ。上がってください」

受話器を置き、開扉ボタンを押す。

津城はすぐに上がって来た。昨日と同じ濃紺のスーツを着ている。顔に少し疲れの色が見えた。

コーヒーをいれながら、大杉はそれまで考えていたことを話した。

「もし倉木のかみさんが生きてるなら、鴨下電線の近辺に隠れている可能性が大きいと思うんです。血だらけのまま、しかも裸足で金も持たずに、遠くへ逃げられるわけがありませんからね」

大杉がコーヒーをテーブルに運ぶのを待って、津城は口を開いた。

「実はわたしも同じことを考えました。そこで隅田川を捜索するかたわら、付近の工場や公共建造物をしらみ潰しに探すように、捜査本部にアドバイスしたんです。しかしこれまでのところ、成果は上がっていません」

力が抜ける。

「そうですか、もう調べたんですか。盲点になっていると思ったんだが」

「わたしがアドバイスするまでもなく、捜査本部でもその可能性を検討していたようだ。倉木君が奥さんをかくまっている、という意見も消えたわけではないんです。その後彼から、連絡はありませんか」

津城に見つめられて、大杉はうそをつくタイミングを失った。

「昨日の夕方、電話がかかって来ました。警察がペガサスのことを公表した直後、隅田川で水死体が見つかったというニュースの前です」

「どんな様子でしたか」

「かみさんが生きているとは、考えていないようです。わたしは水死体の身元を知りたくて、すぐに大塚の監察医務院へ飛んで行ったんですが、倉木は現れませんでした」

津城はかつらにそっと手を触れた。

「いかにも彼らしいですな。どこにいるかも言わなかったでしょうね」

「まあね。ところで、山口牧男は馬場の写真を見て、自分をはめたペガサスに間違いないと証言したようですが、捜査本部はどう考えてるんですか」

「それが真実かどうかは別として、警視庁がその線で一連の事件の収束を図ろうとしていることは、確かなようです」

大杉は口をつぐみ、コーヒーを飲んだ。うまくない。手元が狂ったようだ。

津城が続ける。

「実は昨日話が出た、日本文化調査会のことを調べてみたんです。結果をお知らせすると約束したので、こうしておじゃましたんですがね」

「何か分かりましたか。わざわざお越しいただいたとなると、期待がわきますが」

「たいしたことじゃありません。あの調査会は確かに、公安調査庁から仕事を請け負っています。金が振り込まれているし、レポートの提出もある」

「それじゃ、噂に間違いはなかったわけだ。馬場との関係はどうでしたか」

「馬場はやはり、あそこの仕事をしていたようです。調査会から調査費として、馬場に断続的に支払いが行なわれていました」

大杉はカップを置いた。

するど予想したとおり、新高ビルの三階の階段ですれ違ったとき、馬場は日本文化調査会から出て来たところだったのだ。

「信じられませんね。過激派のメンバーが、公安調査庁の仕事をしてたなんて。お互いに承知の上だったんですかね」

津城はつるりと鼻をなでた。

「そう、そこがポイントなんです」

「調査会の連中を締め上げれば、様子が分かるんじゃないかな」

「ところがあそこには、だれもいないのです。社員の姿がまったくない」

あっけにとられる。

鳥飼不動産の社長が、日本文化調査会は人がいるのかいないのか、いつも鍵がかかったままだと言っていた。それはうそでも誇張でもなかったらしい。

「代表者はどうなんですか。大堀泰輔ってじいさんですが」

「わたしも、その男に会おうと思ったんですが、だめでした。一年ほど前から、再生不良性貧血のために、伊豆で長期療養中なんです。面会謝絶で断られました。先も長くないでしょう」

「長期療養中。するとだれがあの会社を見てるんですか。代表も社員もいないとすれば、だれが調査を請け負ったり、発注したりするんですか」

「まったく不可思議な会社です。それだけではない。馬場は調査費に値する仕事を、いつしていたのかという問題があります。公安調査庁からの受注調査は、塾の講師が片手間でこなせるような、簡単なデスクワークではない。けっこう人手もいるし、時間もかかるものです」

　大杉は顎をなでた。

「どうもよく呑み込めませんね。ともかく会社組織になってる以上、会計監査とか決算とか、いろんな手続きがあるわけでしょう。会計士や税理士の事務所に当たってみたらどうかな」

「それもすでに当たりました。新宿税務署で法人税の申告書をチェックして、税理士事務所の名前を調べたんです。そこの税理士の話によると、日本文化調査会に高柳憲一という男がいて、会社と大堀社長の印鑑を預かっているらしい」

「高柳憲一。何者ですか」

「分かりません。税理士も年に一度か二度会うだけで、個人的なことは何も知らないんです。調査の受注や発注も、たぶんその高柳なる男が仕切ってるんでしょう」

「どんな男なんですかね」

「髪をオールバックにして、眼鏡をかけた四十前後の男だそうです」

　大杉はソファの背にもたれた。

「なんだか、ペガサスみたいな人相ですね。いやな感じがする」

　津城も同意するようにうなずいた。

「わたしも一瞬、高柳と馬場は同一人物ではないか、という気がしました。税理士に馬場の写真を見せて、確かめる必要があるかもしれません」

津城が引き上げて行ったあと、大杉は少し時間をおいて事務所を出た。

駅に隣接したデパートに寄る。エレベーターを何度か乗り換え、尾行されていないことを確かめてから、西早稲田の新高ビルへ向かった。

第五章　憤　死

1

体が波に揉《も》まれるように揺れる。

死ぬほど気分が悪く、胃の中のものを吐き出したいと思った。しかしいくら喉《のど》を鳴らしても、酸っぱいものが込み上げてくるだけだった。

倉木美希は意識を取りもどし、シーツの上に胃液を吐いた。頭が割れるように痛い。汚れたシーツの上に枕《まくら》をかぶせ、そこに頭を横たえる。自分がどこにいるのか、どういう状態におかれているのか、まったく分からない。考える気力もなかった。

しばらくじっとしていると、少し気分がよくなった。

そろそろと体を起こす。ベッドの上にいることが分かった。シーツとよく似た白い布地の、肌ざわりのよいバスローブのような服が、体にまとわりつく。喉元から鳩尾《みぞおち》のあたりまで、赤い大きなボタンがついている。ローブは長袖で、丈《たけ》の長さも足首まであった。

ローブの内側を手で探る。ブラジャーとパンティは無事だった。

天井に裸の長い蛍光灯がついている。そこは板張りの六畳ほどの部屋で、隅にテレビの受像機とビデオデッキが置いてある以外に、調度品は何もなかった。テレビの横に小さな木のドアがあり、白いペンキでＷＣと書いてある。

いちばん目立つのは、白壁の真ん中に貼《は》られた金色の紙だった。それは縦一メートル、横二メートルほどの大きさで、中央に真紅の日の丸が収まり、さらにその中に金色に輝く阿弥陀如来像《あみだにょらいぞう》が描かれている。来迎図のようなものらしい。

美希はベッドから床に足を下ろした。冷たい木の感触が足の裏に伝わる。

そのとたん、恐ろしい記憶がよみがえり、思わず身震いした。反射的に自分の手を広げて見る。爪《つめ》の間や生え際に、赤いものがこびりついていた。

血だった。

美希は目を閉じ、押し寄せてくる恐怖と戦った。まるで夢を見ているようだ。しかし鴨下電線のあの部屋で、馬場一二三と殺し合いを演じたのは、現実の出来事だった。首を絞めようとする馬場と格闘になり、ナイフで何度も刺したことは覚えている。刺さなければ、自分が殺されていた。

自分は馬場を殺したのだろうか。

殺そうと思ったことは否定しない。だがほんとうに殺したかどうか、記憶が定かでなかった。罠《わな》にかけられた怒りと憎しみで、正気を失っていたのだ。

急に強い悪寒に襲われて、美希は自分の体に腕を巻きつけた。歯の根が合わず、がたがた震えながら、ベッドの上に縮こまる。閉じた瞼《まぶた》の裏で、しだいに記憶が鮮明になってきた。そうだ、馬場を刺したのは確かだが、息の根は止めていない。最後の最後で、覚悟がぐらついたのだ。あれだけ決意を固めていたのに、われながら情けなくなる。しかし——しかし、馬場にとどめを刺さなかったことで、妙な心の安らぎを覚えるのも事実だった。たとえ息子のかたき、母のかたきであっても、馬場を殺していたら満足感よりも、後悔の方が大きかっただろう。人を殺すということが、どれほどの重みを持つか、人を殺そうとして初めて分かった。

あのとき。

倒れていた馬場がちゃぶ台を蹴《け》り、バランスを崩した美希に飛びかかって来た。美希は馬場の肩を刺し、それを支点にして体を入れ替えた。馬場は空を切って、畳の上に倒れ込んだ。美希が飛び起き、ナイフを構え直したときは、馬場はすでに戦意を喪失していた。畳をはいずり、奥の部屋へ逃げようとした。

出血はすでにかなりの量に達し、ほうっておけば失血死するかもしれない。

それに気づいたとき、美希の殺意は潮のように引いた。怒りも憎しみも消え、索莫《さくばく》とした空しさだけが残った。こんな男をあの世へ送って、何になるというのだ。息子が生まれ変わるわけでもなければ、母が生き返るわけでもない。戦うなら後ろ向きにではなく、前を向いて突撃しろ——そう言った倉木の言葉が、耳によみがえった。

一一〇番しなければならない。

そう思って肩の力を緩めたとき、だれかが後ろから美希を抱きすくめ、鼻に強烈な臭いのするものを当てたのだった。そこまでしか覚えていない。

目を開き、体を伸ばす。

悪寒は過ぎ去り、体温がもどってきた。手をこすり合わせ、血の巡りをよくする。頭がはっきりするにつれて、自分の置かれた状況が気になり始めた。

ここはどこだろう。だれがここへ連れて来たのだろう。そもそも鴨下電線の馬場の部屋で、背後から妙な薬を嗅《か》がせたのは、いったいだれなのだろう。

もう一度床に足を下ろし、ふらふらしながら立ち上がる。床も壁も新しく、まだ木の香りが残っていた。正面の壁にやはり木のドアがあり、鉄格子のはまった小窓が見える。ドアのそばまで行き、小窓の外をのぞいた。そこは中と同じような造りの、しかしもっと広いホールだった。

斜め正面の壁に来迎図がかかり、その前の床にこちらへ背を向けて、髪の長い娘が正座しているのが見えた。美希と同じ白いローブを身につけ、来迎図に手を合わせている。

試しにドアの取っ手を押してみたが、鍵《かぎ》がかかっていてびくともしない。

美希は息を吸い込み、娘の背中に声をかけた。

「ここはどこ」

娘は驚いた様子も見せず、すわったままゆっくりと振り向いた。顔色の悪い、痩《や》せこけた、二十歳になるかならないかの小娘だった。

もう一度聞く。

「ここはどこなの」

娘は何も言わずに首を振り、そばのテーブルから新聞を取った。立ち上がると、ローブの裾《すそ》を引きずりながら、滑るようにドアのところへやって来た。心ここにあらずという、うつろな目だった。

「返事をして。ここはどこなのよ」

娘は黙ってまた首を振り、折り畳んだ新聞を鉄格子の間から差し入れた。美希がそれを受け取ると、娘は後ずさりしてどこかへ姿を消した。口がきけないのかもしれないが、美希の呼びかけに応じたところをみると、耳はちゃんと聞こえるようだ。

美希はベッドにもどり、新聞の日付を確かめた。馬場と血みどろで争った夜の、翌々日の朝刊だと分かる。ずいぶん長いこと気を失っていたらしい。今思えば、ときどき目を覚ましたような気もするが、その間の記憶がまったく欠落している。

社会面を開いて、息が止まるほど驚いた。

馬場がナイフを胸に突き立てられ、刺し殺されたという記事で、紙面の半分が埋まっていた。しかもその容疑者として、美希の名前が挙げられているのだ。それは前日の夕刊の続報らしかったが、かなりセンセーショナルな扱いだった。ふすまに《カタキハウッタ》と血文字が残され、そこから美希の指紋が検出されたとある。

美希は怒るよりもあきれた。自分は馬場を殺さなかった。少なくとも、胸にナイフを突き立てたりしなかったし、血文字を残した覚えもない。

記事によれば、美希は息子と母親のかたきを討つため、聖パブロ病院に爆弾を仕掛けた馬場を殺し、さらに隅田川へ飛び込んで自殺したという。ごていねいにもそのそばには、隅田川から女の水死体が上がり、警察が身元の照合を急いでいる、という記事が載《の》せられていた。

自殺と推定された根拠は、現場付近の堤防に残された美希のハンドバッグとパンプス、それに結婚指輪だと書いてある。そのとき初めて美希は、自分の指から指輪が抜かれていることに気づいた。

美希はショックと戦いながら、むさぼるように隅から隅まで記事を読んだ。美希から見れば奇想天外な話で、ある意味ではこれまでに読んだ、もっともおもしろい記事といってよかった。

その中で一つだけ、よく分からないことがあった。それは《ペガサス》という男の存在だった。一連の警察がらみの残虐な事件は、すべてペガサスのしわざとみられる、と警察側が見解を発表したらしい。しかも、ペガサスなる男の正体は馬場一二三で、馬場は使用した爆弾のタイプから、ＭＬ革命戦線のテロリストと判明した、というのだ。

美希はペガサスという言葉に記憶があった。

あの夜馬場と電話で話したとき、何かの拍子にペガサスという言葉が出たのだ。あれは確か、馬場が聖パブロ病院のベンチで、隣にすわった男に週刊誌を与えた、という話をしたときのことだった。その男は競馬の記事を読み、くすくす笑いながら馬の名前をつぶやいた、と馬場は言った。その中にペガサスという名前が出てきたのだ。

美希は壁の来迎図に目を据えた。

もし馬場がペガサスなら、ベンチで隣り合わせた男というのも、作り話と考えなければならない。それなのになぜ、馬場は自分の正体を暗示するようなことを、うかつに口にしたのだろうか。

うがった見方をすれば、馬場は警察がペガサスのことを知っていると考え、さりげなくその名前を出せば美希の気を引くことができる、と読んだのかもしれない。つまりあれも、罠にかけるための、餌《えさ》の一つだったのだ。

しかし美希はこれまで、ペガサスと呼ばれる男について、何も聞いたことがなかった。倉木もおそらく知らなかったのではないか。ペガサスがそれほど恐ろしい男なら、はっきり名前を出して美希に警告したはずだからだ。少なくとも、そうしてくれただろうと思いたい。

それにしても、かりに馬場がペガサスだとしたら、美希を背後から襲って気絶させたのは、だれなのだろうか。そうだ、ペガサスが何者にせよ、馬場であるはずがない。本物のペガサスが馬場の胸にナイフを突き立て、意識を失った美希の指に血をなすりつけて、ふすまに文字を残したのだ。そればかりではない。隅田川の堤防にパンプスや結婚指輪を残し、美希が飛び込み自殺したように偽装したのも、ペガサスのしわざに違いなかった。

ドアにノックの音がする。

美希は新聞を置き、ベッドを下りた。小窓のところへ行くと、さっきの娘が鉄格子の間から、ウィンナソーセージを挟んだパンと、小さな紙パックの牛乳を差し入れた。

「お願いだから、ここがどこか教えて」

もう一度頼んだが、娘は無表情に首を振るだけで、何も言わずに姿を消した。

ベッドへもどり、パンにかぶりつく。気分はよくないが、食欲はあった。新聞の日付からすると、二日間食べていない計算になる。パンはすぐになくなり、いっそう空腹感が強まった。牛乳もたちまち空になる。

WCと書かれたドアを押すと、洋式の便器と小さな手洗いがあった。板張りの密室で窓はなく、換気扇もついていない。

用を足して出て来たとたん、突然音楽が鳴り出した。驚いてあたりを見回すと、テレビの画面が明るくなった。ビデオの操作パネルが光っている。自動的にスイッチがはいったらしい。

ベッドにすわり、画面を見る。

美希と同じ、白いローブを身にまとった男女の一団が、極彩色の祭壇に向かって祈りを捧げている。祭壇に鎮座するのは、赤い巨大な日輪を背にした、金色の阿弥陀如来像だった。どうやら新興宗教の儀式のようだ。

突然音が消え、画面が青くなった。すぐに別の絵が出る。

小太りの裸の男が床にはいつくばり、黒い革のボディスーツを着た女が、鞭《むち》を振るっていた。男の背中に赤い筋がつき、血がにじみ出している。女が何か言ったが、よく聞き取れなかった。何かを磨けと言ったようだ。

美希は唾を飲んだ。

髪を背中まで垂らし、毒々しい口紅を塗った色の白い女で、黒いアイマスクをしているために顔は分からない。男はこちらに背中を向けており、やはり顔が見えなかった。男は、小さな缶にはいった黒いものを口にすくい取り、女が突き出したハイヒールをなめ始めた。それは靴墨《くつずみ》のようだった。男は自分の舌で、女の靴を磨いているのだった。

美希は吐き気を催し、立て続けに唾を飲んだ。それはSMショーの一場面だった。画面の様子から作りものではなく、隠し撮りした実演らしいことが分かる。

女が鞭を振り上げると、黒ぐろとした腋毛《わきげ》がのぞいた。右肩に茶色いやけどの痕《あと》がある。

男の舌が足の甲をなめ、肌が黒く汚れた。女は怒り狂ったように、男の肩をハイヒールのかかとで蹴った。男はぶざまな格好で、仰向けに床に転がった。そのとき、男の顔が見えた。

美希は目を疑い、息を止めた。驚きのあまり、体が硬直する。

女が男の腹を踏みつけた。男が声を絞り出す。許してくれ、と言ったように聞こえた。

女はハイヒールを蹴り捨て、椅子《いす》にすわった。テーブルからパラフィンの包みを取り、自分の赤い爪先《つまさき》に白い粉をこぼす。男は床にはいつくばり、女の足の親指に鼻をつけて吸い込んだ。コカインのようだ。

ビデオが終わると、自動的に画面も暗くなった。部屋に静寂がもどる。

美希は溜《た》め息《いき》をつき、握り締めた膝《ひざ》から手を放した。冷や汗がどっとローブの下に吹き出す。自分の見たものが信じられなかった。

警視庁公安部、公安特務一課長の球磨隆市に、こんな趣味があったとは。

現職の警察幹部がＳＭにふけり、しかもコカインらしきものに冒されているとは、想像もつかないことだった。それにしてもなぜここに、このようなビデオがセットされているのだろう。

動悸《どうき》が収まらないうちに、ドアの鍵穴が軽い音を立てた。美希はベッドに飛び上がり、膝を立てて身構えた。

2

大杉良太は東京リストサービスを出た。

廊下を右へ歩き、日本文化調査会のドアの前に立つ。さっき確かめたばかりだが、もう一度念を入れようと思った。

ノックしたが、やはりなんの返事もなく、ドアには鍵がかかったままだった。

大杉はあきらめ、前のトイレにはいった。用を足しながら、あれこれと考えを巡らしたが、何もいい知恵が浮かばない。

東京リストサービスの移動書架には、あらゆる種類の名簿がぎっしり詰まっていた。よく繁盛しており、引きも切らず客が出入りして、必要な名簿を閲覧したりコピーを取ったりする。

社長は宮沢大三郎という四十がらみの男で、寝入りばなを起こされたいたちのように、機嫌が悪かった。仕事に関係ないことで時間を取られるのは、一秒たりとも許せないという態度だった。実際、約束の五分間が過ぎると、うむを言わせず大杉をオフィスから追い出した。

宮沢は日本文化調査会のことを、何も知らなかった。ふだんからドアが閉じたきりで、社員らしい人間を見かけたことがない、と断言した。高柳憲一という名前にも、それに該当すると思われる人物にも、まったく心当たりがないそうだ。

ただこの一年の間に、ドアをあけて出て来た眼鏡の男と、二度ほど挨拶《あいさつ》を交わしたことがあると言った。しかし廊下が暗く、挨拶といっても「どうも」程度のもので、ろくに顔を見なかったらしい。

大杉は途中で買った新聞を広げ、そこに掲載された馬場一二三の写真を示したが、宮沢は似ているような気がすると言っただけで、確答を避けた。

「この奥に大東興信所という興信所がありますよ。そこの所長に聞けば分かるかもしれない。あそこはうちより古いですからね」

それが追い出される直前の言葉だった。

大杉はトイレを出て、階段のところまで行った。下りようかどうしようか迷ったあげく、きびすを返して大東興信所へ向かった。あの男にものを聞くのは気が重いが、背に腹は代えられない。

前島堅介は、表の事務所の応接セットにふんぞり返って、二人の所員と雑談しているところだった。この間応対した女は、姿が見えなかった。

「ちょっと話があるんですが、時間をいただけませんか」

所員の手前もあると思い、ていねいな口調で話しかける。

前島はぼりぼりと頭を搔《か》き、所員にコーヒーを飲みに行くように命じた。二人が出て行くのを待って、大杉は前島の向かいに腰を下ろした。

「忙しそうだから、用件だけ言わせてもらう。向こう側の三〇三号室の、日本文化調査会について知りたいことがある。教えてもらえるとありがたいんだが」

そう言って、不本意ながら軽く頭を下げる。

前島は表情を変えなかった。

「それは当興信所に対する、正式の調査依頼と考えていいのかな」

いちいち言うことが気に障る。

「堅いことは言いっこなしにしようじゃないか。おれもいつか、あんたの役に立つときがくるかもしれん。同業のよしみで、ここは一つ借りということにしといてくれ」

前島はジャケットを探り、たばこを取り出した。のんびりした動作で火をつけ、煙を吐き出す。大杉のいらだちを楽しんでいるようだ。

「で、何が知りたいと」

「あの調査会の代表者は、大堀泰輔という七十のじいさんで、体を悪くして長期療養中らしい。そんな話を聞いたことはないかね」

「そうらしいね。とんと見かけたことがないし」

「隣の東京リストサービスの社長に聞いたんだが、じいさんどころかあそこには、社員が一人もいないらしいんだ。オフィスもしまったきりでね」

「そのとおりさ。あたしもあそこの人間には、ほとんどお目にかかったことがない。休眠会社じゃないのかな」

「ところが、そうでもないらしい。公安調査庁の下請けをしていて、実際に調査レポートなんかを出してると聞いた」

前島は歯をむき出し、たばこのフィルターを噛《か》んだ。

「公安調査庁か。まああたしも、そういう噂《うわさ》を聞いたことはある。おたくは確認したのかね」

「確認はしてないが、確かな筋からの情報だ」

前島は値踏みするように、大杉をためつすがめつした。

「日本文化調査会と西尾久の殺人事件と、何か関係があるのかな」

ちょっとたじろぐ。

「それはどういう意味だ」

「おたくが西尾久の事件に関わってることは、日本中の新聞に出てるんだ。こんなところで、全然関係のない調査に首を突っ込むような、のんびりした状況じゃないだろう。何か絡んでることぐらい、すぐに見当がつくさ」

大杉もたばこに火をつけた。前島は虫の好かない男だが、ばかではない。

「殺された馬場が、日本文化調査会に出入りしてたんだ」

目が光る。

「ほう、馬場がね。あの男は確か、なんとかいう女刑事に殺されたんだったね。《カタキハウッタ》と、ふすまに血文字が残ってたそうだが」

「新聞記事のことは忘れてくれ。おれが調べたところでは、あの調査会でじいさんのかわりに仕事を取り仕切ってるのは、高柳憲一という男らしいんだ」

前島は顎《あご》を引き、それからくすくす笑い出した。

「おたくの方が、よっぽどよく知ってるじゃないか。あたしに聞くまでもないように思えるがね」

大杉は取り合わずに続けた。

「高柳は眼鏡をかけて、髪をオールバックにした男だそうだ。それに当てはまりそうな男が、調査会に出入りするのを見かけたことはないかね」

前島はまだにやにや笑いながら、しかつめらしく顎をなでた。

「高柳、高柳。名前はともかく、それらしい男は何度か見たことがある。口をきいたことはないし、見たのも後ろ姿がほとんどだが」

大杉は新聞を広げて見せた。

「これが殺された馬場の写真だ。その男はこいつと似てるかね」

前島は眉《まゆ》を寄せて写真に見入った。

「さてねえ。似てるような気もするが、なんとも言えないな。おたくは馬場が、その高柳じゃないかと疑ってるわけか」

「まあ、そんなとこだ。高柳の自宅の住所とか、電話番号を知らないか」

「知らないな。個人的な付き合いは、まるでなかったからね」

「しかしこの新高ビルは、あんたのおやじさんの所有だと聞いたぞ。大家としては、店《たな》子《こ》のプロフィルぐらい、つかんでないといかんのじゃないか」

前島の頰《ほお》がこわばった。たばこを南部鉄の灰皿でもみつぶす。

「どこでそんな話を聞いたんだ」

大杉もたばこを消し、新聞を畳んだ。

「このあたりの不動産屋なら、だれでも知ってることさ」

前島はいきなり立ち上がり、固い顔で大杉を見下ろした。

「おたくにはあとで請求書を送る。貴重な情報を提供したからね」

大杉も立ち上がった。

「高柳の連絡先と一緒に送ってくれれば、すぐにでも払うよ」

前島は何も言わず、そのまま背を向けて、所長室にはいってしまった。

大杉はそこに立ったまま、しばらく様子をうかがっていたが、前島はそれきり出て来なかった。どうやらつむじを曲げてしまったようだ。

新高ビルを出ると、大杉はすぐに公衆電話を探した。手帳を繰って番号を探し、小《こ》泉《いずみ》甚八《じんぱち》にかける。

小泉は大杉が若いころ、本庁の捜査三課に在籍したときに挙げたことのある、金庫破りの名人だった。小泉にかかると、どんな複雑な鍵でも五分以内にあいてしまう、といわれた。今は足を洗って、江古田《えごた》の自宅で金物店をやっている。

「大杉だ。元気でやってるか」

「こりゃどうも、ごぶさたしております。おかげさまで、なんとか」

「息子はどうした。アメリカへ留学するって話を聞いたが」

「それがだんな、もうとっくに帰国して、今コンピュータの会社に勤めてるんで」

「そうか、そりゃよかった。ところで、だんなはやめてくれよ。実はおれも退職して、今じゃしがない調査事務所の所長なんだ」

「それは聞き及んでおります。そんなことより、このたびはたいへんでございましたね。新聞で拝見しましたが、何かややこしい殺しに巻き込まれなすったそうで」

「まあな。実はその件であんたに、力を貸してもらいたいことがあるんだ。今夜体をあけてくれないか」

「何をさせようってんで」

「決まってるだろう。あかない鍵をあけてもらうのさ」

「へへえ、そうこなくっちゃ。で、どこの銀行の金庫なんです」


大杉は近所で軽く腹ごしらえをして、暗くなるころには西尾久署についた。田辺刑事には八時ごろになると言っておいたが、どうせなら早く終わらせてしまいたかった。倉木美希から聞いた、馬場一二三と尾形江里子のことを田辺に詳しく話し、供述調書にサインした。美希の行方は依然として不明、ということだった。

署を出たときは、すでに九時近かった。

ひとまず事務所にもどり、留守番電話をチェックした。津城俊輔のメッセージが残っていた。

『日本文化調査会の仕事をしている税理士に、馬場一二三の写真を見せました。高柳憲一と似ているけれども、同一人物かどうかはなんとも言えない、という返事でした。結局はっきりしない、ということです。高柳については、まもなく詳しい個人データがはいってくるはずです。また電話します』

やはりそうか。

東京リストサービスの宮沢も、大東興信所の前島も同じような意見だったことを考え合わせると、馬場と高柳は他人の空似とみるのが妥当なように思える。ますます高柳という男が、本物のペガサスではないかという気がしてきた。

午後十一時ちょうどに、インタフォンのチャイムが鳴った。

「小泉ですが、用意はよろしいでしょうか。車でまいりましたが」

「分かった。すぐに下りて行く」

小泉甚八は六十近い小柄な男で、若いころから角刈りにした髪が、すっかり白くなっている。

大杉はライトバンの助手席に乗り込み、小泉に西早稲田へ行くように言った。

新高ビルはひっそりとして暗かった。三階の部屋の配置からすると、通りに面しているのは日本文化調査会の窓だが、明かり一つ漏《も》れて来ない。

大杉は小泉にペンライトを借り、足元を照らしながら先に立って階段をのぼった。

三階まで上がると、念のため東京リストサービスと大東興信所の様子をうかがった。

両方とも明かりが消え、人の気配はない。

大杉は小泉を日本文化調査会の前に案内した。

「まずこのドアだ」

「事務所破りをなさろうってんで」

「そういうことだ。逮捕しないから安心しろ」

小泉は廊下に膝をつき、軽い金具の音をさせながら、ドアの鍵と取り組んだ。ものの二十秒とたたないうちに、立ち上がって言う。

「へい、あきました」

大杉は首を振った。

「まったく、引退したのが惜しいくらいだ。おれと組んだら、荒稼ぎができるのにな」

「ご冗談を」

大杉は取っ手にハンカチをかぶせ、ドアを押し開いた。通りに面した窓はブラインドでおおわれており、外の明かりがほとんどはいってこない。真《ま》っ暗闇《くらやみ》に近かった。

ペンライトで一なめして、あっけにとられる。

事務所の内部はがらんとして、空き部屋といってもいいほどだった。中央にスチールの古いデスクと、肘《ひじ》掛《か》け椅子が一脚。窓と反対側の壁に、同じスチールのキャビネットが一つ。その横に、時代がかった金庫。

それだけだった。

「これじゃ、荒稼ぎできそうにありませんね、だんな」

小泉がささやく。

「だんなはやめろと言っただろう」

大杉はデスクのそばへ行き、引き出しをあけた。ボールペンに物差し、クリップが散らばっているだけで、興味を引くものは何もない。

キャビネットを調べる。鍵はかかっておらず、中はまったくの空だった。紙切れ一枚見当たらない。デスクといいキャビネットといい、とてもここで仕事が行なわれているとは思えなかった。

金庫はさすがに鍵がかかっていた。

小泉はそれを三分であけた。大杉は扉を半開きのまま押さえ、小泉に言った。

「世話になったな。ペンライトは借りておく。あんたはこれで引き上げていい」

「お気遣いはいりませんやね。お待ちしてますから」

「いや、先に帰ってくれ。この金庫の中に、何かおれのほしいものがはいっていて、それをいただくことになったらどうする。あんたは窃盗の共犯になるんだ。おれは初犯だからいいが、あんたの場合は昔が昔だから罪が重い。今さら臭い飯は食いたくないだろう」

「さようですか。そいじゃあたしは、これで失礼させてもらいます」

小泉はあっさり折れて、滑るように暗い事務所を出て行った。階段を下りる足音はしなかったが、やがて外の通りでかすかなエンジン音が聞こえた。

それが消えるのを待って、大杉は床にしゃがんだ。ハンドルにハンカチを当て、扉を大きく引きあける。

中をペンライトで照らして、大杉は思わず溜め息を漏らした。金庫の中も、みごとに空だった。

いったいどうなっているのだ。

大杉良太は闇の中に立ち尽くした。社員が一人もいないとすれば、デスクや椅子がなくても不思議はない。しかし津城俊輔の話では、日本文化調査会は確かに営業活動を行なっているという。公安調査庁から仕事を請け負い、馬場一二三にも調査料を支払っているのだ。

気を取り直し、事務所の内部を一応調べて回る。何もないので広く見えるが、三階のほかの二つの事務所より、少し狭いようだ。窓のブラインドはほこりだらけで、長い間巻き上げられた形跡がない。大杉は外から怪しまれないように、なるべく光輪を窓の高さから下に集中した。

壁にそって事務所を半周したとき、右手の奥の隅に小さなドアを見つけた。キャビネットの陰になって、最初のうちは気がつかなかったのだ。取っ手を試してみたが、鍵がかかっている。

中は社長室か何かに違いない。もしかするとそこに、表の事務所に置いておけない大事なものが、隠されているかもしれなかった。

小泉を早く帰しすぎてしまった。しかし今さら後悔しても始まらない。また出直して来るしかないだろう。

3

ドアが開き、男がはいって来た。

紺のスーツに水玉のネクタイを締めた、四十前後と思われる男だった。髪をオールバックになでつけ、黒縁の眼鏡をかけている。のっぺりした特徴のない顔立ちで、預金の勧誘に来た銀行員のように見えた。薄笑いを浮かべながらドアを後ろ手にしめる。

その男が、どこか馬場一二三と似ていることに気づき、倉木美希は緊張した。

男はそばへやって来て、ベッドの裾に腰をおろした。

妙にやさしい声で言う。

「おれがだれだか分かるか」

美希は無意識にシーツを握り締めた。男からは特別、危険な雰囲気は漂って来ない。しかしそれだけになおさら、もっと危険なものを秘めているかもしれなかった。

美希は吐き出すように言った。

「ペガサス」

男はまた薄笑いを浮かべた。

「やはり知っていたのか、おれの呼び名を」

美希はじっと衝撃に耐えた。

思ったとおり、馬場はペガサスではなかった。今目の前にいる、この男こそが、本物のペガサスだった。なるほど、聖パブロ病院に爆弾を仕掛けたのは馬場かもしれないが、背後で糸を操っていたのはこの男、ペガサスに違いないのだ。震えるほどの怒りを覚える。

しかし美希はそれを押し殺し、さりげない口調で言った。

「新聞で知ったのよ。でも新聞には、ペガサスは馬場一二三だ、と書いてあるわ」

男はちらりと新聞に目をくれた。

「そうだ、そのとおりだ。ペガサスは馬場一二三で、あんたにかたきを討たれて死んだ。そういう筋書きの方が、おれにとっても警察にとっても、都合がいいんだ」

「ここはどこ。あなたはだれなの。わたしをどうしようというの」

ペガサスは声を出して笑った。

「そういっぺんに聞かれても、返事に窮するね。おれの返事を聞いたら、あんたは生きてここから出られなくなる。来迎会にはいって、おれに忠誠を誓うなら別だが」

「来迎会」

「そうだ。来迎会教団。ただし、そのあたりの新興宗教とは違う。マスコミに喧嘩《けんか》を売ったりしないし、妙な格好の教祖が説教したりもしない。そもそも教祖がいないんだ。信徒はただ阿弥陀如来を拝むだけでいい」

美希はそっけなく言った。

「それで命が救われるのなら、いつでも入信するわ」

ペガサスはにっと笑った。右の犬歯が抜けているのが見える。

「おれをたぶらかそうとしてもだめだ。かりにここを逃げ出しても、どうにもならん。あんたは馬場を殺した罪で裁かれるんだ」

「わたしはやってないわ。あなたが殺したのよ」

「だれがそれを証明する。あんたは確かに馬場を刺したんだ、二度も三度もな。いくら心臓にナイフを突き立てなかったと主張しても、信じる者はいないよ。あんたの指紋がついた、血文字も残ってるんだ」

美希はぞっとして体をすくめた。不安に胸を掻きむしられる。

「いくらでも説明できるわ。あなたが考えるほど、警察は甘くないのよ」

ペガサスはばかにしたように笑った。

「警察、警察、警察。あんたも刑事をやってるうちに、骨の髄まで腐り切ってしまったようだな。今の警察に、期待できるものなど、何もない。いや、これまでもなかったし、これからもないだろう」

「あなたは警察に怨《うら》みを抱いているのね」

「恨みか。恨みという言葉には、まだ愛情がこもりすぎてるよ」

「新聞が馬場のしわざだと書いている、未解決の事件は全部あなたがやったことなのね」

ペガサスは首を振った。

「あまり深入りすると、後悔することになるぞ」

美希は自分が、生きてはこの男の手から逃れられないかもしれない、と半ば覚悟した。たとえそうだとしても、せめて一太刀浴びせてやらなければ、死んでも死にきれない。

なんとかペガサスを刺激せずに、足元をすくう方法はないものだろうか。

抑えた口調で言う。

「犯罪者というのは、自己顕示欲が強いそうね。犯した罪が暴かれるのを恐れながら、だれかにそれを自慢せずにはいられない。知り合いの精神医学者が、そう言っていたわ。あなたもその口でしょう。わたしが聞かなくても、自分から話したくて、うずうずしてるに違いないわ」

ペガサスの目を、ちらりと憎しみの色がよぎり、美希はひやりとした。

ペガサスは美希を見つめ、それから唐突に言った。

「亭主はあんたに惚《ほ》れてるのか」

思いがけない質問にとまどう。

「惚れていけない理由はないわ」

ペガサスは壁の来迎図に目を向けた。眼鏡がきらりと光る。

「おれにもかつて、惚れた女がいた。結婚するつもりだった。ところがその女は、頭に血がのぼったお巡りに犯され、そのあげく殺された。現職のお巡りだぞ、やったのは。分かるか、その意味が。法を守るべき警察官が、人の命を踏みにじったんだ」

牧師が柩《ひつぎ》に向かって話すような、死のにおいのする沈んだ声だった。

美希は手に汗を握り、名前を思い出して言った。

「山口牧男と、池上友里子のことね」

ペガサスはそれに答えなかった。

「しかも裁判官は、そいつが女を殺したのは正常な判断力を失ったためだ、と理由をこじつけて、懲役七年の判決を下した。たったの七年だぞ。殺してもあきたりないやつが、七年したら娑婆《しゃば》へもどるというんだ。そんなばかな話があってたまるものか。あんなやつを警察官に採用した警察も悪いし、警察に遠慮して判決をねじまげた裁判所もけしからん」

「それで警察に復讐しようとしたのね」

ペガサスは、思い出したように美希を見た。

「そのとおりだ。あんたが息子と母親の、かたきを討とうとしたようにな。あんたならおれの気持ちが分かるだろう」

美希は痛いところをつかれ、言葉を失った。

ペガサスが続ける。

「しかし、刑期を終えて出て来た山口を殺せば、おれに捜査の手が伸びる可能性が出てくる。あんなやつのために、残りの人生を棒に振るのはまっぴらだ。それにやつを殺すだけでは、警察にも裁判所にも煮え湯を飲ませることができない。だからおれは女刑事を殺して、山口に罪をきせたんだ。罠を仕掛けるのは簡単だった。山口は友だちをほしがっていたし、女刑事はコカインの密売現場を押さえたがっていた」

ペガサスの声が高まった。自分の話に酔い始めたようだ。

美希は慎重に言葉を挟んだ。

「権藤警部補や池野巡査部長、成瀬巡査部長を殺すことで、まず警察官に対する恨みをはらしたのね。しかもそうすることによって、コカインを手に入れたり、山口をまた留置場へ送り返したりという、別の目的も果たしたわけだわ」

「そうだ。山口がいくら弁解しても、前科があるからだれも信用しない。おれの存在をいくら訴えたところで、作り話と思われるのがおちだろう。それだけじゃない。たった七年の刑を言い渡した裁判官は、針のむしろにすわることになる。これ以上望むべくもない展開になったわけだ」

「十年も前に死んだ恋人のために、ずいぶん苦労するのね。感心したわ」

ペガサスは眼鏡越しに、じろりと美希を見た。

「ただの恋人じゃない。山口に首を締められたとき、友里子の腹の中にはおれの子供がいた。山口はおれの恋人と、子供を同時に殺したんだ」

美希は驚き、言葉を詰まらせた。

「それは——知らなかったわ。新聞に、そんなことは、書いてなかったと思うけど」

「そうだろう、警察が発表しなかったからな。友里子の母親でさえ知らないはずだ。おれと友里子だけの秘密だった」

部屋に重苦しい沈黙が流れた。

美希はまた不安を覚え、話を変えた。

「警察が山口の証言から、馬場をペガサスと認定したということは、あなたにとっては痛しかゆしじゃないの。自分を捜査圏外に置くことはできても、成瀬巡査部長を殺したのは山口ではないことが、分かってしまったわけだから」

ペガサスは夢見るような笑いを浮かべた。

「それはやむをえないことだ。そもそも山口が、馬場の写真を見ておれだと証言したとすれば、そいつは山口自身の意図じゃない。警察のやつらが誘導して、無理やり認めさせたのさ。馬場とおれはいくらか似ているが、写真を見間違えるほど似てるわけじゃない。警察は一連の事件に早く決着をつけようとして、馬場にすべての罪をかぶせるつもりなんだよ。まったくあきれた組織さ、警察ってやつはね。まあおれにとっては、ありがたいことだが」

美希は探りを入れた。

「尾形江里子を使って、わたしが馬場に連絡を取るように仕向けたのも、あなたの考えじゃないの」

ペガサスは感心したように美希を見た。

「察しがいいじゃないか。あんたがいろいろ嗅ぎ回ってうるさいから、馬場に始末をつけるように言ったのさ。やつの不注意で、あんたの疑いを招いたわけだからな」

「尾形江里子は、だれも知らないはずのわたしの自宅の番号に、電話をかけてきたわ。馬場が教えたとすれば、馬場はあなたから聞いたに違いないわ。あなたはどこでわたしの番号を知ったの」

「おれには独自のルートがあるのさ」

美希はさっき見たビデオを思い浮かべた。

「公安特務一課長の、球磨隆市のことかしら」

確かに球磨なら、美希の電話番号を知っていても、不思議はない。

ペガサスはさもおかしそうに笑った。

「まあ、もともとの出どころは、球磨かもしれんな」

「それはどういう意味」

そのとき、またドアが開いた。

はいって来た女の姿を見て、美希はたじろいだ。黒い革の上着に、足に張りつくような細いズボン。黒いブーツ。アイマスクをした色の白い顔。長い髪に毒々しい口紅。

服装こそ違うが、それはさっき見たビデオで鞭を振るった、あの女に違いなかった。

女は右腕をかばうように、体にぴたりとつけたまま、ベッドのそばへやって来た。

「二人だけにしてちょうだい」

顔を美希に向けたまま、ペガサスに声をかける。

ペガサスはベッドから立ち上がり、女に言った。

「この女はやはり始末した方がいい。石原まゆみ同様、おれをペガサスと知った以上は、死んでもらうんだ。尾形江里子を始末したように、隅田川に投げ込んでやる。どうせこの女は、飛び込み自殺したと思われてるんだ」

美希はぎくりとして、ペガサスの横顔を見た。すると、新聞に出ていた水死体というのは、尾形江里子だったのだ。

女が男のような口調で言う。

「またぺらぺらとおしゃべりしたんだろう。あんたは昔からそうだったんだ」

「やめてくれ」

ペガサスは唇《くちびる》を歪《ゆが》め、女のわきをすり抜けて、あとも見ずに出て行った。

美希は二人のやりとりを聞いて息苦しくなり、口をあけてよどんだ空気をむさぼった。ゴールしたばかりのマラソン選手のように、心臓が破裂しそうだった。

たとえ口調が変わっても、声を聞き違えることはない。

息を吸って言う。

「怪我の具合はどうなの、笠井さん」

4

女はゆっくりとアイマスクをはずした。

長い髪のかつらをむしり取り、アイマスクと一緒に床に投げ捨てる。警視庁総務部福利課の巡査部長、笠井涼子の顔がそこに現れた。

「おかげさまで、だいぶいいようよ」

涼子はこともなげに言い、右腕を左手でそっとさすった。

美希は目の前が暗くなる思いで、じっと涼子を見つめた。ふだんはほとんど化粧気のない顔が、濃いメークアップに彩られて別人のように見える。しかしそれは涼子に間違いなかった。

美希は挫折感と戦いながら、気力を振り絞って詰問した。

「これはいったい、どういうことなの。説明していただきたいわ」

「もう分かったでしょう。新聞に出ているとおりよ」

「いいえ、分からないわ。ここはどこなの。あのペガサスという男はだれ。わたしをどうするつもりなの」

矢継ぎ早に尋ねる。

涼子は、さっきペガサスがそうしたように、声を立てて笑った。ベッドの下に左腕を入れ、小さな丸椅子を引き出してすわる。右腕をかばうようにすわり、足を組んだ。傲《ごう》慢《まん》なほど落ち着き払ったその態度は、いつもの控えめな涼子とまったく対照的だった。

「あなたは一度死んだのよ。あとは水死体が上がるか上がらないかの問題だわ。ペガサスは、馬場と一緒にあなたを殺すつもりだったし、今でもその考えに変わりはないわ。自殺したように見せかけて、あなたを生かしておくように指示したのは、このわたしよ」

「だから感謝しろと言うの」

涼子はポケットからたばこを出し、美希にすすめた。美希が断ると、自分だけ火をつけて、煙を吐き上げた。

「亭主と死に別れた話はしたわね」

美希はとまどいながらうなずいた。

最初に涼子と話したとき、死んだ夫が外勤の巡査で、職務質問中にナイフで刺され、殉職したと聞いた。

涼子はたばこを丹念に吸った。

「あのときは言わなかったけど、それでひどい扱いをうけたわ」

「だれに」

「もちろん警察の連中よ。殉職ということで、二階級特進して警部補になったけど、補償金は雀の涙ほど。そのうえ幹部や上司から、職質で刺されるとは警察官の恥、とずいぶん陰口を叩《たた》かれたわ。なんのための職質か、とね。死人を鞭打つようなことを、平気でするのよ、警察というところは」

「それはあなたの考えすぎよ。たとえそんなことを言う人がいても、ごく一部の警察官にすぎないと思うわ」

涼子は嘲笑《ちょうしょう》した。

「甘いわね。あなたこそ、警察のごく一部しか見てないのよ。現場経験もないキャリアがのし上がっていく陰で、どれだけノンキャリの警察官が泣いているか、考えたことがないとでもいうの」

美希は反論できず、ローブの裾を握り締めた。

「あなたもペガサスと同じように、警察に恨みを抱いているのね。それがあなたとペガサスを結びつけた、強い動因ということかしら」

涼子はそれに答えなかった。

「さっき見たビデオの感想はどう。球磨がはいつくばって、わたしの足をなめていたでしょう。みっともないったらありゃしない。あれが公安の特務一課長だなんて」

「でもあなただって、楽しんでいたようだったわ」

たばこの灰を床にまき散らす。

「球磨と出会ったのは、三軒茶屋のSMクラブだったわ。マスクをつけていたから、彼の方は気がつかなかったけど、こちらはすぐに見破ったわ。わたしはね、耳の形で人を覚えるのよ。翌日庁内電話で挨拶してやったら、まるで受話器が凍ったみたいに絶句したわ。それ以来のお付き合いよ。わたしは鞭を使うのがうまいの。外に見えるところには、絶対に傷痕を残さないわ。球磨は一人暮らしだし、それさえ気をつければ、だれにも秘密を知られずにすむのよ」

「コカインもやっていたようね」

「そう。まだ中毒になるほどじゃないけど。あのコカインは、ペガサスが権藤警部補を殺して、青梅の秘密工場から奪ったものよ。それを球磨が吸っていると分かったら、いったいどうなることやら」

涼子はたばこを床に捨て、ブーツのかかとで踏みにじった。

「球磨課長の弱みを握って、どう利用していたの」

「わたしが利用されていたのよ。少なくとも球磨は、そう考えていたわ。あの男は、治安体制を強化するために、わざと過激派を扇動しようとしたのよ。過激派が派手にテロ闘争を展開すれば、世論は公安庁の設置に反対しなくなるから」

「公安庁ですって」

「そう。警視庁公安部と、公安調査庁を合体させるの。そのための環境作りが、球磨の狙《ねら》いだったわ。これまで球磨からの情報で、警備の手薄なところに何度か迫撃砲を撃ち込んだり、爆弾を仕掛けたりしたものよ。わたしがペガサスに連絡すると、ペガサスがML革命戦線の残党を使って、いろいろやらせるわけ。馬場もその一人だったわ」

美希は込み上げる怒りに体を震わせた。

「それじゃ、聖パブロ病院の爆弾事件も、球磨の指示だったということなの」

涼子の目を、ちらりと哀れみの色がよぎった。

「そうよ。その倉本がやられたとなれば、公安庁設置法案を強行する、絶好の口実になるわ。男よ。その倉本次官は、ハト派の柴野法務大臣を締めつけるために、馬渡が送り込んだ馬渡一派の球磨にとって、倉本は自分がのし上がるのにじゃまな存在でもあったしね」

美希は涼子をにらんだ。

柴野悟郎は、稜徳会事件で死んだ前法務大臣森原研吾の後任で、死刑廃止運動にも理解を示すリベラルな学者だった。馬渡久平は民政党の幹事長だが、森原の後継者として首相の座を狙う男といわれている。強固な治安体制を確立しようとする民政党内部の陰謀は、森原が死んだあともしぶとく生き延び、警察組織を侵食していたのだ。

「そのおかげで、わたしの息子と母親が犠牲になったというわけね」

涼子は動じるふうもなく、あっさりうなずいた。

「そうよ。お気の毒だったわね」

美希はその言葉にわれを失い、ベッドを蹴って涼子に飛びかかった。

涼子はまるで予期していたように、丸椅子を立ってくるりと体を回した。高く上がったブーツのかかとが、目にも留まらぬスピードで美希を襲う。美希は右の側頭部を蹴り飛ばされ、床の上に転がった。頭の中で火花が散り、一瞬意識を失いかける。

かろうじて身を立て直すと、美希は床に立つ涼子の足にむしゃぶりついた。涼子はその肩を突き放し、ブーツの爪先で胃の上を蹴った。

美希は苦痛に息を詰まらせ、さっき食べたものをその場に吐いた。あまりの苦しさに、悶絶《もんぜつ》しそうになる。

髪をつかまれ、ベッドの上に引き上げられた。美希はシーツに顔を押し当て、激しく咳《せ》き込んだ。苦しみと悔しさに、涙が流れ出る。

頭の上で涼子の声がした。

「むだなことはやめなさいよ。わたしが習ってるのは、お茶だけじゃないんだから」

美希はあえぎ、シーツに爪を立てた。無力感と挫折感に、体が溶け崩れる思いだった。

涼子が丸椅子にもどる気配がする。

「わたしがあなたを助けたのは、協力してほしいことがあるからよ。もしいやだと言うなら、ペガサスのせりふじゃないけれど、隅田川に浮かぶことになるわ」

返事をしようにも、声が出ない。

涼子が続ける。

「わたしはね、ノンキャリの下級警察官のために、労働組合を作るつもりなの。今の警察組織を変えるためには、それしかないわ。一握りのキャリア組が警察を支配して、あげくのはてには公安庁のようなものを設置しようとする。そうした動きに歯止めをかけるのは、マスコミでも世論でもない、下級警察官の結束力なのよ。警察官一人ひとりが人権意識を持つためには、わたしたち自身の人権をまず確立しなければならないわ。要はモラルの問題よ。国民の権利を守る仕事をしているのに、自分の権利も守れないでどうするの。わたしは警察に労働組合を作ってみせる。死んだ夫のためにもね」

熱に浮かされたような長広舌だった。

美希はようやく声を絞り出した。

「それで初代の、労組委員長に就任するというわけね。ごりっぱな考えだわ。わたしにどうしてほしいの。労組結成の片棒をかつげ、とでも言うの」

「まさにそのとおりよ。あなたもご主人も、警察上層部や民政党の陰謀について、よく知っているはずだわ。その武器をわたしに提供してほしいの」

「たとえわたしがうんと言っても、倉木は協力しないわ。少なくともそういう形ではね」

「いいえ、協力するわ。彼があなたを愛しているならね」

「しないわ。倉木はそういう男よ」

「どうしてそう言い切れるの」

「あなたより倉木のことを、よく知ってるからよ」

涼子は少しの間黙り、それから続けた。

「いやでも協力させるわ。あなたはすでに、わたしの同志なんだから」

「同志なんかじゃないわ」

「いいえ、同志よ。わたしの手元には、あなたに貸した五百万円の、借用証があるわ。あなたのだけじゃない。わたしからお金を借りた、警察官の借用証が延べ二千五百枚ほど、溜まっているの。彼らが労組結成の核になるのよ。もう一札取ってあるわ。あなたもここで誓約書を書くのね」

美希はシーツを嚙み締めた。涼子の用意周到なやり口に、驚きを通り越して、ほとんど舌を巻いてしまう。それにしても二千五百枚とは——。

「あなたはそのために、金貸し業を始めたの」

「それを思いついたのは、借用証がだいぶ溜まってからだわ。彼らが賭け事や女遊びに走るのは、結局組織に抑圧されてるからだと分かったの。文句を言いたくても言えない、そういう状況をなくさないかぎり、警察官の悪事、不祥事はなくならないわ。監察官がいくら張り切ったところでね」

図式が読めてくる。

涼子は下級警察官を借金づけにして取り込み、組合員をリクルートしていたのだ。彼らの弱みを握り、そこに労組結成というばら色の希望を与えて、誓約書を書かせたに違いない。それがどれだけの効力を持つか分からないが、マスコミを利用すれば、無視できないパワーを発揮するだろう。警察庁は、内部のスキャンダルが外へ出るのを黙って許すか、それとも労組結成に応じるために重い腰を上げるか、苦しい選択を迫られることになる。

美希は息をついた。側頭部と鳩尾がまだうずくが、だいぶ楽になった。もう少し時間を稼がなければならない。

「その監察官の妻が、共済組合へよく顔を出すので、えさを投げたわけね」

「そう。あなたがなぜお金を必要としているかも、ペガサスに調べさせたわ。病院通いをしていると分かって、お気の毒とは思ったけれどね」

病院に通う途上、何度か尾行されているように思ったが、やはり気のせいではなかったのだ。ペガサスがあとをつけ回していたに違いない。

「あなたが労組結成を計画していることと、球磨課長の指示で過激派にテロをやらせることの間には、天と地ほどの違いがあるわ。自分で気がつかないの」

涼子は小さく笑った。

「そうでもないわよ。公安庁を設置する動きが表面化すれば、当然マスコミは反発するでしょう。そこへわたしたちが、公安庁設置反対を掲げて組合結成の旗揚げをする。下級警察官も、働く人たちの権利を守る側に立つわけね。世論はどちらを選ぶかしら」

美希は言葉に窮した。涼子の考えを、誇大妄想としりぞけることは簡単だが、綿密に設計された図面を示されると、反論できなくなってしまう。

涼子が続ける。

「さすがに球磨も、薄うすわたしの計画に感づいたのね。この間一緒にいるとき、車に轢《ひ》かれそうになったのは、あなたが狙われたんじゃないわ。わたしを狙って、球磨がだれかにやらせたのよ。このままほうっておいたら、自分の計画のじゃまになる、と悟ったんでしょうね。あの男もばかじゃないから」

「だれにやらせたというの」

「分からないわ。ペガサスも忙しくて、そこまで調べる時間がないの。でもだいたい見当はつくわ。わたしに借金をしている、警察官の一人よね。それもかなり借りが溜まっていて、返済状況の悪い警察官だわ」

球磨、涼子、ペガサス、馬場。このつながりを考えれば、尾形江里子が美希の非公開の番号に電話してきたことも、納得がいく。

美希は仰向けになり、涼子を見た。涼子は丸椅子にすわり、たばこをふかしていた。

「あなたはほんとうに、ＳＭの趣味があるの」

涼子はいやらしい笑いを浮かべた。

「あるわ。球磨もプレーの相手としては、悪くないの。損得を離れると、捨てがたいパートナーといえるわね。どう、あなたも試してみる」

美希は身震いした。

「遠慮するわ。あなたに蹴られただけで、吐いたくらいだから」

「それがいやなら、わたしに協力すると誓いなさい。特別監察官の妻が加わるとなれば、組合結成にはずみがつくわ」

「そうすれば、隅田川に浮かばずにすむ、というわけね」

「そういうことよ」

「でも協力するためには、わたしがここを出る必要があるわ」

「必要があれば、出してあげるわ」

「その場合わたしは、馬場一二三を殺していないことを、釈明しなければならない。そのためには、馬場を殺した本物のペガサスの存在を、明らかにしなければならない。それをあなたたちが許すとは思えないわ」

涼子の頰がかすかにこわばる。

「それはなんとかするわ。かりにあなたが、馬場殺しの罪をかぶったとしても正当防衛、悪くても過剰防衛で情状酌量の余地があるから、実刑を食らわずにすむかもしれない。家族のかたきを討ったわけだから、世論の支持もあると思うわ」

「あなたたちが、そんな危ない橋を渡るとは思えないわ。誓約書を書いたとたんに、隅田川に投げ込まれそうな気がするわ。わたしはいろいろなことを知りすぎたから」

涼子はとげのある笑い声を立てた。

「あなたも疑い深い人ね。公安の刑事は、これだからいやよ。誓約書を書いたら、あなたに手出しをしないと約束するわ」

美希はしばらく考えるふりをした。

「誓約書を書く前に、教えてほしいことがいくつかあるの」

「聞いてみたら」

「ペガサスは何者なの。山口牧男に殺された、池上友里子の恋人だったことは、なんとか見当がついたけれど」

涼子は薄笑いを浮かべた。

「わたしの弟よ。高柳というの」

美希は体を起こした。

「弟」

「そう、実の弟よ。日本文化調査会という会社を切り回してるわ」

日本文化調査会。

馬場を尾行して、新高ビルへ行ったときのことを思い出す。そこで出くわした大杉良太が、馬場は日本文化調査会から出て来たようだ、と言っていた。やはり馬場はその会社で、ペガサスとコンタクトしていたのだ。

「もう一つ。来迎会ってどういう宗教団体なの」

涼子は壁の来迎図に目をくれた。

「阿弥陀如来を拝むだけの、ごく素朴な団体よ。教祖が金に困って、わたしと弟にこの本部と土地を売ったの。だから今は、教祖がいないわけよ。そのうちどこかから、連れて来るつもりだけどね」

ぽかんとする。

「宗教法人を売買するというの」

「ええ。名前だけ残して、幹部を入れ替えればいいの。なんにでも抜け道はあるのよ。宗教法人は、税金面ですごく優遇されるわ。だからこれも、節税対策の一つなの」

あまりのしたたかさに、呆然《ぼうぜん》としてしまう。古風でしとやかに見えた涼子に、このような裏の顔があったとは、夢にも思わなかった。

「もう一つだけ教えて。この本部の場所はどこなの。わたしはどうやって、ここへ連れて来られたの」

涼子は苦笑した。

「あなたって、どうしようもない知りたがり屋さんね。ここは武蔵嵐山《むさしらんざん》のふもと、と言ったら分かるかしら」

「武蔵嵐山。分かるような気がするわ」

武蔵嵐山は川越《かわごえ》市の先にあり、東武東上《とうぶとうじょう》線《せん》と八高線《はちこうせん》に挟まれた、ハイキングコースだったと記憶している。そんなところに、宗教法人の本部があったのか。

涼子が続ける。

「ペガサスはあなたをモーターボートに乗せて、西尾久の堤防から隅田川をさかのぼったのよ。隅田川から新河岸川へはいって、上福岡に乗りつけたわけ。そこから車で一直線。さあ、もういいでしょう。サインしなさい」

上着のポケットから、ボールペンと紙を取り出す。

美希はベッドから足を下ろし、新聞を折り畳んで膝に載せた。涼子がその上に紙を広げる。

紙にはきちんとした活字で、こう印刷されていた。

『誓約書。私こと　　は、警視庁労働組合の結成の趣旨に賛同し、結成が実現したあかつきには組合に加盟し、他の組合員とともに活動することを誓います』

ほかに記入年月日、生年月日、住所、所属、氏名を書く欄、そして拇印《ぼいん》を押す囲みがあった。

美希は空欄を埋め、署名した。

「印肉はあるの」

「あるわ」

涼子はポケットを探った。

美希が膝頭を傾けると、新聞の上から誓約書が床に滑り落ちた。涼子は反射的に体をかがめ、誓約書をすくい取ろうとした。

その機を逃さず、美希は手にしたボールペンを握り締めると、無防備になった涼子の首筋に、躊躇《ちゆうちよ》なく突き立てた。

涼子は悲鳴を上げ、首筋を押さえてあとずさりした。指の間から血がしたたる。

美希は涼子の体を突き飛ばし、誓約書を拾い上げてドアに走った。

5

事務所へもどったのは午前零時半だった。

大杉良太は缶ビールをあけ、デスクにすわって留守番電話をチェックした。いきなり倉木尚武のメッセージが流れ、あわてて体を起こす。

『午前一時まで、これから言う電話番号の場所にいます。連絡をください』

倉木が残した番号は、すぐ近くにある深夜スナックの電話だった。大杉も何度か立ち寄ったことがあるので、番号を覚えていた。

すぐにかけて倉木を呼び出す。

「どれくらい待ったんだ」

「ほんの二十分ほどです。上がって行ってもいいですか。どうやら張り込んでるやつもいないようだし」

「かまわん。鍵をあけておくよ」

倉木は五分後に上がって来た。何十時間か前に、西尾久署で別れたときと同じ、紺のスーツを着ている。疲れた顔つきだった。

大杉は倉木にも缶ビールを渡し、ソファに向き合ってすわった。

「昨日の夕方、いや、もうおとといになるか、隅田川から水死体が上がったと聞いたときは、肝が冷えたぞ。すぐに大塚の監察医務院へ行ったんだが、かみさんじゃないと分かってほっとしたよ。公安四課長の佐々木が来てたっけ。あんたが来ると思ったんだろう」

倉木はビールを飲み、口元をぬぐった。

「たとえ美希の水死体でも、行くつもりはなかった」

「だろうな。今までどこをうろうろしてたんだ」

「あちこちと聞き込みにね。大杉さんはこんな遅くまで、どこへ行ってたんですか」

「日本文化調査会さ。昔なじみの元金庫破りを連れて行って、事務所をあけさせたんだ。机が一つにキャビネットが一つで、紙切れ一枚なかった。金庫の中も空っぽだった。社員の姿が見えないというのも、あれでうなずけたよ」

「しかしあの調査会は、公安調査庁の仕事をしてたんでしょう」

「そうだ。昨日の午後津城さんが、おれの事務所に来た。彼の話によると、確かにあそこは公安調査庁にレポートを提出していた。馬場に調査費の振り込みも行なわれていたらしい。それから、調査会の社長は病気で死にかけていて、長い間事務所に顔を出してないそうだ。実質的にあそこを切り回してるのは、高柳憲一という男だと言っていた」

「高柳憲一」

倉木の声が緊張し、飲もうとした缶ビールの手が止まった。

大杉は続けた。

「調査会の仕事をしてる税理士の証言では、その高柳がまた髪をオールバックにして、眼鏡をかけた四十前後の男だということらしい。いやでもペガサスを連想させるだろう。おれは昼間、東京リストサービスの社長と大東興信所の所長に会って、馬場の写真を見せたんだ。しかし似てるというだけで、確証は得られなかった。年格好も違うし、馬場と高柳は別人だよ。津城さんが高柳のことを調べて、知らせてくれることになってるんだ。おれの勘では、ペガサスは馬場じゃなくて、高柳だと思う」

倉木はそろそろと缶ビールを置き、それからおもむろに言った。

「その勘は当たっているかもしれない。実は例の山口牧男に殺された、池上友里子の母親に会って、話を聞いて来たんです。当時友里子には、付き合いのある男が三人いた。そのうちの一人が、高柳憲一という名前だった」

「ほんとか」

大杉はしんから驚き、絶句した。

倉木が続ける。

「あとの二人とはコンタクトしたが、高柳だけがつかまらない。当時勤めていた不動産屋をやめてから、消息が分からないんです。日本文化調査会に潜り込んでいたとは、知らなかった。どういうことだろう」

大杉は腕を組んだ。

「これはますます、臭くなってきたな」

「二人の男友だちの話では、どうやら高柳が友里子の本命だったようだ。二人とも高柳に会ったことはないが、友里子から名前を聞いていたらしい。結婚するような口ぶりで、どうやら体の関係もできていた、そんな雰囲気だったと証言しました」

「話の筋が読めてきたじゃないか。高柳は池上友里子のかたきを討つために、山口が刑期を終えるのを待って罠にかけたんだ。警察官をつぎつぎと殺したのも、警察に対する恨みを晴らすためだったに違いない」

倉木は人差し指を立てた。

「もう一つある。美希がこの間、暴走車に轢き殺されそうになったのは、実は相手違いだったことが分かった。暴走車が狙ったのは、一緒にいた笠井涼子だったんです」

大杉は腕を解いた。

「笠井涼子。そりゃまたどういうわけだ」

「彼女は不良警官を相手に、ひそかに金貸しをやっていた」

「金貸し」

「そう。彼女から金を借りていた警官は、かなりの数にのぼるようです。彼女はそれを基盤にして、何か途方もないことを計画しているらしい」

津城俊輔の話を思い出す。

「あんたにも電話で話したが、津城さんは警視庁管内のノンキャリの間に、労働組合を作ろうとする動きがあると言っていた。その噂をたどっていくと、例外なしに札つきの不良警官に行き着く、ということだった。笠井涼子が黒幕になって、その計画を推進してたのかもしれんぞ」

「どうやらそうらしい。実は笠井涼子から金を借りて、首が回らなくなった警官の中に、捜査四課の三宅という警部補がいる。この男が借金を帳消しにしようとして、彼女を襲ったんです。細かい話は省きますが、確認を取ったから間違いない」

「かみさんはそのそばづえを食ったわけか」

「そうです。わたしは三宅を叩きのめして、泥を吐かせてやった。警視庁の幹部の中に、三宅をバックアップするやつがいることも分かった。笠井涼子を始末したあと、三宅の借用証が出て来ても、もみ消すことのできるやつです。そいつが三宅をそそのかして、彼女を襲わせたんだ」

大杉は唾を飲んだ。

「だれだ、その野郎は」

「公安特務一課長、球磨隆市」

ショックを受ける。

「球磨。球磨が後ろにいるというのか」

「そうです。たぶん球磨の背後には、もっと大物がいるんじゃないかと思う。たとえば民政党の幹事長、馬渡久平あたりがね。球磨が馬渡と接触していることは、警視庁内部では周知の事実だ」

「馬渡といえば、森原前法相の右腕だった男だろう。森原が死んだあと、いちだんと首相の座に近くなったと聞いてるが」

「そのとおりです。馬渡は、森原の後任の柴野法相を牽制《けんせい》するために、子飼いの倉本真造を法務次官として送り込んだ、といわれている」

「そんな大物が、どうして金貸しの婦警を始末しなきゃならんのだ」

倉木はちょっと間をおいた。

「笠井涼子はただの金貸しじゃない。組合結成を画策する危険分子でもある。それにもう一つ、もっと大きな理由があるような気がする」

「どんな」

「警視庁人事二課で人事記録を調べてみたら、彼女の旧姓は高柳だということが分かったんです」

愕然《がくぜん》とする。

「高柳。それはまさか――」

「そう、高柳憲一の高柳です。人事カードにはまさしく、弟として憲一の名前が記載されていた。笠井涼子と高柳憲一は、実の姉弟なんです」

大杉はソファの背にもたれた。冷や汗が出る。

「姉弟とはまた、話がややこしくなってきたな。もしペガサスが高柳憲一なら、笠井涼子も一連の事件に関係したことになるぞ」

「その可能性が強い。ペガサスに殺された権藤警部補も、それから婦警の成瀬巡査部長も金遣いが荒くて、サラ金に追われていたことが分かった。たぶん笠井涼子からも、金を借りていたんじゃないかな。それを棒引きにするとでも言われれば、二人は彼女の思惑どおりに動くだろう。つまり彼女を通じてペガサスに情報を提供し、コカインの秘密工場に案内したり、元巡査を罠にはめる手伝いをしただろう、ということです」

「すると聖パブロ病院事件にも、笠井涼子がからんでいたわけか」

「そうなるでしょうね。彼女がペガサスに倉本真造の情報を流して、ペガサスが馬場に爆弾を仕掛けさせたんだ」

「しかし笠井涼子は、どうして倉本があそこに入院したことを知ったんだろう。確か新聞にもテレビにも、そのニュースは出なかったはずだが」

しばらく沈黙が流れる。

「わたしの勘では、球磨が彼女に教えたんじゃないかと思う。確証はないが、二人の間になんらかのコンタクトがあったと考えれば、話の筋が立つ。事実二人が、六本木界隈《かいわい》で親しげに酒を飲んでいるのを見た、という話も耳にしました」

「かりにそうだとしても、球磨と倉本は馬渡の息がかかってるという意味で、同志じゃないか。球磨が倉本を殺そうとするかね」

「公安庁設置法案を上程するには、治安体制を強化すべきそれなりの理由が必要だ。倉本がやられれば、願ってもないその口実ができる。また球磨にとっては、自分が馬渡一派の中で地歩を固めるのに、倉本は目の上のたんこぶだっただろう。馬渡が承知していたかどうか分からないが、その二つの理由で球磨には倉本を消す動機があった」

「おれにはなんともいえん。可能性があることは認めるがね」

「ともかく球磨が笠井涼子を通じて、ペガサスを操っていたと考えれば、すべて説明がつくと思いませんか」

「ペガサスが警察官を殺し続けたのも、公安庁設置のための環境作りだったわけか」

「それにやつにとってはもちろん、死んだ恋人の恨みを晴らすことにもなる」

「球磨は、だんだん笠井涼子が手に負えなくなってきたので、始末する気になったんだな」

「操っていたつもりの彼女が、独自に労働組合結成などという、不穏な動きを見せ始めたからね。もっとも彼女からすれば、むしろそれが本来の目的で、自分こそ球磨を利用しているつもりだったかもしれない」

大杉はビールを飲み干した。

「よし、そのあたりを二人から、じっくり聞いてみようじゃないか」

6

笠井涼子の電話は、空しくベルが鳴るだけで、だれも出て来なかった。

球磨隆市の自宅の番号は、二人とも知らない。大杉良太は、小石川署の聖パブロ病院爆弾事件の、捜査本部に電話をかけた。宿直の刑事に、大至急球磨と連絡を取りたいので、事務所へ電話をくれるように言ってほしい、と伝言を頼んだ。

待っている間に、倉木尚武と手順を打ち合わせる。

球磨は十分ほどして電話をよこした。

「夜分申し訳ないです。どうしても連絡を取りたかったものですから」

大杉が言うと、球磨は愛想よく応じた。

「かまいませんよ。何かありましたか」

「実は倉木のことなんです。倉木から電話がありましてね」

「倉木君から。彼は今、どこにいるんですか」

声が緊張するのが分かる。

「分かりません。三十分後にもう一度、電話をくれることになっています。たぶんそのときに場所を聞いて、会いに行くことになるでしょう。一応お伝えしておこうと思いましてね。捜査本部に出頭するように言いましたが、当人にはその気がないようなので」

「そうですか。彼が居場所を言ったら、すぐわたしに連絡をもらえませんか。電話番号をお教えしますから」

「それはできません。わたしは彼を裏切りたくない」

「わたしは――つまり捜査本部としては、どうしても彼の話を聞きたいんですがね」

大杉はわざと間をおいた。

「まあ、もしあなたにその気があるなら、わたしと同行していいかどうか、聞いてみることはできますがね。彼がうんと言うかどうか、保証のかぎりではありませんが」

「あなたと二人だけで、会いに行くんですか」

声に不安がにじむ。

「そうです。まさか機動隊を連れて行くわけにもいかんでしょう」

球磨は少し考えてから言った。

「彼は事件のことについて、何か言ってましたか」

「いや、別に。いろいろ調べ回ったようですがね。会ったときに話すと言ってました」

大杉は受話器が汗で滑らないように、しっかりと握り締めた。

球磨はまた考え、それからあまり気の進まない口調で言った。

「分かりました。これから事務所へうかがいます。わたしが同行することを、彼には言わないでいただけますか。もし彼がノーと言ったら、元も子もありませんからね」

大杉は考えるふりをした。

「あなた一人なら、協力してもいいですがね。機動隊は冗談としても、あまり大勢で押しかけるのは、信義を破ることになりますから」

「分かりました。あなたと二人だけ、ということにしましょう。わたしの家は豊島園の近くだから、四十分で行けると思います」

大杉は電話を切ったあと、額の汗をふいて話の内容を倉木に伝えた。

「ところで三宅という警部補は、あんたにやられたことを球磨に報告したのかな。新聞で読んだ覚えはないから、公にはなってないようだが」

「してないでしょう。球磨にも上司にも、説明できる話じゃない。傷が治るまで、当分家でじっとしてるしかないはずだ。しかし球磨にも情報網があるから、話は伝わっているかもしれない」

「だとしたら、こっちの手の内を探るために、一人で来ざるをえないだろうな」

少し早めに事務所を出て、二人は一階へ下りた。玄関ホールのわきにある、非常階段の後ろの暗がりに、身を潜める。そこは照明が届かず、植え込みの陰にもなっていて、だれにも気づかれる心配がなかった。

午前二時になるころ、車の近づく気配がした。マンションの少し手前で、ヘッドライトの動きが止まる。エンジン音がやみ、ライトが消え、ドアの開く音がした。

靴音が一つ、玄関ホールの階段をのぼって来る。

大杉は非常階段の陰から出た。インタフォンのボタンを押そうとする、小太りの球磨の背中に声をかけた。

球磨は驚いて振り向いた。

「どうも。お待ちしてました。車で来られたようですな」

「ええ。どうせタクシーは拾えないと思ったので」

「ちょうどよかった。わたしも足がなくて、困っていたのでね」

球磨はあいまいに手を動かして言った。

「それでその、倉木君から電話はありましたか」

「ありました」

「どこにいるんですか、彼は」

「ここにいますよ、球磨警視」

倉木が言って、非常階段の後ろから出て来た。

球磨はあとずさりして、ガラスのドアに肘をぶつけた。門灯の明かりで、顔がこわばるのが分かる。

「こ——これは、どういうことだ」

大杉はずいと前へ出た。

「あんたが会いたいと言うから、呼び寄せただけだ。そんなに驚くことはないだろう」

球磨が上着の胸に手を入れようとした。

大杉はその手首をつかんで、逆手にねじり上げた。球磨は小さく声を漏らし、大杉に背中を向けた。

肩越しに球磨の上着の内側を探り、わきの下に吊《つ》られた拳銃《けんじゅう》を取り上げる。

大杉は手を放し、一歩下がった。

「これはなんだ。公安の刑事はふだん、こんなものを持ち歩かないはずだぞ」

球磨は向き直り、ねじられた腕を振りながら大杉を睨みつけた。

「なんのまねだ、これは。民間人が警察官の拳銃を奪うのは、重大な犯罪だぞ」

大杉は拳銃を腰に差し込んだ。

「暴発して、あんたのけつが吹っ飛ぶといけないと思って、一時預かっただけさ。倉木警視が証人になってくれるよ」

球磨は落ち着きを失い、倉木に目を移した。

「倉木君。きみはこんな暴力を、許しておくつもりかね」

「許しておくばかりか、もっとひどい目にあわせるかもしれんよ」

倉木の口調は、御影石のように冷たく、固かった。

球磨は救いを求めるように、通りを見渡した。深夜になると、このあたりの人通りが途絶えることを、大杉はよく承知していた。

「だれも助けに来ないよ。だいたい人に助けを求められる立場か。あんたのやってることが公になったら、どうなると思うんだ」

「なんの話だ。わたしをどうするつもりだ」

「ははあ。どうかされると思ってるなら、やはり身に覚えがあるわけだな」

球磨はたじろぎ、喉仏を動かした。

倉木は無言で球磨からキーを取り上げ、車のところへ行って運転席のドアをあけた。大杉は球磨の腕をつかみ、一緒に後部シートに乗り込んだ。

倉木がエンジンをかけ、車を出す。

少し走ると、右側に建築中のビルの工事現場があった。倉木は踏み板を渡り、車を中へ乗り入れた。白っぽいコンクリートの土台に、鉄筋が生えているのがぼんやりと見える。街灯の光はほとんど届かなかった。

倉木はエンジンを止め、後部シートに移った。球磨は狭い車内で、大杉と倉木に挟まれる形になった。

倉木は胸に手を差し入れ、自分の拳銃を抜き出した。それを見て、球磨の体がびくりとするのが、大杉の腕に伝わった。かなり怖じけづいている。いい傾向だ。

「球磨。これがただの脅しだなどと考えるなよ。おまえの言い分を聞くつもりはない。弁解も聞かん。おまえが笠井涼子を殺そうとしたことは、三宅から聞いた。三宅がどんな目にあわされたか、噂を聞いてるだろう」

「三宅。知らんな。わたしは——」

言いかけたとき、倉木は無造作に拳銃を振り上げ、輪胴を球磨の鼻に叩きつけた。球磨は悲鳴を上げ、体を硬直させた。鼻から血が吹き出し、ワイシャツを黒く染めていく。

倉木はなにごともなかったように続けた。

「ペガサスは馬場一二三ではない。笠井涼子の弟で、高柳憲一という男だ。そうだな」

「待て、待ってくれ。わたしは——」

もう一度鼻柱を殴りつける。

球磨は泣き声を上げ、大杉にしがみついた。大杉はそれを押しもどした。あまりいい気分ではないが、倉木のやり方に異を唱えるつもりはない。球磨のような男の口を割らせるには、徹底的に痛めつけるしかないと分かっている。

倉木が続ける。

「よけいなことは言うな。質問に答えればいいんだ。おまえと笠井涼子の間に接触があることは、もう分かっている。文通相手だろうが愛人関係だろうが、そんなことに興味はない。おまえはあの女を利用して、ペガサスに爆弾を仕掛けさせた。そうだな」

「そ、それはただ——」

倉木は容赦なく球磨の額を銃口で叩きのめした。皮膚が破れ、血がほとばしる。球磨は苦痛に体をよじらせた。

「はいかいいえで答えればいい。今度は歯を叩き折るぞ」

「分かった。分かったよ。きみの言うとおりだ。しかしきみの息子が死んだのは、わたしの責任じゃない。部屋を間違えた看護婦が悪いんだ」

倉木は、約束どおり球磨の口に拳銃を叩きつけ、歯を何本か折った。球磨は息も絶えだえになり、折れた歯をズボンの上に吐き出した。顔中血だらけだった。

「弁解はするなと言ったはずだ。もう一度聞く。おまえは笠井涼子を通じて、ペガサスを操っていた。それに間違いないな」

「こ、これだけは聞いてくれ。ペガサスのことは知らないんだ。笠井涼子に任せきりだった。あの女はわたしの指示を超えて、ペガサスを勝手に動かしていた。だから始末しようとしたんだ」

「おれの女房をどうした。ほんとうに隅田川へ投げ込んだのか」

「知らん、ほんとだ。涼子とペガサスに聞いてくれ。わたしは何も知らないんだ」

「二人はどこにいる」

球磨が躊躇する。

「知らん」

倉木は拳銃をしまい、後ろ向きに外へ出た。球磨の腕を引っ張り、いきなりドアを叩きつける。あわてて引っ込めようとする手の上に、勢いよくドアがしまった。球磨は甲高い悲鳴を放ち、シートの上に転がった。苦痛に悶《もだ》える。

大杉は制止することも忘れ、ただ生唾を飲むばかりだった。倉木の怒りの深さを、今さらのように思い知る。徹底的にやる気だ。

倉木はドアをあけ直し、球磨を引き起こしてシートにすわらせた。

「二人のところに案内しろ。いやだというならしかたがない。ここで決着をつけてやる。よく考えて返事をするんだ。二人は今、どこにいる」

球磨は体を震わせ、砕けた手を押さえた。すっかりすくみあがっている。

「む、武蔵嵐山だ。武蔵嵐山の、来迎会の本部にいるはずだ」

「来迎会とはなんだ」

「新興宗教だ。笠井涼子が金で買った、宗教団体だ」

大杉は倉木を見た。

「すぐに行ってみよう。もしかすると、かみさんはそこにいるかもしれん。殺されてなければ、だが」

倉木は球磨を睨みつけていたが、やがて運転席へもどってエンジンをかけた。

車を出しながら言う。

「大杉さん。武蔵嵐山なら、練馬から関越自動車道にはいって、東松山まで一直線だ。近くまで行ったら、球磨に道案内をさせる。それまでめんどうを見てやってください」

「分かった。おれもあのあたりには、いくらか土地鑑がある。昔子供を連れて、何度かハイキングに行ったことがあるんだ。今思いついたんだが、隅田川を船でさかのぼると、新河岸川を経由して、上福岡あたりまで行ける。上福岡から武蔵嵐山までは、道のりにして四十キロくらいのものだし、関越を使えば車で一直線だ。ペガサスも、その手なら非常線に引っかからずに、かみさんを連れて行くことができただろう」

倉木はそれに答えず、車の速度を上げた。

球磨は苦しげにあえぎながら、シートの背に体を預けていた。おそらくこれまでの人生で、人からこんな目にあわされたことは、一度もなかっただろう。大学出の警察官僚は、暴力団の担当でも経験しないかぎり、こうした修羅場に出会うことはめったにない。それだけに効き目があるのだ。

大杉は念のため、拳銃を反対側の腰に移した。死に物狂いになれば、球磨も何をしでかすか分からないからだ。

球磨が折れた歯の間からささやく。

「ハンカチを出してもいいかね」

「出す元気があるならな」

球磨はハンカチを取り出し、顔の血をぬぐった。

くぐもった声で、またささやく。

「大杉さん。こんな暴力を見逃していいのか。あんたも共犯になるんだぞ」

大杉はせせら笑った。

「百も承知さ。それに、これですむと思ったら大間違いだ。あんたや、あんたの後ろにいる馬渡が、何を考えてるかはよく分かってるんだ。それを叩きつぶすのが楽しみだよ」

球磨が息を詰める。

「馬渡。だれのことだ」

「おいおい、まだこりないのか。あんたの残った歯が全部なくならないように、気をつけた方がいいぞ。おれだって一発かましてやりたくて、うずうずしてるんだからな」

球磨はそれきり口を閉ざした。

7

倉木尚武は、深夜の関越自動車道を、猛烈な速度で吹っ飛ばした。

練馬から東松山のインターまで、およそ四十キロを十七分で走り抜けた。そのスピードに大杉良太は肝を冷やしたが、球磨隆市も痛めつけられたことを忘れたように、シートに体を貼りつかせて、恐怖に耐えていた。

倉木は国道二五四号線にはいり、ほとんど変わらぬスピードで数キロ走った。東上線の武蔵嵐山駅を過ぎたあたりで、球磨の指示に従って国道を左に折れ、県道にはいる。さらに三キロほど走り、今度は右折して未舗装道路に乗り入れた。

やがて人家が途絶え、道がのぼり坂になった。

大杉の肩に、球磨の震えが伝わってきた。倉木がヒーターを入れないので、車内はかなり冷え込んでいたが、その震えの原因は寒さだけではないようだった。

大杉は念を押した。

「道を間違えるなよ。おれも倉木も気が短いんだ」

球磨が弱よわしい声で応じる。

「間違えたりしない。距離はあるが、簡単な道だ。それより、向こうへ着いたら、わたしはどうなるんだ」

「着かなかったらどうなるかを考えておけよ」

やがて正面の森に、白塗りの大きな建物が姿を現した。それは巨大なドームを持つ、宮殿のような建物だった。金色の窓枠が、星明かりにきらりと光る。大杉はすぐに、趣味の悪いラブホテルを想像した。

「あれだ、あの建物だ」

球磨は上ずった声で言った。

そのとたん、突然ヘッドライトの中に真新しい、木の柵が浮かび上がった。

「行くぞ」

倉木はそうどなると、みじんもスピードを緩めず、車ごと柵を突破した。

大杉は床に足を突っ張り、腕を上げて頭をかばった。肘が助手席のヘッドレストに激突する。球磨はシートからフロアに転げ落ち、はでな悲鳴を放った。小太りの体がシートとシートの間に挟まり、罠にかかった狸《たぬき》のようにもがく。

大杉は前のシートにしがみついて言った。

「おい、無茶をするな。相手を警戒させるだけだぞ」

倉木はそれに答えず、曲がりくねった砂利道に沿って、なおも車を走らせた。

大杉は歯を食いしばった。冷静さを失った倉木を見るのは、これが初めてだった。どんな苦境に直面しても、決して自分を見失わないのが、倉木の本領ではなかったか。まずい。このままでは、ペガサスの術中にはまる恐れがある。

倉木は、真っ暗な建物の正面ポーチに、車を急転回させて停めた。ブレーキの音が闇を切り裂く。

倉木は運転席から飛び出し、後ろのドアをあけ放った。球磨を引きずり出し、運転席のハンドルに手錠でつなぐ。

倉木は車を下りた大杉の腕をつかんだ。

「わたしはここで一騒ぎする。大杉さんは裏へ回って、中へ忍び込んでください」

そう言うなり、ポーチへ駆け上がった。そこに並んだ鉢植えを抱え上げ、玄関のドアに向かって叩きつける。

大杉はきびすを返し、建物に沿って裏へ走った。

倉木の意図が読めたと思う。正面のドアに内部の注意を引きつけ、そのすきに大杉が裏から忍び込めるように、陽動作戦を展開したのだ。倉木はまだ冷静さを失っていなかった。

建物の周囲は一面の芝生で、どこが裏だか分からぬほど広い。建物はあきれるほど凹凸が多く、同じところを回っているような錯覚を覚える。

正面の騒ぎが遠のいたころ、裏口らしい小さなポーチが見つかった。ドアは厚い木でできており、破ることは不可能だった。少し横に小さなガラス窓がある。

大杉は白いベンチを見つけ、それを窓の下に運んだ。その上に乗り、肘でガラスを叩き割る。手を入れてボルト錠をはずし、窓枠を持ち上げると、頭から暗闇の中へ転がり込んだ。

かび臭いにおいが鼻をつく。あたりを手でさぐると、粉のようなものが詰まった、紙袋に指が触れた。四角い紙の箱もある。ビニール袋にシーツや毛布のようなもの。ユーティリティルームらしい。

耳をすますと、表の騒音に混じって、人の走る音が聞こえた。中の人間が騒ぎに気づいて、建物の中を右往左往しているようだ。

突然正面の闇に、細い光の枠ができた。外の廊下に電気がついたのだ。大杉はそれを頼りに、床をはってドアのところまで行った。だれかが外を右から左に走り抜ける。人声はしなかった。

静かになるのを待ち、大杉はドアの取っ手をつかんで、細目に開いた。

白い壁が目にはいる。板張りの廊下だった。だれかがどこかを走る気配がするが、近くではないことが分かる。大杉はドアから廊下に滑り出た。右手に階段が見える。足音を忍ばせてそこへ向かった。

ばならない。

躊躇なく下りの階段を選ぶ。だれかを閉じ込めるとすれば、まず地下室と考えなければならない。

踊り場で向きを変え、階段を下り切ると、そこにまた木のドアが待っていた。鍵はかかっていない。取っ手を押しあける。細長い光が木の床に流れたが、それ以外は何も見えなかった。

中へはいり、ドアをしめる。妙なにおいが鼻先に漂って来た。香をたいているような、不思議なにおいだ。

背後の階段から、人が駆け下りて来る音が聞こえた。大杉は壁に背をつけたまま、ドアからできるだけ離れた。何かにつまずく。驚いて一歩下がった。人の体を踏みつけたような気がした。闇に包まれた床で、かすかに白いものがうごめく。大杉はぞっとして、壁に体をへばりつかせた。

とたんにあたりが、真昼のように明るくなった。

大杉は度肝を抜かれ、その場に体を凍りつかせた。そこは広大なホールだった。ドームになった天井の中ほどに、太陽のようなシャンデリアがぶら下がっている。正面の壁に赤い日の丸を背にした、巨大な金色の阿弥陀如来像が見える。

しかし大杉を驚かせたのは、シャンデリアでも阿弥陀如来でもなかった。ホールの床に横たわる、無数の人間の集団だった。白いローブのようなものを着た男女が、数限りなく床に寝転がり、芋虫さながらに波打っている。その中にローブの赤いボタンが、まるで血痕のように点々と飛び散っていた。

横手のドアが開き、男が飛び込んで来た。黒いベルトつきの、若草色の制服を着た、体格のいい男だった。黒いブーツをはき、手に赤い警棒を握っている。

大杉を見るなり、かかとを鳴らして向かって来た。

大杉は床に転がる人の海に飛び込んだ。

「つかまえろ」

後ろで男がどなった。寝転がった男女が、藻のようにゆっくりした動きで、手を伸ばしてくる。大杉はそれをはねのけ、蹴散らしながら、ホールの反対側のドアを目がけて、死に物狂いで走った。気持ちの悪い映画を見ているような気分で、一刻も早くホールから逃げ出したかった。

一本の腕に爪先をすくわれ、大杉は寝転がる人の波のなかに、まともに倒れ込んだ。周囲から繊毛のように無数の手が伸び、大杉の体にまとわりつく。その上に、制服の男が飛びかかった。警棒が振り下ろされる。大杉は体をねじり、かろうじてそれを避けた。警棒が床を打ち、甲高い音を立てる。

大杉は男の顎を殴りつけ、体を押しのけた。また無数の手が伸びて来る。

恐怖にとらわれ、夢中で腰の拳銃を引き抜いた。後先も考えず、天井へ向かって発射する。かんしゃく玉が破裂したように、銃声は周囲の壁に吸い込まれた。ガラスの割れる音がして、天井から破片が降って来た。シャンデリアがちかちかと瞬きする。

ホールのざわめきが一瞬静まり、制服の男は警棒を振り上げたまま、動きを止めた。体にまとわりついた腕が、潮のように引いていく。

大杉は立ち上がり、拳銃を振り回した。

「みんな、動くんじゃない。そのままそこに寝転がってろ」

そうどなり、制服の男に向かって警棒を捨てるように、銃口で合図する。男はみじろぎもせず、指を開いて警棒を床に落とした。

「こっちへ蹴るんだ。そこから一歩でも動いたら、どてっ腹に一発お見舞いするからな」

男は言われたとおりにした。拳銃を見て、すっかり怖じけづいたようだ。

大杉は左手で警棒を拾い上げ、床に横たわる男女を払いのけながら、ホールを横切り始めた。白いローブが左右に分かれ、自然に通路ができていく。だれの顔も無表情で、恐怖の色も怒りの色も見えない。催眠術にかけられるか、薬で半分眠らされているような感じだった。もしかすると麻薬かもしれない。

大杉のはいって来たドアが開き、制服姿の男たちが数人飛び込んで来るのが見えた。大杉は一直線に反対側のドアへ突進した。取っ手を引きあけ、外へ飛び出す。

そこもまた板張りの廊下だった。方向も確かめず、まっしぐらに走る。

ドア一つない白壁が延々と続き、廊下は前後左右に曲がりくねっている。まるで迷路だった。靴音だけがこだまのように反響する。

角を一つ曲がったとき、行く手の廊下の右側で、ドアがしまるのがちらりと見えた。はっとして足を緩めたとき、廊下の突き当たりに黒い服を着た人影が、勢いよく駆け込んで来た。どぎつい化粧をした、色の白い女だった。首筋から血を流している。

女は大杉に気がつくと、身を翻して廊下から姿を消した。たちまち足音が遠ざかる。

大杉はあとを追おうとしたが、ふと思い直して右側のドアの前で足を止めた。だれかが中にはいったようだ。あけようとしたが、向こうでも取っ手を押さえているらしく、抵抗があって回らない。

大杉は拳銃をベルトにもどし、警棒をわきの下に挟んだ。両手で取っ手をつかみ、力一杯回し切る。同時に肩から体当たりし、ドアを押しあけた。

白いローブを着た女が、突き飛ばされて床に倒れた。尻餅《しりもち》をついたまま、恐怖のこもった目で大杉を見上げる。

女の口から声が漏れた。

「大杉さん」

倉木美希だった。

「美希」

思わず名前を呼び捨てにして、大杉は美希のかたわらに膝をついた。

「大杉さん」

美希はもう一度叫び、大杉の首にかじりついた。大杉は美希を抱き締め、泣き声が耳にあふれるのを聞いた。自分の目が信じられない。

「よかった、やはり生きてたのか。おれは——おれも倉木も、死んだものと半分あきらめてたんだ」

しどろもどろに言う。夢を見ているようだ。

「倉木は、倉木はどこにいるの」

「一緒だ。分かれて中にはいったんだ。とにかくここから逃げよう」

「廊下はだめよ。笠井涼子がいるわ。黒い革の服を着た女を、見ませんでしたか」

「その女なら、どこかへ逃げて行ったよ。しかし警備員がおれを探してるんだ。廊下は避けた方がいいかもしれん」

大杉はようやく落ち着きを取りもどし、あたりを見回した。そこは差し渡し十メートルほどの、白壁に囲まれた小さな六角形のホールだった。窓は一つもない。正面奥の壁に、日の丸と阿弥陀如来像を描いた、紙が貼ってある。その前に敷物が敷いてあるだけで、家具調度の類は何もない。左手にもう一つドアがあった。

大杉は美希を抱き起こし、そこへ向かった。

ドアをあけると、細い階段がまっすぐ上に延びていた。薄暗い間接照明が、かすかに足元を照らす。

美希を先に立たせ、階段をのぼり始める。天国へつながる階段のようだった。

てっぺんまでのぼり詰めると、上《あ》げ蓋《ぶた》が頭上をふさいでいた。大杉は美希を押しのけ、上げ蓋を肩で持ち上げようとした。それは厚い木でできており、びくともしなかった。内側には取っ手がついておらず、外から錠が下ろされているようだ。

「くそ。これがあけば、庭に出られるに違いないんだが」

大杉がぼやいたとき、下のドアが開いた。いきなり銃声が轟き、すぐ足元の階段の板がはじけ飛ぶ。

大杉は急いで体を入れ替え、美希を背後にかばった。男の肩口らしきものが、ドアの隙間《すきま》からちらりとのぞいた。

思わず歯ぎしりする。もう少しのところだったのに。

男がどなった。

「下りて来るんだ。そこからは逃げられんぞ」

美希がうめくようにささやく。

「ペガサスよ。笠井涼子の弟で、高柳というらしいわ。二人に閉じ込められたんです」

「分かってる。おれたちもそれを確認したところだ」

また銃声が響き、今度はそばの白壁が飛び散った。跳弾が上げ蓋にめり込む。

「さっさと下りて来い。これが最後の警告だ」

ここで撃ち合っても、勝ち目はないと判断した。こちらには身を隠す余地がない。二人とも撃ち殺されるだろう。

大杉は美希の手を握り締め、どなり返した。

「分かった。下りて行くから、撃つのはやめろ」

「その前に拳銃と警棒を投げろ」

言われたとおりにするしかなかった。知らなかったとはいえ、袋小路にはいり込んだのが失敗だったのだ。拳銃を盾にして、廊下から活路を開くべきだった。

それにしても倉木はどうしたのだ。そろそろ来てもいいころだが、あの制服の男たちにてこずっているのだろうか。

ペガサスがまたどなる。

「女を先にして、下りて来るんだ」

大杉はやむなく体を入れ替え、美希を先にして階段を下り始めた。細工をする余裕はまったくない。

階段を下り切ると、ドアを押して小ホールにもどった。

眼鏡をかけ、髪をオールバックになでつけた男が、阿弥陀如来を背にして立っていた。右手に拳銃を構え、左手に警棒を持っている。大杉が捨てた拳銃はベルトの腰にあった。

大杉はペガサスを睨みつけた。これが笠井涼子の弟、高柳憲一か。

どことなく馬場と似ているが、年はもっと上のようだ。紺のスーツに身を固め、水玉のネクタイを締めている。見たところ、そのあたりのサラリーマンと変わらないが、大杉はどこかで会ったような気がした。

それを見透かしたように、ペガサスが言う。

「いつかおれの役に立つと言ったのに、とんだ役に立ってくれたもんだな」

大杉はその意味が分からず、黙って立ち尽くしていた。それから不意に、もやもやした霧が頭の中を満たした。大切なものを忘れたような、妙な感覚にとらわれる。

「なんだ、まだ分からないのか」

ペガサスは言い、さもおかしそうに笑った。右の犬歯が抜けているのが見える。

そのとたん、乱れた記憶の破片が頭の中でめまぐるしく回転し、あっと言う間に一つの形にまとまった。

大杉は思わず叫んだ。

「前島。前島堅介か」

8

ペガサスは大声で笑った。

眼鏡をむしり取り、床に投げ捨てる。口に手を突っ込み、入れ歯を引き抜く。黒い空洞のできた口に、新たな入れ歯を差し込む。きれいになでつけたオールバックの髪を、指でぼさぼさに逆立てる。

もう一度にっと笑った。並びのいい白い歯がのぞく。そこに現れたのは、まぎれもなく昼間会ったばかりの、前島堅介の顔だった。

大杉良太はショックのあまり、膝からくずおれそうになった。あの前島が、大東興信所の所長、前島堅介が、ペガサスの正体だったとは。

「おまえが――おまえがペガサスだったのか」

力なくつぶやく。敗北感と虚脱感で、半分魂を抜かれていた。ぼんやりと美希を見る。

美希の顔も放心状態だった。

ペガサスが言う。

「そうさ。おれがペガサスだ。おまえの驚く顔が見たかったんだ。驚いてくれてうれしいよ。日本文化調査会に関する情報提供料は、これで差し引きにしてやる」

大杉は改めてペガサスの顔を見直した。

初めて大東興信所を訪れ、所長室にはいったときのことを思い出す。あの部屋は確か、奥が高いカーテンで仕切られていた。頭の中で、新高ビルの三階の配置図を描く。大東興信所の所長室は、日本文化調査会の事務所の奥と、壁を接する計算になるではないか。

それに思い当たって、ようやくからくりが分かった。

二つの事務所は、裏でつながっていたのだ。調査会の奥の、鍵がかかったドアをあけると、興信所所長室のカーテンの裏側に出るに違いない。

大杉は声を絞り出した。

「おまえは前島堅介であると同時に、高柳憲一だというわけだな」

ペガサスは得意げに顎を突き出した。

「そういうことだ。おれは池上友里子が殺されたあと、不動産屋を転々とするうちに、新高興産の社長前島高行と知り合った。それで五年前に、前島の娘と結婚して婿養子にはいったんだ。苗字だけじゃなく、ついでに名前の方も変えた。女房は二年前に癌《がん》で死んだし、おやじも半分引退だ。調査会の大堀も死にかけてる。あとはおれと姉の涼子で、自由にやらせてもらうさ」

なるほど、そういうことだったのか。ペガサスは二つの名前を使い分け、裏で興信所と調査会を行ったり来たりしながら、世間をあざむいていたのだ。義父の所有する建物なら、事務所にいくらでも細工をすることができる。

「すると、公安調査庁の仕事をしていたのは、興信所の所員だったんだな。馬場にはそんな調査をする時間はなかった。逆に桜田書房の警察告発本を書いていたのは、馬場だったということになる。塾が終わったあとなら、執筆時間はいくらでもあるし、警察情報は笠井涼子から取り放題だからな」

ペガサスは薄笑いを浮かべた。

「少しは頭が回るじゃないか。所員でさえ気づいていないのにな。そう、おまえの言うとおりさ。調査会は興信所へ支払うべき金を、調査費という名目で馬場に支払う。興信所は馬場に支払うべき原稿料を、月給にプラスする形で所員に払う。お互いに行って来いというわけだ」

大杉は不意打ちのショックから、ようやく立ち直った。

「まったく、とんでもない姉弟だな。しかし、もうおまえたちも、おしまいだ。からくりは全部分かったぞ」

「それはどうかな。おまえたちを始末すれば、どこにも証拠は残らない。いくらでも逃げ道はあるさ」

「そうはいくか。これまで調べたことは、レポートにして弁護士のとこに預けてある。無事に逃げおおせると思ったら大間違いだ。このあたりで、おとなしく手を上げた方が身のためだぞ」

ペガサスはせせら笑った。

「そんなはったりが通用するか。さあ、女をこっちへよこせ」

大杉はためらい、美希をちらりと見た。

美希は頭を高く掲げ、白いロープを引きずりながら、決然とペガサスに向かって歩き出した。呼び止める間もなかった。

ペガサスが警棒で合図する。

「背中を向けて、腕を後ろに回せ」

美希が言われたとおりにすると、ペガサスは警棒を逆さに持ち直し、柄についた革紐の輪を美希の両手首にかけた。左手だけで警棒をねじり回し、紐をきつく締め上げる。その間、右手の拳銃を大杉に向けたまま、瞬時も目を離さなかった。まったく付け入るすきがない。

ペガサスは警棒を揺さぶり、美希を引き立てた。美希の頬が苦痛にひきつる。

「これから建物を出る。ここで死にたいならそれでもいいが、おれも死体を二つも三つもかついで山道を歩きたくないからな」

「もう一人、倉木がいるぞ。どうする気だ」

大杉が牽制すると、ペガサスは動じる様子もなく、拳銃を構え直した。

「警備員が相手をしてくれるさ」

「倉木も拳銃を持ってるんだ。警備員は全員丸腰だろう」

「いくらかは時間を稼いでくれるだろうよ。それに飛び道具も、いずれは弾がなくなる。ばかりに連中を蹴散らしても、こっちには人質があるんだ」

倉木もすでに建物にはいったはずだが、銃声らしいものはどこからも聞こえてこない。いったいどこで何をしているのだろう。

「さあ、廊下へ出るんだ」

ペガサスが言ったとき、ドアの外で急にあわただしい足音が響いた。続いて格闘の気配がする。銃声が一発、二発。男のわめき声に、女の悲鳴が重なる。

ペガサスは頰の筋をぴくりとさせ、美希を引き寄せて壁際へ下がった。大杉に拳銃を向けたまま、ドアに目を向ける。

大杉はどなった。

「倉木。中にいるぞ」

ペガサスの拳銃が火を吹き、大杉は後ろざまに倒れた。左肩に激痛が走る。

「大杉さん」

美希の叫び声が、遠いかなたから聞こえた。至近距離から撃たれた衝撃で、意識が薄れそうになる。死に神が背筋をはいのぼった。

ドアが破裂したように開き、その音で大杉は意識を取りもどした。頭を振り、かすんだ目でドアを見る。

黒い革の服を着た笠井涼子が、乱れた足取りではいって来た。その後ろに倉木の姿がある。倉木は涼子を盾にして、耳の下に拳銃を突きつけていた。

大杉はようやく体を起こし、左肩を押さえて片膝立ちになった。骨が砕けたらしく、耐えがたい激痛が走る。

よろめきながら立ち上がった。壁にもたれ、苦しい息の間から言う。

「あきらめた方がいいぞ、ペガサス。これで人質もおあいこだ」

「それはどうかな。どっちが先に折れるか、がまん比べをしようじゃないか」

ペガサスの口調には、少しの焦りも感じられなかった。

そのしたたかさに、大杉はわけもなく不安を覚えた。この男は並の悪党と違う。これまでの所業を考えると、何をしでかすか分からぬ怖さがある。油断はできない。

倉木が口を開く。

「美希を放せ。大杉と一緒に、部屋の外へ出すんだ。おれもこの女を放す。二人だけで決着をつけようじゃないか」

ペガサスが乾いた笑い声を立てた。

「おいおい、背中を向け合って歩き出す、古風な決闘をやろうとでも言うのか。冗談はよしてくれ。おまえはおれの姉を放して、命乞いするしかないんだ。自分の女房を死なせたくはないだろう」

涼子が倉木の腕の中でもがき、狂ったように叫んだ。

「その女をやっておしまい。せっかく命を助けてやろうと思ったのに、まったくとんでもない女だよ。頭を吹き飛ばしてやればいいんだ」

倉木が銃口で耳の下をこづく。

「黙れ。おまえの頭の心配をしろ。おれも手加減するつもりはないんだ」

なおも涼子がわめく。

「はったりだよ、ペガサス。こいつはわたしを撃てやしない。なんといってもお巡りだからね。法の裁きも受けないうちに、人を殺すことなんかできっこないんだ」

大杉はそのやり取りに割ってはいった。

「それは甘いぞ。倉木はすっかり頭に来てるんだ。かみさんに万一のことがあったら、おまえも弟も生きてはいられないぞ。今のうちに降参した方が利口だ」

めまいをこらえながら、やっとそれだけ言った。

そのとき、かすかにサイレンの音が聞こえてきた。パトカーだ。だれが通報したのか知らないが、パトカーがやって来たのだ。

ペガサスの顔が緊張する。

大杉は安堵《あんど》のあまり、もう少しで床に崩れ落ちそうになった。壁に背中を押しつけ、足を踏ん張る。

倉木が言った。

「聞こえただろう、今のサイレンが。もう終わったんだ。拳銃を捨てろ」

ペガサスはかすかに唇を歪めた。目に殺気が走る。

大杉が警告を発しようとした瞬間、ペガサスは銃口を上げた。涼子と倉木を目がけて、なんのためらいも見せず、立て続けに二発連射した。涼子の悲鳴がこだまする。二人の体はドアに激突し、もつれたまま床に横転した。

美希が腕を縛られたまま、背中からペガサスに体当たりした。ペガサスは壁に肩をぶつけ、警棒を放した。美希は緩んだ革紐から手を抜き、向き直りざまペガサスの顔に爪を立てた。ペガサスは罵声を漏らし、美希の腰を蹴り飛ばした。美希が床にはいつくばる。

大杉はわれを忘れて、ペガサスに向かって突進した。

ペガサスはくるりと向きを変え、大杉に銃口を巡らせた。その足に美希がむしゃぶりつく。ペガサスが放った銃弾は、大杉の耳元をかすめて背後の壁をえぐった。大杉は頭からペガサスの腹に突っ込んだ。

間一髪、ペガサスは信じられない素早さでそれをかわし、銃把で大杉の首筋を殴りつけた。その拍子に、ベルトに差したもう一つの拳銃が、床に滑り落ちる。大杉は壁に頭を打ちつけながら、それを目のすみでとらえた。ぶつかった反動を利用して、そのまま床に転がると、落ちた拳銃に右手を伸ばす。ペガサスの靴が拳銃を蹴りのけた。

大杉は拳銃をあきらめ、右腕でペガサスの足にしがみついた。ペガサスが大杉の頭を殴りつける。そのすきに美希が拳銃にはい寄ろうとする。

ペガサスは大杉を蹴り離し、美希の背中を踏みしだくと、首筋に銃口をあてがった。轟然《ごうぜん》と銃声が響きわたり、ペガサスが前のめりに床に突っ込んだ。大杉は肘をつき、体を仰向けにして、ドアの方を見た。

倉木がドアにもたれ、拳銃を構えていた。ワイシャツが血だらけだった。その足元に涼子が、ぼろくずのように倒れている。ペガサスは自分の姉もろとも、倉木の体に銃弾を撃ち込んだのだ。

倉木の銃口が下がり、膝が折れそうになった。

そのとき大杉の目に、ペガサスの背中がむくむくと動き、ごろりと仰向けになるのが見えた。

「危ない」

大杉はどなり、ペガサスに飛びつこうとした。しかし体がいうことをきかず、距離がありすぎた。ペガサスが腹の上に拳銃を構え、自分の足の間から倉木に狙いをつける。

もう一度どなった。

「倉木、伏せろ」

倉木の体が、ずるずると壁に沿って沈む。

美希が落ちた拳銃にはい寄り、つかみ上げようとする。それに気づいた大杉は、床をすさって美希の手から拳銃を奪い取った。

狙いをつける間もあらばこそ、大杉は仰向けになったペガサスの腹を目がけて、銃弾を撃ち込んだ。その直前、ペガサスの拳銃も火を吐く。

ペガサスの体が跳ね上がり、手から拳銃が宙に吹っ飛んだ。わずかの間けいれんしていたが、やがてペガサスの体から力が抜け、動かなくなった。

美希が飛び起き、転がるようにドアに走る。大杉も拳銃を捨て、必死の思いで体を起こすと、倉木のそばへはって行った。

美希が床に横たわる倉木にすがりつき、泣きながら名前を呼んでいる。倉木の顔は土気色だった。血だらけのワイシャツの胸に、大きな穴があいている。口からも血が流れ出した。

「あなた。あなた。しっかりして」

美希の呼びかけに答えるように、倉木の目がかすかに開いた。

血の塊と一緒に、言葉を吐き出す。

「すまん」

大杉は倉木の手を握った。

「おい、しっかりしろ。かみさんがそばにいるぞ」

倉木はうなずいたが、もうほとんど意識がないように見えた。ペガサスの放った最後の一弾が、胸に命中したのだった。

倉木がかろうじて分かるほどの力で、大杉の手を握り返した。大杉は自分の苦痛も忘れて、倉木の口元に顔を寄せた。

「美希を頼む」

そう言ったように聞こえた。握った手から少しずつ力が抜ける。首ががくりと落ちた。

美希は泣き叫びながら、倉木の体を揺さぶり続けた。大杉の目にも涙が溢《あふ》れ、何も見えなくなった。

美希がどれだけ叫ぼうとも、もはや倉木には聞こえないだろう。

倉木尚武は死んだのだ。

エピローグ

大杉良太が退院する日の朝。

倉木美希は、津城俊輔と一緒に病院に行った。

大杉は妻の梅子と娘のめぐみに、退院手続きをするように命じて病室から追い出し、二人を椅子《いす》にすわらせた。

肩を撃たれた大杉の左腕は、一定の角度以上に上がらなくなり、それが回復の限度だと医者に言われたという。

大杉ははた目にも肉が落ち、一回り小さくなったように見えた。

「どうだ、少しは落ち着いたか。まあ、急には無理だろうが」

美希はしいて笑いを浮かべた。

「だいじょうぶです。わずかの間に、母と息子と夫を失った女にしては、けなげに生きている方だと思います」

大杉は困ったような顔をした。

「そういう言い方はやめてくれ。もらい泣きしそうになるからな」

津城がかつらの具合を直し、口を挟んだ。

「もしお疲れでなければ、退院したらすぐに倉木君の墓参りをしませんか。都内だからそれほど時間はかかりませんよ」

大杉は津城を見た。

「もちろんそのつもりです。葬式にも出られなかったし」

それを聞いて、美希は目を伏せた。

一か月前のあの夜、来迎会の本部に駆けつけたパトカーの先頭に乗っていたのは、ほかならぬこの津城だった。

美希があとから聞かされた話によると、こういうことだった。

津城は高柳憲一を本籍から調べていき、笠井涼子の実の弟であることを突きとめた。さらに五年ほど前、高柳が新高興産の社長前島高行の婿養子になり、一人娘の博美と結婚して前島堅介と改名したことも判明した。大東興信所はその直後に開いたものだった。

妻の博美が二年前に病死すると、前島堅介は興信所を続けるかたわら義父に代わって、不動産業も切り回すようになった。病に倒れた日本文化調査会の老社長、大堀泰輔から実質的な経営権を譲り受け、結婚以前の名前を使って二重生活を始めたのも、そのころからだった。こうして二つの名前と二つの会社を隠れ蓑《かくみの》にして、ペガサスは笠井涼子とともに警察に対する、あくなき挑戦を開始したのだ。

新高興産は、関東一円にいろいろな土地やビルを所有する、中堅の不動産会社だった。その周辺をつぶさに調べた結果、新高ビルはもちろんのこと、馬場一二三が働いていた栄興学院のビル、さらに武蔵嵐山にある新興宗教団体来迎会の土地と建物も、新高興産が所有していることが分かった。ちなみに来迎会の事務局長は、前島堅介の名前になっていたという。笠井涼子の金貸し業の原資や、来迎会をそっくり買収した資金も、大半は新高興産がバブルでもうけた巨額の金から回されたらしい。

それと並行して、警察内部に労働組合を結成しようと企む、不良警官グループの背後に笠井涼子が控えていることも、別のルートから津城のもとへ報告が上がって来た。

津城は美希がまだ殺されておらず、ペガサスによってどこかへ連れ去られたに違いないという観点から、監禁場所の特定を急いだ。その結果前島が事務局長を務める、来迎会の本部が有力候補として浮かび上がった。本部のある武蔵嵐山は、美希が姿を消した隅田川近辺から船を使えば、新河岸川を経由してかなり近い場所までさかのぼることができる。警察の非常線をくぐり抜ける、ほとんど唯一のルートと思われた。

津城は大杉に何度か電話したが、結局つかまらなかった。

笠井涼子も前島堅介も自宅におらず、風雲急を告げる情勢になったため、津城みずから指揮をとって来迎会の本部へ乗り込んだ、という次第だった。

津城は珍しく神妙な顔をして言った。

「わたしがもう少し早く現場に着いていれば、こんなことにはならなかったでしょう。そう思うと、お二人にも亡くなった倉木君にも、申し訳ない気持ちで一杯です」

美希は感情を押し殺して応じた。

「津城さんに謝っていただく必要はありません。この事件は警察という組織が持つ、原罪ともいうべき体質から生まれたのですから。警察官のモラル低下の問題。労働組合結成の問題。公安庁設置の問題。民政党を巡る警察幹部の確執。そういったものが笠井涼子を生み、ペガサスを生み、そして倉木を殺したのです。津城さん個人の問題ではありません」

大杉もベッドから半身を起こした。

「そうだ、彼女の言うとおりだ。球磨警視は懲戒免職になるだろうが、やつが笠井涼子を通じてペガサスにやらせた一連の事件は、聖パブロ病院の爆弾事件も含めて、たぶん立件されずに終わるでしょう。証人となるべきペガサスも、笠井涼子も死んでしまった。球磨が否定すればそれまでだ。いくら倉木美希やわたしが証言したところで、それは単なる伝聞証拠にすぎない。球磨が笠井涼子を相手に、SMとコカインにうつつを抜かす例の押収ビデオを提出したところで、くその役にも立たんでしょう。せいぜい麻薬取締法違反で、何年か実刑を食らう程度だ。球磨と馬渡幹事長の関係も、確証がないからいずれ忘れ去られてしまう。倉木の死は、まさに犬死にということになる」

倉木尚武の死は、連続殺人犯を相手に壮烈な戦いを挑んだ、英雄的な殉職としてマスコミに取り上げられた。それはイメージ回復を図る、警察側の狙いの一つでもあった。それに関連する取材については、美希も大杉もかたくなに拒否し続けている。それは警察に対する当てつけでもなく、まして義理立てでもなかった。口を閉ざすことが、倉木の真の名誉を守ることだと、暗黙のうちに分かっていたからだ。

津城が厳粛な口調で言う。

「倉木君の死は犬死にではない。わたしたちの、いや、少なくともわたしの戦いは、倉木君の遺志を継ぐことから始まります。わたしには警察機構を守る義務がありますが、それは警察の腐敗を断つことであって、臭いものに蓋《ふた》をすることではない。わたしは特別監察官の地位にあるかぎり、それを続けることを約束しますよ」

美希は大杉を見た。

大杉も美希を見返す。耳当たりのよい津城の言葉の裏に、何が隠されているのか知りたい、という目つきだった。

それに気がつかないかのように、津城はかつらを直して続けた。

「もし美希君が望むならば、わたしの下に引っ張ることもできます」

美希は驚き、津城に目を向けた。

「わたしはまだ、何も考えていません。警察にとどまるかどうかも」

「分かります。別に結論を急ぐ必要はない。わたしにはいつでも、その用意があるということです」

「わたしは笠井涼子からお金を借りた、不良警官の一人ですよ。借用証をごらんになったでしょう」

「その理由も承知していますよ」

借りた五百万円は、笠井涼子の亡夫の係累に返済するかたちで、決着がついていた。

「ゆっくり考えさせていただきます」

美希がそっけなく答えると、津城は腰を上げた。

「売店へ行って、酒があるかどうか見てきます。墓参りに必要ですから」

「病院に酒なんか売ってないでしょう」

大杉が言うと、津城は気をつけをして、軽く頭を下げた。

「分かっています。それはほんの口実です」

そのまま病室を出て行った。

美希は椅子を立ち、大杉のそばへ行った。

「わたしたちを二人にする口実だったと思うわ」

大杉は照れたように笑った。

「おい、からかうのはやめてくれよ。倉木が死んだことで、おれもきみと同じくらい、まいってるんだからな」

「倉木は夫であるよりも、徹頭徹尾警察官であろうとしたわ。いいえ、結婚が不幸だったというんじゃないの。それなりに幸せだった。でもあの人にとっては、わたしと結婚しない方がよかったかもしれない。結局重荷を背負うことになったわけだから」

美希は涙で目がかすむのを意識した。

大杉が手を握る。

「きみは倉木を愛してたんだろう」

美希はむせび泣いた。

「ええ、だれよりもね。わたしより、あの人を愛した女は、いないでしょう」

「それでいいんだ。倉木は息も絶えだえだったのに、きみがペガサスに撃たれようとしたとき、死力を振り絞ってやつを撃った。彼はきみの命を救ったし、そのことを自分でも承知していた。幸せな死に方だったと思う。うらやましいくらいだよ」

美希は涙をぬぐった。

「あなたもわたしを救ったわ」

「そういう意味では、きみもおれを救った。おあいこさ」

美希は大杉をじっと見下ろした。

「倉木の最後の言葉を、忘れないでほしいわ」

大杉は顔を赤くして、美希の手を放した。

「おい、思い詰めたような顔をするなよ。おれは何も覚えてないぞ」

「わたしのことを頼むと言ったのよ」

美希は体をかがめ、大杉の唇に短いキスをした。キスするに値する男だと思った。倉木も許してくれるだろう。

そのときドアがあいて、大杉の妻と娘がもどって来た。

美希は涙をふき、二人と入れ違いに病室を出た。

解説

香山二三郎

その青年は高校を出ると出版界に身を投じた。といっても、最初に就いたのは百科事典のセールスマンで、これはあまりうだつがあがらず、二十歳を過ぎた頃、書籍の卸売会社に転職した。そこでは営業の仕事を通じて種々様々な本を扱うことになったが、やがてアメリカの犯罪小説の捌《は》けがよいのに気づき、いつしか自分で書いてみようと思うようになった。彼は勤めの傍ら、週末の休みを利用して執筆に励んだ。現地取材など及ぶべくもなく、頼りになるのは百科事典と詳細地図に俗語辞典だけ。それでもわずか六週間で長編を一作書き上げた。間もなくそれは刊行の運びとなり、書店に並ぶやたちまち爆発的な売れ行きを示した。世に一大センセーションを巻き起こした彼の名前は……。

逢坂剛、と思う人はまさかいないだろうなあ。

ご存知のように、逢坂氏は高校を出てから中央大学法学部に進み、卒業後は広告会社に入っている。逢坂小説の解説なのにいきなり他人の出世話から入るなんて、と怒らないで。デビュー長編『ミス・ブランディッシの蘭』（創元推理文庫）で一躍世に出たその作家の名前はジェームズ・ハドリー・チェイス。今でも世界中に根強いファンを持つイギリス・ハードボイルド小説のパイオニアであるが、逢坂小説の解説なのにチェイスの話から始めたのは、ただ奇をてらおうとしたからではない。

すでに本文庫に収録されている『裏切りの日日』の解説で戸川安宣氏が述べている通り、「逢坂作品の特質を解明するうえで」チェイスともうひとり、ダシール・ハメットは欠かすことの出来ない「重要なファクター」なのである。それも逢坂氏自身の言葉によれば、

ところで、（ハメットと――筆者註）もう一人わたしに影響を与えた作家は、ジェームズ・H・チェイスである。チェイスは、おもしろい小説を書くこつを心得ている点で、根っからの職人だった。日本での彼の評価は、不当に低すぎる。わたしはハメット、チャンドラー以上に、チェイスから多くのものを学んだ。彼はサスペンスの持つ効果や、どうすれば読者をはらはらさせられるかを、心憎いほどよく承知していた。ストーリーテラーとしては、最高の資質に恵まれた作家である。

（「ハードボイルドは裏切りの文学か」講談社刊『書物の旅』所収）

とのこと。ここまでいわれたら、チェイスを読んだことのない人はついその作品を手に取りたくなるだろう。むろんそれを止めるつもりなど毛頭ないが、どうせならチェイスのエッセンスのみならずハメットやチャンドラーの文体、趣向をも取り込んだ逢坂小

説から入るほうが無難ではないのかと。『裏切りの日日』を始めとする、いわゆる「公安シリーズ」をお奨めしたい所以《ゆえん》である。

さて本書『砕かれた鍵』はその「公安シリーズ」第四作に当たり、「小説すばる」の一九九一年九月号から翌九二年二月号まで掲載された後、同年六月に集英社から刊行された。

シリーズ第一作の『裏切りの日日』では警視庁公安一課のふたりの刑事が過激派のビル占拠事件と時を同じくして起きた暗殺事件の謎に挑むが、二作目の『百舌の叫ぶ夜』（集英社文庫）からは主人公が前作の刑事の同僚倉木尚武と女性公安刑事の明星美希、捜査一課刑事の大杉良太の三人に代わる。物語は記憶を失った男の過去探しと過激派による爆弾事件で妻を失った倉木の犯人探しとが交互に描かれていき、やがて思いも寄らぬ謀略劇が明かされる。第三作『幻の翼』（同）は『百舌……』の文字通りの続編で、三人は前回生き延びた黒幕の謀略に嵌《は》まるが、前作の暗殺者も北朝鮮スパイとして再登場、事件に絡むことになる。

今回も主人公三人の顔ぶれは変わらないが、『百舌の叫ぶ夜』『幻の翼』で描かれた「稜徳会事件」は一段落、それとはまた別の事件に巻き込まれていく。前回から約二年、倉木と美希はすでに結婚し、息子の真浩も誕生した。だが真浩は心臓の欠陥を抱えており、美希は治療費の捻出に躍起になっていた。いっぽう警察庁の特別監察官に出世した倉木は相次ぐ警官不祥事事件の捜査に当たっており、警察を退職して探偵業に就いた大杉にも、警察の暴露本を刊行している出版社を調べさせていた。やがて真浩の入院している病院で爆破事件が起き、真浩と美希の母親が死亡、傷心の美希は犯人に復讐を誓うが、その頃倉木は一連の不祥事に〈ペガサス〉と名乗る男が関わっているのを突き止めていた……。

冒頭にいわくありげなエピソードが並べられたり、複数の事件が並行して描かれていく展開等は『百舌……』と同じ手であるが、今回は物語の時制をずらすような細工は施されていない。そのぶん『百舌……』よりは馴染みやすいはずで、読みどころも主にふたつのラインに絞られよう。ひとつは警官不祥事事件の演出者〈ペガサス〉をめぐる謎解きであり、ひとつは病院爆破事件をめぐる犯人探しである。

前者については、まず〈ペガサス〉のキャラクターそのものが光っている。サラリーマン然とした容貌を持ち、狡猾《こうかつ》で非情な殺人者というと、一見〝百舌〟を髣髴《ほうふつ》させるけど、こちらは犯行の動機さえ判然としていない。悪漢キャラの妙では定評のある著者だが、今回のそれは従来とは異なり、とらえどころのない不気味さを前面に押し出したところが味噌。また倉木の捜査を助ける大杉の探偵ぶりも見ものだ。ハメットの辛口な探偵キャラを髣髴させる倉木に対して、大杉にはタフネスと繊細さとを兼ね備えたチャンドラーの探偵キャラが投影されていよう。今回の彼は地道な追跡調査がメインとなるが、やがて美希への慕情を自覚、シリーズの読みどころのひとつである倉木夫妻との隠れ三角関係が露《あらわ》にされるなど、ますます味わい深い存在になりつつある。

後者の爆破犯人探しについては、前回倉木の救出に執念を燃やした美希の〝妹《いも》の力《ちから》〟が再び全開になる。息子の死に憔悴《しょうすい》した彼女が復讐を決意、妖艶な美女に変身して単独捜査に乗り出すありさまはまさに面目躍如たるところで、このラインの醍醐味は犯人探しもさることながら、かつて大杉に「宝塚出身」といわしめた〝女王様〟的魅力を彼女が甦《よみがえ》らせ、なりふり構わず犯人を追っていく姿にあろう。

してみると今回もまたハドリー・チェイスに倣《なら》った暴力、異常性愛趣向が出てきても不思議のないところだ。実際前二作では、〝百舌〟のキャラを始め、倉木と美希の情交場面や稜徳会病院で繰り広げられる攻防シーンなど、エロティックかつサディスティックともグロテスクともいえようチェイス趣向が至るところに盛り込まれていた。本作ではしかし、それがいささか控え目になっているように思われる。プロローグで呈示されるSMシーンが後にそれなりの効果を発揮することにはなるのだが、それもいちおう最後まで伏せられている。レイプシーンからロボトミーの手術シーンに至るまで、これでもかとばかりにショック演出を施してみせた前作の反動といえなくもないけれど、あるいは著者は今回は当初からハメット小説のラインでいこうとしていたのかもしれない。

考えてみれば『砕かれた鍵』というタイトルそれ自体、ハメットの代表作『ガラスの鍵』（創元推理文庫&ハヤカワ文庫）の章題から引用したものであろうし、そこで語られる「鍵」が本作では何を象徴しているかを推理すれば、今回の物語設定やミステリー趣向にも自ずと納得がいくというものだろう。

最後に〝公安もの〟という警察小説ジャンルについてひと言ふれておく。著者にはハメット、チャンドラーのほかにもハドリー・チェイスという師匠がいたことはすでに述べた通りだが、実はそのほかにもまだ影響を受けた海外作家がいるのだ。

そのほか好きな作家に、ウィリアム・P・マギヴァーンやエド・レイシー、トマス・ウォルシュ、ホイット・マスターソンなどがいる。この人たちに共通しているのは、警察小説が多いということである。わたしもこのジャンルが好きで、彼らの作品を読んだことが『裏切りの日日』や『百舌の叫ぶ夜』を生んだといってもよい。同じ警察小説でも、なぜかエド・マクベインはだめだった。一匹狼ものでないとおもしろくないのである。刑事がグループで事件を解決する、いわゆる捜査小説は好きではない。個人としての刑事が警察機構の矛盾と戦ったり、押しつぶされて悪の道に走るといった話に魅かれてしまう。

（「ハードボイルドは裏切りの文学か」）

ポイントは「一匹狼ものでないとおもしろくない」というところ。著者が公安刑事や警察庁の監察官といった情報の得にくい警官キャラを主人公に据えたのは、本作で描かれた警官の不祥事や組織の腐敗、高官の暴走といった危険を警鐘することよりも、むしろその秘密工作員めいた一匹狼性にあった！　その意味では、著者の真髄は愛読する数々のミステリーの特長を自在に変換統合して自作世界に活かしてみせる超絶技巧にこそあるというべきか。

ところでこの原稿を書くに当たって、さる筋から朗報を得た。本作の文庫刊行と前後してシリーズ第五作『よみがえる百舌』の週刊誌連載が始まるというのだ。思わずそんなバカな、と叫ぶ人もいようが、中身を知りたくば直に作品に当たられたい。果して著者はどんな着想を得たのか、主人公の顔ぶれはどうなるのか、そして今度はハドリー・チェイスならではのあの趣向がたっぷり盛り込まれているのか、興味は尽きない。ぼくは早くもそのドゥエンデ（魔力）に取《と》り憑《つ》かれているのだ。

（かやま・ふみろう　評論家）

本作品は一九九五年三月、集英社文庫として刊行されたものを改版しました。

この作品はフィクションです。実在の人物・団体・事件などには、いっさい関係ありません。また、作中における「精神分裂病」という病名は、二〇〇二年に「統合失調症」に変更されましたが、作品の時代設定を鑑み、初版刊行時のままとしました。

[S] 集英社文庫

砕《くだ》かれた鍵《かぎ》

1995年3月25日　第1刷
2013年4月7日　第26刷
2014年3月25日　改訂新版　第1刷
2014年4月14日　第2刷

定価はカバーに表示してあります。

著　者　逢坂《おうさか》　剛《ごう》

発行者　加藤　潤

発行所　株式会社　集英社
東京都千代田区一ツ橋2-5-10　〒101-8050
電話　03-3230-6095（編集部）
03-3230-6393（販売部）
03-3230-6080（読者係）

印　刷　凸版印刷株式会社

製　本　凸版印刷株式会社

フォーマットデザイン　アリヤマデザインストア　　マークデザイン　居山浩二

ISBN978-4-08-745168-9 C0193